L'Or de la terre

BERNARD CLAVEL

Bernard Clavel

Le Royaume du Nord
**

L'Or
de la terre

Éditions J'ai lu

Pour Claude Désiré
avec ma fidèle amitié

B.C.

« Restons silencieux parmi la paix nocturne :
Il n'est pas bon d'aller troubler dans son sommeil
La nature, ce dieu féroce et taciturne. »

Paul VERLAINE *(Jadis et Naguère)*

PREMIÈRE PARTIE

LE LAC OUANAKA

1

Un milieu de journée sombre comme un crépuscule. D'un ciel torturé, appuyant sur la forêt, tombait une pluie glaciale, lourde de vent, çà et là blanchie de grésil. A droite, vers le sud-ouest, comme à gauche en direction du fleuve Harricana, la rive du lac se perdait, dévorée par les grisailles en mouvement. Droit devant, le corps allongé d'une île flottait sur son reflet vaporeux. L'étrange lueur glauque de la glace recouverte par quelques pouces d'eau suivait la course zigzagante de l'averse. Des risées s'affolaient, cherchant leur passage entre des restes de congères. Des arbres avançaient jusqu'à soulever la croûte de leurs racines. Une boue sombre gagnait sur la neige gorgée d'eau, marquant le lieu où deux hommes venaient de piétiner pour abattre et ébrancher un mince épicéa.

Dans ce bourbier, ils se tenaient immobiles. L'eau dégoulinait de leurs toques de fourrure. L'averse crépitait sur les toiles caoutchoutées recouvrant leurs épaules. Bottes et vêtements étaient boueux jusqu'en haut.

Maxime Jordan se trouvait tout au bord, à la limite des glaces. Il fouillait du regard la silhouette mouvante de l'île dont le vent pétrissait la pâte grise. Par moments, on eût vraiment dit qu'elle se déplaçait, ondulant comme une énorme chenille. Le regard de Jordan balaya le lac, s'attardant aux nervures qui marbraient la glace de leurs traits d'émeraude et de jade.

Jordan se retourna, bien droit, insensible à l'averse. Germain Landry se trouvait à une vingtaine de pas derrière lui. La tête rentrée dans le col de sa parka mal recouverte par une toile cirée, sa toque de loup enfoncée jusqu'aux sourcils, il paraissait plus large, plus trapu que jamais. Ses bras courts légèrement écartés du corps lui donnaient l'air d'un animal balourd. Autour de son énorme moufle, s'enroulait le bout d'une corde d'environ deux mètres dont l'autre extrémité était attachée à la base du tronc fraîchement ébranché. Lorsque Jordan parla, le trapu tourna légèrement la tête pour mieux prêter l'oreille.

— T'as compris ? On risque absolument rien. Si la glace casse sous moi, tu te couches à plat ventre. Et tu tiens bon pour que je me sorte.

L'autre se soumit d'un hochement rapide. Son souffle précipité l'enveloppa un instant. Son œil gris trahissait la peur. Jordan insista :

— Avec ce tronc d'épinette, ça répartit la charge. Ça va aller tout seul.

Son regard progressa le long du curieux attelage qu'ils venaient de fabriquer. A cheval sur le tronc, leurs deux traîneaux restaient à bonne distance l'un de l'autre. Chargés d'énormes ballots enveloppés de bâches et ceinturés de courroies, ils étaient tenus à l'arbre couché par une forte lanière. Au sommet du premier chargement, deux fusils engagés sous les liens semblaient les antennes d'un insecte. Du premier traîneau partait une corde que Jordan empoigna et fit passer par-dessus son épaule. Il examina encore la vaste surface luisante qui le séparait de l'île, puis, ayant respiré profondément, il posa sa raquette gauche sur la glace légèrement déclive. Des joncs qui en sortaient craquèrent, il y eut un grésillement. L'autre pied avança. Les joncs brisés passaient entre les lanières des raquettes. Autour du bois poli des armatures, ils avaient lacé une grosse ficelle de chanvre très rugueuse pour obtenir une meilleure adhérence à la glace. Jordan souffla :

— Tiendra !

Il fit un deuxième pas, puis un autre. La corde tendue tira. Les traîneaux et l'arbre avancèrent, creusant un double sillon dans la neige molle. Le crissement s'amplifia au passage de la jonchère. Déjà Jordan avait atteint la glace horizontale. Sans se retourner, glissant le pas, lentement et sans aucun à-coup, il progressa. En laisse derrière l'épinette, Germain Landry suivait, marchant sur des œufs, retenant son souffle, le visage plus ruisselant de sueur que de pluie. Il se tenait à gauche du deuxième traîneau, aidant quand il lui semblait que son compagnon peinait un peu. Son regard allait sans cesse du bout de sa corde au dos de l'homme de tête.

Après trente pas, il y eut un craquement sec, suivi d'une espèce de sifflement. Landry se raidit pour dominer un sursaut de son corps épais. Il eut envie de lâcher la corde et de filer vers la rive. Il tourna la tête. La forêt rousse et noire, la neige percée de roches restaient encore toutes proches. Devant, par-delà les épaules et la tête coiffée de poil de Maxime, l'île n'était qu'un vague monstre gris tapi sur la glace.

L'eau montait plus haut que le bois des raquettes. Les patins des traînes y ouvraient un sillage que les rafales refermaient aussitôt. Une nuée de grésil crépita. Un moment, tout s'effaça. C'est à peine si

Landry, le regard au ras de sa toque, devinait son compagnon dont l'avance se poursuivait, régulière, comme tirée au cordeau.

Jordan marchait, courbé en avant, la corde sur l'épaule, les bras repliés, les moufles soudées au chanvre détrempé. Son pas frôlait la glace. Les raquettes s'y posaient, légèrement en canard. Il savait doser sa force pour éviter de déraper. Un arrêt, une chute, une simple secousse pouvait tout compromettre. Même avec son bois enveloppé de ficelle, la raquette n'est pas faite pour la glace. Mais plus le poids se trouve réparti sur une large surface, moins le risque est grand. De temps en temps, Maxime regardait ses pieds. Il redoutait l'usure des ficelles. Sur le bois, il serait impossible d'avancer. Si les ficelles lâchaient, il n'y aurait qu'une solution : enlever les raquettes le plus vite possible.

Jordan transpirait autant que Landry. C'était lui qui tirait pratiquement toute la charge.

Au deuxième craquement, plus sourd et plus prolongé que le premier, Landry ne put retenir un cri :

— T'entends ?

— Ta gueule ! hurla Jordan.

Son visage long et osseux s'était durci. Ses lèvres minces se serrèrent un instant, son œil sombre s'accrocha aux premiers bouleaux de l'île. Le vent venait de soulever d'un coup la nuée crépitante. Il y eut une respiration du ciel avec une hésitation de l'averse. L'île s'approcha pour s'éloigner presque aussitôt, repoussée par une autre bourrasque.

— Saloperie ! ragea Jordan.

Ils avaient accompli plus de la moitié du parcours. De la joie perçait sous l'insulte. La glace lui répondit d'une longue plainte.

Landry se retourna. La grêle venait d'effacer la rive. A présent, c'était vers l'île qu'il fallait regarder.

Chaque fois que le vent le voulait, on la découvrait plus proche. Sa toison de sombres résineux, sa résille de mélèzes, le tissu mouvant des aulnes et des bouleaux dénudés se démenaient, écorchant les nuées ; déjà se dessinaient de grosses roches vernies de reflets.

Dans la glace, les bulles prisonnières semblaient des yeux guettant une proie.

La sueur gouttait du nez écrasé de Landry. Un craquement partit des pieds de Jordan. Landry le sentit passer sous ses raquettes. Il serra les dents sur un appel. Terrible, l'envie de courir, de foncer vers cette île en laissant le grand se débrouiller avec ses traînes et son tronc d'arbre.

L'eau montait à mi-pieds.

Puis, tout près de l'île : plus d'eau. La glace ici aussi marquait une légère déclivité, impossible à gravir. Malgré la ficelle, les raquettes glissaient. Jordan s'arrêta.

— Bouge pas !

Le trapu s'immobilise. La rive est là. A dix pas de Jordan, à vingt pas de lui.

Le grand se baisse et délace les lanières. Il se relève. Il lance l'une après l'autre les raquettes sur la berge. On entend les deux flocs dans la neige noyée. Jordan sort une autre corde de dessous sa parka et l'attache à la première d'un bon nœud.

— Enlève tes raquettes. Garde-les à la main, t'es trop loin pour les lancer.

Le trapu obéit. Déjà Jordan, dévidant sa corde, progresse lentement vers la berge. La glace craque fort et s'étoile. Jordan évite de ralentir. Encore quatre pas, deux pas, un pas. Ça y est. Ses pieds sont sur la rive. Enfoncé jusqu'aux genoux dans la neige pourrie on le croirait là depuis toujours, avec les arbres. Doucement, il se met à haler. L'attelage repart. Landry suit, la main crispée sur son bout de corde. A l'endroit où elle s'est déjà fendue, la glace craque encore.

— T'affole pas ! On y est !

Le nez du premier traîneau vient mordre la neige. Levant haut les pieds, Jordan recule et continue de tirer. Enfin Germain Landry prend pied à son tour. Sa large face s'illumine. Il respire profondément, enlève sa toque de fourrure et libère sa tignasse châtaine dont les boucles sont plus trempées que s'il sortait d'un bain.

Le visage de Jordan ruisselle mais ne trahit aucune émotion.

— Tu vois, c'était pas la mer à boire !

— Bon Dieu, souffle l'autre. Au milieu d'un lac... Y a que toi pour trouver ça... Y a que toi.

Et le voilà tout secoué d'un rire énorme. Un rire qui doit s'entendre aux cinq cents diables, en dépit des rafales.

2

La pluie était partie pour les accompagner tout au long de l'après-midi. Sans échanger un mot, après un dernier regard à cette glace qu'ils venaient de traverser, ils chaussèrent de nouveau leurs raquettes et reprirent leur marche. Chacun tirait l'une des traînes. Le fût d'épinette restait parmi les joncs brisés et les tiges de bouleaux nains écrasées. Louvoyant dans le bois épais, ils gagnèrent une clairière assez vaste, ouvrant sur la partie sud du lac par une saignée de la forêt. Ce dégagement formait une allée naturelle de roches plates où couraient des mousses pauvres et des lichens. On les voyait apparaître par places, croûtes verdâtres de l'hiver malade. Sur la droite de la clairière, à l'abri d'une poignée de résineux très serrés, une vingtaine de piquets d'à peine quatre pieds de haut soutenaient une longue toiture de branchage et de laîche sous laquelle dormait un canoë d'écorce. L'ayant ausculté, Jordan déclara :

— Un coup de brai aux jointures : c'est bon.

Ils cherchèrent un emplacement déneigé.

Une légère éminence portait une épaisse toison de plantes rampantes et de linnées boréales, percée çà et là par la rousseur de fougères que l'hiver avait écrasées. Sur cette litière spongieuse où l'eau, à que pas, remontait entre les tiges, ils tirèrent les traînes et dressèrent leur tente, prenant grand soin de relever le tapis de sol qui s'accrochait aux parois par des boutons-pression.

Avant de préparer le foyer (comme il l'avait fait chaque soir depuis leur départ de Saint-Georges), Jordan porta à contrevent et à bonne distance le paquet enveloppé d'une toile cirée à carreaux rouges et blancs contenant la dynamite et la réserve de cartouches.

Lorsque la flamme commença de pétiller entre les branches qui crachaient leur eau, les deux hommes apportèrent sous la tente trois sacs de toile. L'un contenait des vêtements et les deux autres les farines, le riz, la semoule, les fruits et les légumes secs.

Tirée de terre par le ciel de plomb, la nuit arriva très tôt. Ils durent terminer leur installation à la lueur du feu. Sur la toile, l'averse inlassable crépitait. Elle avait perdu de sa rage à mesure qu'avançait l'ombre. Mais elle persistait. Déchaussés, assis à l'indienne sur des sacs vides pliés en quatre, les deux hommes se faisaient face. Posée sur un bidon de fer, une lanterne à bougie aux verres noircis éclairait surtout leurs jambes, leurs mains et une gamelle pleine aux trois quarts de riz fumant cuit avec du lard émincé et des raisins secs. Chacun tenait une cuillère en fer et un gros biscuit de mer. Par terre, à côté de la gamelle, deux gobelets de thé.

Landry plongea sa cuillère, l'emplit de riz sur lequel il se mit à souffler. La buée se couchait en direction de Jordan. Le visage du trapu s'éclaira soudain. Il sourit en disant :

— Que tu sois n'importe où, le temps de manger, c'est toujours bien le meilleur de la journée.

Jordan but une gorgée de thé avant de répondre :

— Sûr que tu te sens mieux là que sur le lac.

L'autre eut un hochement de tête.

— Toi, mon vieux, tu peux dire que tu m'épates.

— T'as encore rien vu.

— Le truc du tronc d'arbre, je m'en souviendrai.

On le sentait heureux d'apprendre. Son visage carré, aux lèvres épaisses, s'était empreint de gravité. Son front bas se plissa. Sa tête se coucha légèrement sur son épaule droite, comme si le poids de la réflexion l'eût alourdie. L'absence totale de cou faisait de lui une masse qui contrastait avec le port élancé de son compagnon plus grand et plus mince. Landry avait vingt et un ans, Jordan seize années de plus.

— A Québec, sur le port, tu devais pourtant en voir, de la glace.

— Certain que j'en ai vu. Mais Seigneur ! Je me suis jamais risqué dessus !

Ils mangèrent un moment sans mot dire. Le plus jeune mâchait vite, la bouche grande ouverte. Fourrant parfois son index entre ses lèvres pour décoller de ses dents un pépin de raisin, il essuyait ensuite son doigt au velours beige de son pantalon encore trempé. Sur leurs vêtements, la boue blanchissait par plaques. Landry réfléchit un moment, la cuillère en suspens, puis, éclatant d'un beau rire :

— Tu m'as bien eu, avec ton lac. Je me disais : Y se fout de moi. Creuser un lac, ça se peut pas. J'étais loin de penser à une île.

Il s'arrêta, l'œil soupçonneux.

— T'en as vraiment parlé à personne ?

Jordan fit non de la tête. Il précisa :

— Tant qu'un claim est pas piqueté et rapporté au régisseur, faut la boucler, mon vieux.

— Même au gars qui t'a prêté des sous ?

— Comme les autres.

— Y t'a prêté comme ça, sans savoir ?

— Il me connaît. Y tente sa chance. Quand tu

joues, tu sais jamais si tu vas toucher des grosses cartes.

Jordan lécha soigneusement sa cuillère, puis, la posant sur le bidon à côté de la lampe, il dit :

— Tu peux finir.

L'autre ne se fit pas prier. Tirant un morceau de tissu sale de sa poche, il empoigna la gamelle encore chaude et, pour plus de commodité, il la serra entre ses genoux. Il mangea très vite cinq ou six cuillerées. S'arrêtant soudain, il demanda :

— Quand tu vas partir pour les analyses, tu vas me laisser tout seul ?

Jordan ébaucha un sourire. Son visage allongé exprimait une parfaite quiétude. Dans ses yeux bruns, le reflet de la lampe était comme une petite bête toute vive. De sa voix de bourdon, il expliqua lentement :

— Toi, je t'ai pris parce que t'es costaud, c'est vrai, mais aussi parce que je crois pouvoir te faire confiance. Tu vaux mieux que de débarder sur le port.

Il s'accorda le temps d'observer le garçon avant d'ajouter :

— Moi non plus, je sais pas quelle carte j'ai touchée. Je me fie à mon flair. Je me suis souvent embarqué comme ça, sur une première impression. Ça m'a jamais trompé... J'ai pas de sous pour payer un gars. Me fallait un associé. T'as pris le risque avec moi, si on se casse la gueule, t'auras bossé pour rien. Si ça rend bien, on partage.

Germain ne dit rien. Au mot « associé » son œil s'était éclairé sous ses sourcils broussailleux.

Il se remit à manger avec plus d'application. Sa faim apaisée, il savourait le reste du riz, comme un dessert. Quand il eut absorbé tout ce qui venait aisément, il se mit à racler minutieu-

14

sement la gamelle où s'était formée une croûte pareille à de l'écorce. Sans lever la tête un instant, il confia :

— Justine m'a dit : je suis certaine que ça va marcher. Ce Maxime, ça m'a tout l'air d'un gars qui sait où il met ses pieds. Il ira loin, tu verras.

Sa main s'immobilisa et son regard interrogateur monta au ras de ses sourcils. Il ajouta :

— Vrai. Elle a dit ça. Pourtant, elle te connaît presque pas.

Comme Jordan ne réagissait pas, Germain se mit à rire en constatant :

— Question d'aller loin, on y est déjà pas mal !

L'œil vague, Jordan s'était absenté. Le garçon ne s'étonna pas de son silence. Ayant achevé de racler la casserole, il enfourna dans sa bouche un gros rouleau de copeaux dorés, que quelques raisins calcinés piquaient de petits grains noirs.

3

Le pays à la tête des eaux.

Scintillantes ou enfouies sous les mousses, jasantes ou silencieuses, des sources partout.

Des lacs immenses, secrets, ne montrant que leur visage de ciel. Des lacs hésitant à déverser vers le sud ou le nord.

La crête sinueuse, à peine visible sous sa toison, se hausse tout juste assez pour donner le départ aux terres doucement déclives. Les unes coulent vers le fleuve Saint-Laurent, les autres vers les mers glaciales d'Hudsonie.

Pays à la tête des eaux et sur le front des vents. Parcouru par les hommes depuis le fond des temps, jamais peuplé.

Pays au front des vents, longtemps au front des glaces. Vieillard du globe, il a vu passer bien du monde. Plus de soixante-dix mille années en arrière, du détroit de Béring submergé par la banquise, arrivaient les premiers êtres à visage humain. Les premiers ? Qui sait !

Ceux-là venaient du nord. Voyageurs de l'inconnu marchant vers l'inconnu, ces êtres aux yeux bridés ont-ils fait halte sur la crête pour scruter le midi ? Ont-ils fouillé du regard ce nouveau continent ? Arrêtés par leur fatigue ou par les restes du glacier, ils ont dormi sur cette terre. Démunis, plus nus que les bêtes, moins forts que l'ours, moins rusés que le renard, moins rapides que l'élan, ils savaient déjà lancer une pierre.

Ont-ils continué leur migration en direction des contrées de soleil ? Sont-ils repartis vers l'éternel hiver ?

Combien, après eux, morts sans laisser de trace, squelettes dispersés, usés par les pluies et les vents, rongés, réduits en poussière ? Ils ne possédaient rien. Rien n'est resté de leur passage que quelques silex taillés.

Les siècles s'en vont.

En l'an mille, Leif Erikson arrive par une autre voie. Avec ses Vikings, il a longé le Groenland pour atteindre le Labrador. Ce fils d'Eric le Rouge et sa troupe marchent à la découverte des vallées de Vinland. Sans doute vont-ils camper au bord d'un de ces lacs. Il est des places de feu qui remontent peut-être à cette époque. Des lieux humanisés avant que ne commence l'histoire. Sous la cendre d'hier, celle des temps écoulés s'est lentement enfoncée dans l'humus. Autour de ces cercles gris et noirs, la forêt tient à l'ombre un nombre incalculable de couches d'aiguilles et de feuilles mortes, de larves et de mousses pourrissantes. Des milliards de saisons couchées là qui sont mortes se bousculant l'une l'autre, toujours pressées d'aller, aiguillonnées par le soleil et le gel.

Là-dessus, des passages. Sans trêve des passages d'errants.

Du nord au sud et du sud au nord les climats aussi ont traversé le pays. Va-et-vient incessant, lentes oscillations, balancier du chaud et du froid, avance ou recul de la végétation comme de la vie animale, l'arrivée de chaque été et sa confrontation avec l'hiver à l'agonie ne sont plus que l'écho affadi de ces combats fabuleux. Car c'est d'été qu'il faut parler bien plus que de printemps pour ces semaines bousculées, retournées, piétinées, coincées entre la morsure des glaces et celle du ciel en feu.

Rien n'efface jamais l'hiver. La forêt en est marquée en permanence. Arbres encroués, déracinés ou écrasés se souviennent des morsures du nordet comme du poids énorme des neiges. Les congères demeurent accrochées aux levées des ruisseaux, agrippées aux broussailles et aux ronces lorsque la mésange oublie sa plainte de la saison morte pour retrouver sa modulation flûtée qui appelle la lumière. C'est un signal. Alors que les sédentaires se cachent déjà pour s'aimer, rentrent par milliers les migrateurs.

Le premier. Toujours le premier : le pinson à gorge rouge. Ce siffleur des jours et des nuits arrive avant l'aube. Il est là, avec son chant de lumière quand le soleil se lève. Il est là, entre les taches de neige que viennent croûter les crépuscules et que pétrissent les journées. Il guette l'insecte précoce. Il va à sa rencontre sous les mousses qu'il gratte et fait voler à grands coups de pattes. Puis viennent le junco, le pic doré, le pic chevelu et le pic maculé. L'oiseau qui tend des pièges. A la cime des bouleaux, il creuse l'écorce. Il cogne exactement comme les terrassiers attaquant la roche. On croirait qu'il se nourrit de sève, de ce sucre de l'aulne blanc qui coule en larmes de soleil. Mais non, le pic travaille pour les moustiques, les moucherons, les mouches gourmandes.

Chaque trou qu'il creuse est une trappe où il viendra demain récolter les insectes.

Tout autour, la vie reprend. Au lancinant hurlement de l'hiver succèdent sans transition les craquements des glaces. La forêt en frémit jusque dans ses contrées les plus éloignées des lacs. La terre et la roche transpirent. Les sources soulèvent les herbes, écartant la bogue de la terre. La transpiration ruisselle sur les neiges. Alternance des pluies et du soleil, valse des vents confondant et mêlant les points cardinaux.

Ainsi depuis la nuit des temps. Ainsi toujours le même oiseau, le même soleil, la même goutte d'eau et le passant venu d'ailleurs, de l'inconnu, à la recherche de l'inconnu.

Le plus fidèle, c'est l'Indien. Lorsqu'il a tué l'orignal, il court appeler les siens. La famille entière se déplace. La maison de peau et de toile du chasseur est moins lourde à porter que l'animal mort. La tente demeurera plantée à côté de la carcasse jusqu'à ce qu'il n'en reste rien et qu'une autre, plus loin, appelle à une nouvelle étape.

Pays de sentiers à peine tracés, de portages, de pistes, de chasse et d'aventures, que faudrait-il pour qu'enfin s'y fixent les nomades ?

A ce sol de vagabondage, seuls les arbres sont accrochés. Et encore. Ceux des rivages s'en vont souvent au fil des crues.

Le ciel aussi est un passant. Même sans nuages il ne reste jamais immobile sur ces terres constellées d'eau. Il bascule, se divise, se multiplie. Il coule entre les arbres, il partage des bois, il est partout à la fois. Seules les nuits noires lui accordent quelque repos. Encore que sa voix ne cesse guère de résonner sous sa voûte qui s'en va d'un océan à l'autre et plonge par-delà les détroits de l'éternelle blancheur.

4

L'aube glaciale les trouva debout, occupés à raviver leur feu. Un nordet tranchant et sonore s'était levé vers le milieu de la nuit, dominant le vent de pluie et dépouillant le ciel. Une lueur rose montait du sud-est, derrière la rive où la lame dentelée des épicéas sciait un bandeau d'ombre entre le ciel et son reflet sur la glace.

— Ce matin, observa Germain, on passerait comme de rien.

— A cette saison, t'as toujours des surprises. Bien malin qui pourrait prévoir.

Dans un silence de cristal, le gel chantait. Du sol, montait une constante respiration de papier froissé : le froid serrait dans sa main rêche les neiges détrempées qu'il émiettait.

Après leur déjeuner de soupe et de saucisses en boîte, les deux hommes défirent le colis de bâche tout en longueur qu'ils avaient amené près du feu. Un côté de la toile épaisse était trempé, l'autre raide comme une tôle. Ils tirèrent une cognée à long manche, une pioche au fer pointu d'un bout et tranchant de l'autre, deux pelles, une masse et une drille à bonnet de prêtre. Passant chacun leur petite hache dans leur ceinture, ils se partagèrent le reste puis, tournant le dos à l'aurore grandissante, ils entrèrent dans le bois. Le sol crépitait. Chaque dévers était glissant. Leur fardeau bien serré sur l'épaule gauche, ils s'accrochaient parfois à une branche de leur main libre pour ne pas tomber. A plusieurs reprises, lançant un juron, Germain répéta :

— Quand je pense au temps qu'on a eu pendant trois jours à patauger !

Maxime ne disait rien. Il allait devant, louvoyant entre les arbres, plus adroit et plus souple que le courtaud dont les outils heurtaient parfois un tronc. Il se dirigeait vers le nord de l'île.

Lorsqu'un pas crevait la croûte, le craquement semblait emplir le pays et monter jusqu'au scintillement des étoiles que le jour n'effaçait pas encore.

Ils marchèrent ainsi durant un bon quart d'heure.

Lorsque Jordan lança son outillage sur la neige, il faisait grand jour. Le soleil s'appuyant sur la forêt grugeait les cimes et piquait le sol de diamants et de perles. Germain se déchargea lui aussi, fit du regard le tour de l'espace dénudé et s'en fut pisser contre un mélèze. La neige recouvrait une clairière d'à peu près cent pas sur trente d'où l'on ne voyait absolument pas le lac. Lorsqu'il revint vers Jordan, le courtaud demanda :

— Alors ?

— C'est là.

Vers le centre de la clairière, le long de courts buissons au feuillage jaunâtre, une arête de roche perçait la croûte blanche sur une vingtaine de pieds. De l'autre côté des arbustes, la neige s'était amassée et des stalactites de glace pendaient aux brindilles.

— On va commencer par faire un feu.

Se retournant, du manche de sa hachette, Jordan désigna un bouquet d'épinettes noires qui avançait en corne sur leur droite. Le garçon enleva sa parka qu'il lança à côté des outils, ramassa la cognée et s'en fut attaquer les arbres. Il frappait à grands coups, pas toujours précis, mais efficaces en raison de sa force. Jordan s'était rendu jusqu'à l'arête de roche. Coupant quelques touffes de myrique baumier, il les apporta contre la bordure des buissons où il prépara son feu.

Dès que le trapu eut abattu une première épinette, il la tira jusque vers lui.

— Laisse, dit Jordan. Va en chercher d'autres.

A mesure que le soleil montait, la surface de la neige devenait plus luisante, comme huilée de transpiration. Jordan ébrancha l'épicéa, nettoyant soigneusement le tronc qu'il traîna à l'écart. Revenant aux branches, il en posa quelques-unes sur le foyer préparé, tira du rebord de sa toque une boîte en fer contenant des allumettes. De sa poche, il sortit une fiole et versa quelques gouttes de pétrole. Lorsqu'il alluma, un peu de fumée noire monta tandis que trois ou quatre flammes crépitaient, léchant les feuilles grasses et les aiguilles. Elles hésitèrent puis, couchées un instant sous l'entrelacs, elles l'attaquèrent plus franchement. La résine odorante des myriques grésillait, la fumée blanche tourbillonnait. Jordan en respira une bouffée et s'écarta. Déjà son aide revenait avec une autre épinette.

— Encore trois ou quatre, après, tu pourras commencer de porter les troncs un peu plus loin. Tu les gerberas. On en aura besoin.

Une demi-heure plus tard, un beau foyer répandait une forte chaleur qui faisait fondre la neige. Le feu s'étant communiqué aux buissons, une large place se dégageait.

Lorsque le gros du brasier eut fini de brûler, Jordan appela le trapu :

— Amène les pelles !

Germain arriva. L'un en face de l'autre, ils se

mirent à lancer les braises et les cendres brûlantes plus loin, où il restait de la neige. Arrivés au sol, ils commencèrent de faire le contraire : prenant de la neige avec leurs pelles encore chaudes, ils la lancèrent sur le rocher noir de cendres. Elle fondait aussitôt avec des tchites prolongés. Les nuages de vapeur sentaient la terre mouillée et le feu refroidi. Les hommes s'arrêtèrent.

— Va chercher la drille et la masse. T'amènes aussi la pioche.

Le costaud allait, de son pas toujours égal, se dandinant un peu, pataugeant le long du sentier boueux que ses allées et venues avaient tracé dans la blancheur.

Tout commençait à fondre, le bois ruisselait avec des craquements. Les branches et les troncs perdaient leur gangue de glace. Un son cristallin couvrait le pays.

Assis sur la roche, jambes écartées, Jordan prit la drille à deux mains, posa la pointe à quatre tranchants devant lui et maintint l'outil vertical. Le haut se trouvait quelques pouces au-dessus de sa toque.

— Tape, mon gars, fit-il. Et fais gaffe à mon crâne.

— Aie pas peur, tu risques rien.

Germain leva la masse et se mit à cogner modérément pour prendre sa distance et son assise, puis de plus en plus fort jusqu'à ce qu'il eût trouvé sa cadence. Sans en faire dévier le haut, Jordan tournait la barre de métal. La roche qui venait de subir deux sautes brutales de température se laissait entamer plus facilement. Peu à peu, un trou rond se creusait.

— Arrête !

Jordan sortit l'outil. Ses longs doigts aux ongles durs grattèrent le fond du trou où il souffla fort pour faire sortir la poussière. Landry s'accroupit pour regarder.

— Bon Dieu, fit-il, ça se fait pas tout seul !

Le trou rond était à peine profond de trois petits centimètres.

— T'as vu comme je fais ?

— Oui.

— Prends ma place.

Germain s'assit et, de ses énormes poignes, il saisit la drille de fer qu'il commença de faire pivoter par quarts de tour. La masse sonna. Les coups qu'assenait le grand semblaient moins lourds, moins puissants, mais plus secs. La barre de fer tressautait chaque fois. Une poussière grise montait du trou par petits nuages comme après des explosions.

Se reprenant souvent l'un l'autre, ils besognèrent ainsi jusqu'à la fin de la matinée, creusant une bonne dizaine de trous sur deux lignes, irrégulièrement espacées car Maxime cherchait à attaquer la roche aux endroits où elle paraissait fissurée. Ensuite, ils regagnèrent leur campement où Landry s'occupa de rallumer le feu et de cuire de la semoule tandis que Jordan, serrant sous son bras un sac de toile cirée où il avait placé de la poudre noire, de la bourre et des mèches, reprenait la direction du chantier. Comme il allait disparaître entre les arbres, l'autre lança :

— J'aurais bien voulu voir ça !

— Quand la soupe sera cuite, t'as qu'à la mettre au chaud dans la cendre, et tu viens.

Jordan repartit seul, commença de bourrer sa poudre et de placer ses mèches. Le trapu le rejoignit alors qu'il ne lui restait plus que quatre trous à préparer.

— Faut me montrer comment tu fais.

— Quand on prendra de la dynamite. Le début,

24

c'est question de nez. Si tu charges pas assez, ça donne rien. Si tu charges trop, tu fais tout voler et tu retrouves plus rien.

Le travail terminé, Jordan alluma ses mèches une à une, s'assura qu'elles se consumaient bien puis, calmement :

— Allons manger.

Déjà l'autre partait devant d'un pas pressé.

— Cours pas !

Germain ralentit à peine, pour se retourner, l'air inquiet. Ils allaient atteindre la lisière du bois lorsque Jordan s'arrêta en lançant :

— Si tu veux voir, faut regarder.

Le garçon fit demi-tour. Il portait une chemise bleue un peu étroite à hauteur des pectoraux et qui s'ouvrait sur son poil doré où perlait la sueur. Libérée de la toque, sa tignasse frisée retombait sur son front presque jusqu'aux sourcils. On le sentait partagé entre la peur et une grande curiosité. Les bras à demi pliés, les poings serrés, la tête enfouie entre les épaules, il semblait prêt à prendre la fuite.

Il y eut une suite d'explosions sourdes, plus ou moins violentes, avec juste un peu de fumée grise que le vent poussa droit sur eux. Une forte odeur passa.

— C'est bon, fit le grand, on va voir si ta cuisine vaut la mienne.

Le trapu se mit à rire :

— Tu parles d'une cuisine !

L'après-midi, ils attaquèrent à la pioche et à la pelle la roche qui s'était soulevée tout autour des trous. Jordan, qui portait une petite loupe à un lacet de cuir passé derrière sa nuque, examinait les morceaux en plein soleil, les faisant tourner dans la lumière, crachant parfois dessus ou s'en allant frotter un caillou avec une poignée de neige pour le laver.

— Quand tu trouveras, dit son aide, tu me montreras.

— En tout cas, c'est du quartz. Ça me paraît tout à fait de la qualité des échantillons que j'avais prélevés à l'autre bout.

Le garçon s'arrêta et vint vers lui, le visage grave.

— Alors, ce serait bon ?

— Je te dirai ça quand je rentrerai de Québec.

Dans de petits sacs de toile grise très serrée, il enfouissait ce qu'il décidait de garder. Avant de fermer le sac, il tirait de sa poche un carnet, inscrivait un chiffre sur une feuille qu'il détachait pour l'enfermer avec ses échantillons.

De temps en temps, il serrait de toutes ses forces dans sa main un morceau de roche. Le regard perdu dans les cendres de la forêt où se faufilait déjà le crépuscule, il demeurait un moment immobile, les lèvres serrées, les mâchoires contractées, les muscles de son cou roulant sous la peau, comme s'il eût accompli un effort surhumain, insensible au vent froid qui reprenait possession des terres.

5

En huit jours le pays s'était métamorphosé. Des fleurs minuscules ouvraient l'œil entre les plaques de neige, les trembles avaient commencé de revivre, frottant certains pans de forêt d'un voile tendre. De vastes marécages où la terre et l'eau se mêlaient s'étaient mis à grouiller de larves. Avant même que les dernières traces de l'hiver n'aient disparu, mouches et moustiques arrivaient.

Près de leur tente, autour de leur chantier, Jordan et son aide entretenaient sans cesse des feux d'herbe humide dont la fumée âcre les faisait tousser sans éloigner vraiment la vermine.

Ils avaient entrepris d'ouvrir de longues tranchées pour dénuder la roche dans le prolongement des affleurements.

Dès que les eaux du lac et de l'Harricana eurent dominé les glaces, Jordan décida de partir. Il avait passé une demi-journée à remettre en état son canot et à préparer son bagage. Il n'emportait qu'une couverture, un bout de toile caoutchoutée, de quoi faire deux repas et, surtout, ses petits sacs avec ses échantillons de roche, réunis dans une poche que deux courroies permettaient de porter à dos.

Tandis qu'il se livrait à ce travail, Germain Landry continuait sa besogne à la pioche et à la pelle. Le soir, alors qu'ils mangeaient entre leur feu et l'entrée de la tente, Jordan répéta ce qu'il avait déjà dit trois ou quatre fois :

— T'as bien compris ? Tu continues d'ouvrir partout où j'ai tracé. T'essaies pas d'attaquer la roche. Tu découvres. C'est tout. Les explosifs, tu touches pas. Les vivres, t'as plus de dix jours. Je serai revenu avant.

Le trapu hochait la tête, s'arrêtant parfois de mastiquer pour mieux écouter.

— Si des gars viennent, tu dis mon nom et que t'es mon associé. Si on te pose des questions sur la concession, tu dis que c'est moi qui ai le papier, et que je suis pas loin.

Il marqua un temps, observa le frisé dont les cheveux et la barbe avaient poussé et qui le fixait de son regard un peu glauque, comme s'il eût attendu de lui la révélation d'un grand mystère.

— T'as bien saisi, hein ? Même si des gars s'amènent une heure après mon départ, tu dis que tu m'attends. Que je vais arriver d'un moment à l'autre.

Ils avaient fait du pain le matin même. Des miches plates et dures cuites sur la braise, entre deux poêlons. Germain en mangeait une grosse tranche comme dessert, avec une barre de chocolat noir.

— T'oublieras pas la levure, fit-il. Cette saloperie, c'est trop dur.

— Tant mieux, tu seras pas tenté de tout t'envoyer le premier jour. En tout cas, bouffe pas le chocolat d'un coup. Tu pourrais plus aller et t'en crèverais. Tu prendras du poisson, t'entends ? Faudrait quasiment que t'en manges tous les jours. C'est le moins échauffant.

— Y va passer des oiseaux, je pourrai en tirer.

— Vaut mieux du poisson. On mange que de la

nourriture sèche, c'est malsain. Le poisson te fera aller. Et fais pas le thé trop fort.

Le garçon cessa un moment de ronger sa galette dure comme pierre. Il observa Jordan, hésita et finit par demander :

— Je peux te charger d'une commission ?

— Certain.

— Tu me passeras ton carnet. Je ferai un mot à ma petite. Et puis...

Il hésita encore. Jordan l'aida :

— Vas-y. Je ferai ce que tu me demanderas. Même de l'embrasser pour toi.

— Joue pas au con.

— J'aurai pas le temps... Qu'est-ce que tu veux ?

S'inclinant sur la gauche, Germain plongea sa main droite dans la poche de son pantalon terreux.

— Moi aussi, j'ai des échantillons, fit-il en tendant un caillou sur sa large main à la paume rebondie.

Comme Jordan hésitait, il ajouta :

— Tu lui donneras. Tu diras que c'est moi qui l'ai pioché. Peut-être y a de l'or dedans... Elle va penser très fort qu'il y en a, et y en aura.

Jordan prit la pierre d'un air grave.

— D'accord. Je lui dirai... Je lui dirai, promis !

Le lendemain, dès les premières lueurs, le grand prit place dans le canot d'écorce où ils venaient de charger le sac de cailloux. Comme il s'installait, Germain demanda avec un sourire qui cachait mal une certaine angoisse :

— Et si tu revenais pas ? Je serais plutôt mal pris, dans cette île, sans bateau.

— T'attendrais l'hiver prochain.

— Rigole pas.

— Si je revenais pas, c'est que je serais mort.

— Parle pas de malheur.

— T'inquiète pas, dans quelques jours, y passera

sûrement du monde. Si ça venait pas, t'es tout de même foutu de te faire un radeau et de te laisser aller sur l'Harricana jusqu'à Saint-Georges. Même si tu te mouilles le cul, t'en crèveras pas.

Il marqua un temps avant d'ajouter :

— De toute façon, je laisse le canot derrière le magasin général. C'est des gens de confiance. Je vais leur dire où tu es. Si je suis pas remonté dans deux semaines, ils enverront un homme.

Le grand appuya sa pagaie contre une roche et poussa le bateau vers le large, entre les plaques de glace dont le jour naissant moirait la tranche aux reflets de jade.

Debout sur la rive, Germain le suivit des yeux jusqu'à ce qu'il disparût sur sa droite, derrière une pointe rocheuse où des bouleaux déjà feuillés avançaient vers le large du lac, presque aussi tremblotants que leur reflet. Il eut envie de crier : « Pense à ma lettre. » Mais il n'osa pas.

Longtemps il demeura l'œil rivé à ces pierres que la vague avait usées, il les fixait intensément, comme s'il eût espéré pénétrer leur secret.

6

Resté seul, Germain Landry remonta au campement, prit son fusil avec un paquet de cartouches et gagna le chantier. Sans perdre un instant il se mit au travail. Il commençait par dégager au croc les broussailles qu'il tirait sur un des brasiers. Puis, quand il avait ainsi déblayé cinq ou six mètres, il se mettait à piocher. Parfois, il n'y avait sur la roche que la mousse et quelques herbes rases des steppes dont les racines ténues s'accrochaient par milliers à toutes les aspérités. Ailleurs, la terre était plus épaisse, farcie de rhizomes et de toutes sortes de bulbes curieux dont l'outil ouvrait la chair blanche ou jaunâtre. Des tourbillons d'insectes agressifs montaient de cet univers bouleversé. Jordan avait bien laissé à son aide une grosse pipe et du tabac, mais le garçon trouvait plus pénible de fumer que d'endurer les mouches. Il avait d'ailleurs constaté que maringouins et moustiques se moquaient de l'odeur.

A plusieurs reprises, Germain s'interrompit pour prendre son fusil et tirer sur des canards qui voguaient vers le nord. N'ayant jamais chassé, il gaspillait de la poudre et du plomb sur des oiseaux hors de portée. Après quatre essais infructueux, il renonça et s'arrêta le temps d'aller lancer son fil à l'endroit où, déjà lorsque son compagnon était là, il avait pris du poisson. Il ramena très vite deux gros dorés qu'il s'en fut nettoyer et faire griller aussitôt. Il en plaça un, coupé en trois, dans une grande casserole à couvercle, et dévora l'autre entièrement, en buvant une pleine gamelle de thé. Dès qu'il eut terminé, il regagna son travail.

Il en fut ainsi durant trois jours, sous un soleil qui montait, déjà brûlant, sur des aubes blanches de givre. Germain allait son train, sans forcer l'allure mais sans jamais s'accorder de répit autrement que pour pêcher, préparer ses repas, manger.

Le matin du quatrième jour, le temps était gris et la pluie se mit à tomber avant même que le trapu n'ait gagné son chantier. Il s'y rendit comme les autres jours, ayant coiffé un large chapeau et endossé une veste de toile à bâche.

Il marchait la tête légèrement inclinée en avant, sans penser à rien, le regard au sol. Comme il suivait une tranchée, il s'arrêta soudain, le souffle coupé, les bras ballants. Après quelques instants durant lesquels la stupéfaction le paralysa, il s'accroupit en murmurant :

— Bon Dieu de bon Dieu !

Lavée par l'averse, la roche luisait, accrochant çà et là au ciel un faible reflet. Beaucoup plus vives, en traits pointillés et sinueux, par veines ténues, des poussières dorées scintillaient.

Les deux mains plaquées au sol, ayant quitté son chapeau qui lui donnait de l'ombre, Germain s'agenouilla pour regarder de plus près.

— Le grand est parti trop vite.

Se relevant, il courut chercher sa pioche où il l'avait laissée la veille. Avec le pic, il se mit à détacher des morceaux de quartz. Lorsqu'il en eut une bonne poignée, il fila au campement, les posa dans un plat et les lava encore mieux que ne l'avait fait la pluie. De toutes petites paillettes restèrent au fond du récipient.

— Sûr que la pyrite de fer, ça brille... mais c'est pas si jaune, bon Dieu ! Je le sais, y m'en a montré...

N'y tenant plus, il posa son plat et se mit à danser sur place en répétant :

— Ça peut pas être autre chose. Ça peut pas !

Par superstition, il n'osait pas prononcer le mot. Il s'arrêta soudain pour réfléchir, et murmura :

— Des fois, y en a moins quand on le voit que quand on le voit pas. Ça, j'ai pas bien compris... Tout de même, si on le voit, c'est qu'il y en a !

Germain compta. Son compagnon était parti depuis trois jours. Il avait dit qu'il serait absent dix jours au grand maximum. En tout cas, pas moins de six. Germain ne put se retenir d'aller jusqu'à la pointe nord de l'île, d'où l'on devait apercevoir l'embouchure de la rivière. Il lui fallut trois bons quarts d'heure pour y parvenir. Ayant contemplé un moment la surface du lac sous l'averse qui estompait les rives et empêchait que l'on situe exactement l'estuaire, il revint en maugréant. Il perdait son temps.

Il avait enveloppé ses cailloux dans son mouchoir et les tenait serrés dans sa main qu'il ne sortait guère de sa poche. Il grognait :

— C'est ça, qu'il aurait fallu lui envoyer, à ma petite.

Ce jour-là, il eut beaucoup de mal à demeurer à son travail. Piochant et raclant la roche, il s'arrêtait souvent pour l'examiner, pissait dessus dès qu'il avait envie pour la laver plus vite que la pluie. Il lui semblait toujours entendre crier du côté du campement. Trois fois, il gagna la rive de l'île à l'endroit le plus proche des tranchées. Rien. Toujours l'innombrable picorée des gouttes sur les eaux boueuses où couraient des risées grises.

Vers le milieu de l'après-midi, n'y tenant plus, Germain alla au campement. Sous la tente, il vida une caisse contenant des biscuits, des fruits et des pommes de terre desséchés pour la rapporter où il avait fait sa trouvaille. A coups de pic, il se mit à détacher des morceaux de quartz qu'il examinait à la loupe et posait dans la caisse. Suivant la veine, il se trouva bientôt au bord de la tranchée et dans l'obligation de dégager pour pratiquer une saignée transversale que Maxime n'avait pas prévue. Il réfléchit un moment. Puis, comme le jour baissait et que sa caisse était pleine, il posa ses outils pour regagner le campement. La caisse était trop lourde pour qu'il pût la rapporter.

— Personne viendra en pleine nuit. De jour, elle est mieux au chantier qu'à la tente.

Il se rassurait comme il pouvait. Pourtant, à mi-chemin, il fit demi-tour et prit sous son bras le fusil qu'il portait à la bretelle. Une dernière lueur baignait la forêt détrempée. Le vol d'un nocturne le fit sursauter. Il s'arrêta pour prêter l'oreille. Rien ne vivait que le froissement presque régulier de la pluie. Il marcha jusqu'à sa caisse, posa son arme, prit le croc et tira sur son trésor une masse de ronces. S'étant assuré qu'on ne pouvait rien voir sans déplacer les broussailles, il regagna le camp.

Son feu ravivé, le thé préparé, Germain entra dans la tente et posa son fusil à portée de main. Avant même de se mettre à manger le poisson froid et les biscuits de mer, à genoux devant la lanterne, dépliant son mouchoir, il se plongea dans la contemplation de ses pierres où scintillaient de minuscules étoiles.

Il les regarda encore après son repas. Un grand trouble l'habitait.

Comme toujours, il s'endormit très vite. Réveillé moins de deux heures plus tard, il se dressa dans l'obscurité pour empoigner son fusil. Immobile, il demeura un long moment le souffle bloqué, épiant la nuit. D'une rive à l'autre du lac, de l'île à la terre ferme, des effraies et des hiboux se répondaient. Germain hésita longtemps avant de se lever. Il le fit sans bruit, essuyant d'un revers de main un peu de sueur qui perlait à son front. Il écarta doucement la portière de la tente. Ces cris d'oiseaux étaient si nombreux qu'ils en devenaient inquiétants. Au moment précis où il sortait, la main droite crispée sur son arme, Germain fut secoué d'un frisson. Tout près de lui, un grand duc venait de lancer un oû-bo ! si modulé qu'il semblait humain. Le garçon repoussait mille images folles.

Il marcha jusqu'au chantier ; sa main gauche se portait souvent à sa poche où il tâtait ses cailloux. Avant de s'engager dans la clairière, il demeura un moment à observer. La lune était haute. Le vent léger jouait partout. Chaque buisson était fiévreux.

Lorsqu'il eut vérifié que les broussailles n'avaient pas bougé, le trapu se contraignit à marcher jusqu'au rivage. Là, accroupi dans les joncs, il demeura longtemps à scruter l'autre rive, à fouiller la forêt, à interroger l'immense étendue d'eau où la lune guillochait un chemin de feu.

Après un long moment, Germain regagna sa tente. Il se recoucha, mais une fièvre le brûlait qui troubla souvent son sommeil.

7

D'où Cartier et ses compagnons de voyage tenaient-ils la conviction profonde que les terres découvertes en remontant l'estuaire du Saint-Laurent faisaient partie du pays de l'or ? La fièvre les habitait. Dès leur première rencontre avec les Indiens d'Hochelaga, ils y pensent. Du haut de la colline qu'il vient de baptiser Mont-Royal, Jacques Cartier observe l'immensité. Son regard de coureur de mers se perd sur cet océan de forêts plus immense encore que les immensités qu'il a vaincues pour venir des Vieux Pays. Il suit des yeux, vers l'amont, la rivière des Outaouais. Par gestes, le chef indien lui explique que ces eaux de lumière descendent du fabuleux royaume du Saguenay. Celui des incommensurables richesses. Comme Colomb, comme l'Anglais Frobisher, Cartier cherchera. Et des bateaux au ventre rebondi reviendront leur cale pleine de ces roches où étincellent des paillettes. Ivres d'espérance, les matelots chanteront dans le vent tout au long d'interminables retours. Puis les savants leur montreront que leurs pierres ne valent rien. A Londres comme à Paris, on rira de ces charrieurs de caillasse tout juste bonne à empierrer les routes.

Rien, ni les railleries ni les sermons de ceux qui

prêchent les vertus de la pauvreté ne parviendront à ébranler la foi de ces assoiffés.

Génération après génération, les prospecteurs continueront leur marche. Passant et repassant cent fois par les mêmes sentiers, croyant toujours être les premiers, les seuls à savoir, à pressentir, à flairer, à saisir la chance qui court comme un lièvre des neiges.

Le Nord les attire. L'Ouest les fascine. Ils chercheront en maints endroits le fameux trésor dont parlent les Indiens.

Vers l'an 1600, ils découvrent du plomb. Le plomb du lac Témiscamingue. Ils sont venus jusque-là à grand-peine, de portage en portage, de fatigue en misère. Le métal gris se trouve ici à profusion, à fleur de terre. Alors, les hommes chargent leurs canots de minerais. Ils vont redescendre vers le bassin du Saint-Laurent. Les canots d'écorce sont trop lourds. Les rapides se fâchent. La rivière reprend le métal et engloutit la cargaison.

Les siècles passent. Les rives du lac sont conquises pour le bois, les terres à cultiver. La vie s'installe, tranquille. Puis un jour, alors qu'on a cessé depuis longtemps d'interroger la roche, alors que les chercheurs ont porté ailleurs leurs espoirs, un forgeron creuse un fossé pour l'écoulement des eaux devant sa demeure. Sa pioche ouvre une roche où dorment des paillettes d'argent. Gisements fabuleux. De nouveau la contrée va s'enfiévrer.

Il y a encore ce prospecteur épuisé, au fond d'une forêt parcourue en vain et qui renonce. Demain il prend le chemin du retour. Jamais plus il ne cherchera. Décidé à changer de vie, il se débarrasse de son pic. Avec colère, comme pour en briser le fer, il le lance contre une falaise. L'outil sonne clair en entamant la roche. Un caillou vient rouler aux pieds de l'homme. Un caillou où brille une veine.

On raconte aussi des histoires venues de bien plus loin. L'aventure fascinante du Sacramento. La longue course de 1849 sur les terres que le Mexique venait juste de vendre aux Etats-Unis pour une bouchée de pain. Des villages de quatre feux devenant villes en quelques mois. Le monde entier bouleversé, la banque en émoi sur tous les continents, l'économie métamorphosée. Jamais les océans n'avaient poussé aussi vite leurs vagues qui portaient la nouvelle d'un rivage à un autre. Sur le Pacifique, des équipages au complet, capitaine en tête, abandonnant les navires pour se lancer à la conquête des terres plus riches que les eaux. Les bateaux délaissés dans les ports, couchés sur les plages où leur bois servirait un jour à la construction des abris pour de nouveaux arrivants. D'autres vaisseaux chargés de milliers de Chinois.

Ni les mers ni les montagnes n'ont su ralentir l'élan vers la Californie, rien ne saurait briser celui qui s'amorce vers les immensités du Nord.

On ne sait quel vent colporte ces histoires. Se jouant des distances, des frontières et des langues, les récits des miracles accomplissent le tour du globe. On les déforme, on les embellit, on les modèle au gré de qui les veut pour lui.

Les rencontres au bivouac, la gourde partagée, le feu et l'amitié rompant la solitude, la soif d'écouter, l'ivresse de raconter. Les nuits peuplées des rêves engendrés par ces récits fabuleux.

Sans méthode, se fiant à leur étoile, l'oreille tendue au vent qui charrie les échos de la chance des autres, d'inlassables chercheurs *marchent le pays*. Ils portent sur leur dos des charges énormes de vivres, de matériel, d'outillage. Ils vont souvent par deux car trop de solitaires ont disparu. Ils ignorent ce qui les attend. Ils savent seulement qu'il faut trois livres de nourriture sèche par jour. Cent livres par mois.

Leur fusil leur apportera un complément de viande fraîche. Rien ne les effraie. La certitude que la fortune est au bout de la route décuple leurs forces.

Quittant bureaux, écoles, usines, ateliers ou boutiques, ils remontent les fleuves et s'enfoncent dans la forêt. Toujours vers l'ouest et vers le nord. Comme ça. Parce que la direction a été indiquée par les premiers découvreurs. Le mouvement suit l'élan donné, comme tournent les astres depuis l'éternité. Partis des villages agricoles ou des vastes métropoles enfumées, ils se dirigent vers ces contrées du bouclier canadien dont on affirme qu'elles sont parmi les plus vieilles roches du monde. Nouveau Monde plus ancien que le vieux continent. Allez comprendre ! Le bouclier, les failles, les remontées du magma, le quartz, les diorites, les monzonites, ces noms qui, pour la plupart d'entre eux, ne veulent rien dire, chantent pourtant comme autant de vents d'espérance. Ils tintent comme des pièces, ils ont la couleur du métal le plus pur.

Longue passion secouée d'orages, presque aussi vieille que l'humanité, la fièvre de l'or est sur le pays comme la peste sur un peuple.

8

Maxime Jordan reparut au soir du neuvième jour. Il siffla.

— Ho! Landry! Si t'as faim, amène-toi!

Il venait d'aborder. Un autre canot approchait de la rive. La nuit était presque là. Des nuées violettes pesaient sur la forêt, à l'ouest du lac. Une plaie d'un jaune malade s'ouvrait, étirant sur les eaux un long reflet. Les troncs des bouleaux se dessinaient très durs, seuls parmi les arbres à accrocher vraiment cette lumière. Maxime se tourna vers le large. Il fit des signes.

— Viens aborder là, tu risques rien, le fond est vaseux. Y a une bonne roche lisse pour te caler.

Le canot glissa lentement contre celui de Jordan et s'avança. Les deux embarcations étaient lourdement chargées. L'eau arrivait à moins d'une main des bordages. Le visage des deux hommes ruisselait.

Ils avaient à peine pris pied que Landry déboulait lourdement, secouant les ronciers au passage et criant :

— J'en ai trouvé, maudit! J'en ai trouvé.

— L'est cintré, ce gars-là.

L'homme du deuxième canot s'étonnait. Il se tenait immobile à côté de Jordan. Plus petit que lui, sec de carcasse. Légèrement voûté. Son chapeau rejeté en arrière offrait aux dernières lueurs un devant de crâne dénudé tout luisant.

Germain venait de s'arrêter à vingt pas, des broussailles à hauteur de ceinture. Se baissant un peu, d'une voix mal assurée, il lança :

— C'est bien toi ?

— C'est moi ! T'inquiète pas.

Landry avança plus lentement :

— Je voyais deux gars, je me demandais...

— Qu'cst-ce que tu gueulais ?

Germain fixait le nouveau venu avec méfiance.

— C'est Taphorin, fit Jordan. Dominique Taphorin. Y vient avec nous.

Le trapu serra la main que l'homme lui tendait, puis, se tournant vers Maxime, aussi bas qu'il avait parlé haut en courant, il confia :

— J'en ai trouvé, bon Dieu. Du vrai...

Les deux autres échangèrent un regard. La nuit approchait très vite. Calme et violette, avec, sur le lac, des lueurs incertaines qui fuyaient.

— Qu'est-ce que tu racontes ? fit Jordan. D'abord, je t'ai pas dit de creuser.

— Je savais que t'allais gueuler. Ben, mon vieux, j'ai pas cherché, c'est juste la flotte sur les roches.

— Faut décharger, ordonna Jordan, bourru. Ça peut pas rester là pour la nuit.

Germain venait de tirer son mouchoir de sa poche. Il l'ouvrit avec précaution. Ses pierres apparurent.

— On y voit plus, grogna Jordan. Tu nous fais perdre du temps.

Sa voix trahissait la curiosité. Taphorin redescendit à son canot où il se mit à fourrager pour remonter bientôt avec une grosse lanterne à réflecteur qu'il eut vite fait d'allumer. La flamme de la bougie dansa. La porte latérale refermée, elle se stabilisa devant le petit miroir parabolique. Un faisceau de lumière se promena quelques instants puis vint se poser sur le mouchoir terreux ouvert dans la main de Germain. Les trois têtes s'avancèrent, les bords des chapeaux se touchant. Du bout de l'index, Jordan retourna l'une des pierres. La matière grise s'ouvrait d'une fissure incertaine où luisait un pointillé jaune. Avec un grognement, le grand pinça les lèvres, fronça les sourcils. Prenant la petite roche, il se retourna et s'accroupit pour la tremper dans l'eau. Se relevant, il déboutonna sa chemise pour sortir la loupe sertie de cuivre qu'il portait en sautoir, à un lacet de peau tressée.

A quelques pouces de la lanterne, il se pencha pour regarder. Les autres lui laissaient place. L'envol d'un oiseau aquatique les fit sursauter. Se redressant, Jordan les regarda, visage impénétrable. Calmement, il dit :

— Exactement la même chose que ce que j'avais trouvé quand j'ai mis les pieds sur cette île pour la première fois. En 1911.

Germain semblait tout décontenancé. Il hésita avant de demander :

— C'en est ou pas ?

— Sûr que c'en est ! (Le visage de Jordan s'éclaira.) Dans ce que j'ai emporté aussi, y en a. Et même pas mal. Au taux actuel, ça donnerait dans les soixante dollars à la tonne.

— C'est beaucoup ? demanda le trapu.

— Je te crois, répliqua Taphorin en riant. Si c'était pas beaucoup, je serais pas ici comme voilà.

— On décharge, fit Jordan. Après, tu nous mèneras voir où c'est.

Tout en prenant les sacs et les caisses qu'il empilait sur la rive à bonne distance de l'eau, Germain se mit à expliquer où se trouvait sa découverte et comment il l'avait faite. Il jubilait. A plusieurs reprises, le grand lui dit :

— Te fatigue pas. On va aller voir.

Pourtant, inlassablement il reprenait son histoire, cherchant les moindres détails. Lorsqu'ils eurent recouvert l'empilement de marchandises d'une bonne bâche serrée à la base avec une corde, ils montèrent vers la lueur du feu. Le nouveau portait sa lanterne et une sacoche en cuir. Germain lui avait pris son sac qui devait bien peser soixante livres. Jordan portait les deux fusils. Ils laissèrent le tout sous la tente, mirent sur le feu une brassée de bois et s'engagèrent sur le sentier conduisant au chantier. S'éclairant de la lanterne à réflecteur, Maxime ouvrait la marche.

— Elle est foutrement bien, cette lampe, fit-il.

— C'est une lanterne de voiture. Je lui ai scié l'espèce de manche qu'elle avait en bas et j'ai soudé la poignée au-dessus. Je connais rien qui éclaire pareillement. Y a que les Américains pour fabriquer du matériel comme ça.

Taphorin avait une voix légèrement éraillée. Il parlait lentement, comme s'il eût compté ses mots. Il allait derrière Jordan. Germain qui les suivait respirait au passage la fumée âcre de leurs deux pipes qui n'empêchait pas les maringouins de s'abattre sur eux en tourbillons serrés. Il semblait que le grand prît un malin plaisir à marcher plus lentement que d'habitude. Dans les détours du chemin, Germain regardait sa silhouette danser sur la lueur mouvante qui tirait de la nuit les troncs des bouleaux et le fouillis des cornouillers d'où émergeaient les longues tiges du bois d'orignal qui commençait à se couvrir de petites fleurs blanches en couronne. Leur odeur suave stagnait aux endroits les plus touffus.

Lorsqu'ils débouchèrent sur la clairière, Germain pressa le pas pour se porter à hauteur de Jordan.

— C'est là-bas.

Il obliqua sur la gauche, descendit dans l'une des tranchées et la suivit jusqu'à un amas de ronces qui l'obstruait entièrement. Au passage, il avait pris le croc. Il monta sur le bord de la tranchée et tira les ronces.

— Qu'est-ce que t'as foutu là ?

— C'était pour cacher ma caisse.

Les deux autres se mirent à rire en se baissant pour regarder. Les pierres avaient séché.

— T'as de la flotte, par là ? demanda Jordan.

— Non.

Posant sa lanterne à distance de la caisse, il ouvrit calmement sa braguette et se mit à arroser les cailloux. L'urine fumait dans la fraîcheur qui tombait. Les mouches et les moustiques tourbillonnaient en traversant le faisceau de lumière. Ils s'accroupirent tous les trois, s'inclinant vers l'odeur forte. La lueur de la lampe dansait.

— Tiens voir, dit Jordan.

Taphorin reprit sa lanterne. Le grand examina longuement plusieurs cailloux à la loupe. Lorsqu'il les laissait tomber sur les autres, le bruit minuscule semblait emplir l'immensité de la nuit.

— Sûr que c'est ça, fit Jordan en se relevant. On va tout de suite faire faire d'autres analyses.

— Tu vas repartir ?

— Non. Je me suis renseigné. Suffit de les porter à Saint-Georges. On les met au train. Ça risque rien. Quand la réponse vient, on te la garde au bureau de la gare. T'as juste à aller la prendre.

Ils étaient immobiles tous les trois, avec, à leurs pieds, cette caisse de cailloux luisants qui fumaient encore un peu. Les trois hommes semblaient empruntés. N'y tenant plus, Germain lança :

— Tout de même, je suis tombé en plein dessus !

— Je le savais depuis le début, qu'on trouverait sur cette putain d'île. Ça fait sept ans que je le sais !

Bon Dieu, avec cette saloperie de guerre, on pouvait rien faire. L'or, tout le monde s'en foutait. Y cherchaient plus que du cuivre. Du stratégique, comme ils disent !

— Je suis tombé en plein dessus, répéta Germain.

— De toute manière, on l'aurait trouvé. C'est pas pour rien que je t'ai fait décaper là, je savais que c'était bon.

— Faut découvrir toute la veine, dit Taphorin. Voir jusqu'où ça va. On va prendre le plus possible en surface avant d'amorcer un puits.

— T'es là pour ça, dit Jordan en riant.

Se tournant vers Germain, il ajouta :

— Il a déjà bossé dans des mines d'or, en Ontario. Y connaît le travail.

Le nouveau venu avait repris sa lanterne. Il la leva à bout de bras pour en promener le faisceau vacillant sur les tranchées ouvertes et les amoncellements de terre, d'herbe et de mousse. Trois foyers flambaient qui éclairaient aussi des portions de la clairière bouleversée. Leur fumée flottait à mi-hauteur des arbres, mollement.

— Ben mon vieux ! lança-t-il, vous en avez remué, de la terre. On se croirait quasiment dans les Flandres, après la grande offensive.

Ils reprirent le chemin du camp. Une humidité pénétrante montait du lac invisible. Des nocturnes se répondaient d'un arbre à l'autre. Sur leur droite, entre les branchages, une lueur malade qui n'éclairait plus que la lèvre d'un nuage traînait encore, curieuse de voir arriver l'obscurité.

9

Germain Landry aimait que l'on raconte. Trop jeune pour avoir fait la guerre, le mystère et l'odeur d'aventure qui émanaient d'elle le fascinaient. De retour près du feu, lorsqu'ils furent assis tous trois à regarder cuire un morceau de bœuf que Jordan avait acheté à Saint-Georges, il demanda à Taphorin :

— Toi, tu y es allé dans les Flandres et tout ça ? Tu t'es battu ?

— C'est sûr, mon gars...

D'une voix dure, Jordan brisa l'élan du conteur.

— C'est bon ! Ces conneries-là, pas la peine d'en parler. Ça revient toujours assez vite.

Il ralluma sa pipe, tira trois grosses bouffées en contemplant la viande qu'il venait de retourner sur la braise, puis, fixant le nouveau, il reprit :

— T'as bossé à la mine : c'est ça qui m'intéresse. Tu vas me dire comment tu commencerais le travail.

L'autre avait un visage aux lignes dures qu'accentuait la lueur du foyer. Il rejeta son chapeau en arrière, découvrant son large front où il passa sa main au dos couvert de poil noir très dru. Il réfléchit quelques instants, le visage tendu par l'effort, souffla sa fumée et commença :

— Faut bien regarder le coin. De nuit, je me rends pas compte... Quand on aura piqueté, faudrait découvrir tout ce qu'on peut. Echantillonner en surface. C'est plus facile que de descendre. T'as pas besoin de matériel et puis, du moment que t'as de l'or libre, comme ça, on devrait toucher des fortes teneurs.

— A la surface, observa le grand, c'est souvent meilleur, à cause de l'érosion.

— Justement. Pour intéresser des financiers, c'est là-dedans qu'il faut taper pour commencer.

Landry, qui écoutait avec beaucoup d'attention, profita d'un silence du nouveau pour se tourner vers Jordan et demander :

— T'as bien la concession, cette fois ?

Sur une chemise à carreaux rouges et noirs, Maxime portait une espèce de long gilet en peau de sa fabrication, auquel il avait plaqué de larges poches à rabats boutonnés. Ouvrant celle de droite, il en tira un formulaire imprimé qu'il déplia et tendit à Germain.

— Tiens, vérifie !

Le trapu prit religieusement le papier. S'étant approché d'une caisse retournée sur laquelle trônait la belle lanterne du nouveau, il s'agenouilla. La tête dans l'épais tourbillon d'insectes, il commença de lire lentement. Ses mains tremblaient, ses lèvres remuaient à peine. Il butait sur chaque mot, se reprenait souvent.

— Ministère des Richesses naturelles. Fiche de gîte minéral numéro 32C4-15. Nom du détenteur : Jordan Mining Syndicate.

Reprenant son souffle, il leva la tête pour demander :

— Qui c'est ça, le syndicat ?

— C'est moi. Puis toi et lui. Avec des gars que tu connais pas, qui ont pris des parts. Y donneront plus quand on aura d'autres analyses.

Jordan souleva de nouveau le rabat de sa poche et tira un calepin à couverture noire écornée. Il l'ouvrit, sortit une page déjà détachée qu'il tendit en expliquant :

— On a fait deux cent cinquante parts. Moi, j'en ai soixante, vous en avez chacun vingt. Mersch qui va s'occuper des affaires à Québec, il en a trente. Les autres dix... Y a plus que toi qui as pas signé, Germain.

Il se tut pour retirer la viande du feu et la poser sur une pierre à peu près plate, dans la lueur du foyer. Ouvrant son couteau, il partagea le morceau en trois. Il prit la plus petite tranche qu'il mit dans son écuelle en fer émaillé. Les autres se servirent et se mirent à manger. Ils piquaient un morceau de cette viande bien rouge où perlait un peu de sang et cassaient une grosse bouchée d'un pain presque blanc, bien levé, que Taphorin avait tiré d'un sac. Ils mastiquaient sans rien dire. Le feu et les insectes mêlaient leur musique. Les nocturnes s'appelaient. Leur vol soyeux froufroutait parfois très bas. Après un temps, Jordan reprit :

— Des parts du syndicat, on peut toujours en vendre ou en acheter. Même, on peut décider d'en ajouter. Admettons que des gens veuillent apporter des sous, c'est à voir.

— Moi, fit Germain, j'ai pas versé de sous.

— Je t'ai expliqué : t'as des parts que tu paies avec du travail.

— Moi pareil, fit l'ancien mineur. Je donne un an pour ma part.

— Vous êtes nourris, ajouta Jordan. Et quand on pourra payer, on paiera.

— Au milieu de ton maudit lac, lança le nouveau en riant, on craint pas de dépenser des sous.

Le trapu avait déjà avalé sa viande. Il posa son

écuelle entre ses gros souliers terreux à demi délacés et s'installa, les bras sur les genoux, les mains pendantes. Le grand lui tendit le feuillet quadrillé qu'il se mit à lire.

Voyant son visage se plisser sous l'effort, Jordan s'impatienta :

— T'as pas besoin de lire tous les noms, je te dis que tu les connais pas. C'est tous des gars de Montréal.

Soupçonneux, le trapu demanda :

— Pourquoi que t'as pas fait ça à Québec ?

— Mersch connaît personne par là. C'est lui qui a trouvé les gars. C'est pas si facile que tu crois.

Soudain, la face de Germain se tendit, ses yeux s'écarquillèrent comme s'il eût découvert un nid de vipères.

— Maudit ! lança-t-il. J' suis fou ou quoi ?

— Qu'est-ce que t'as ?

— Deux mille cinq cents dollars ! Moi, j'aurais pour deux cents dollars de parts ! Maudit ! Quand je travaillais au port, me fallait plus de six mois pour les gagner. Où c'est que je pourrais les trouver ?

Avec un soupir de lassitude, Jordan entreprit de l'éclairer :

— Dix dollars la part, c'est la valeur nominale. En fait, la part est à un dollar. Mersch t'expliquerait mieux que moi. C'est lui qui a manigancé ça, tu peux lui faire confiance. Pour ce qui est des sous, il en connaît un bout.

— Il a l'air, approuva Taphorin.

— Moi, fit encore Germain avec une pointe d'anxiété dans la voix, j'ai jamais eu d'histoires. Je voudrais pas...

Jordan l'interrompit :

— Ecoute, Germain. Je te fais confiance pour tout, toi aussi. On marche comme ça. Sinon, y a plus rien de possible. Je ramène cent vingt piastres toutes fraîches, si tu fais le nez dessus, on s'en sortira jamais. Je te jure que c'était déjà pas facile de les faire cracher aux gars de Montréal.

Il laissa passer un temps, chassa quelques moustiques plus acharnés que les autres puis, reprenant le papier où les noms étaient en colonne avec, en face, le nombre de parts et la signature de chaque actionnaire, il dit :

— T'as plus qu'à signer.

Il retourna son écuelle vide qu'il venait d'essuyer d'un bout de mie. La posant à l'envers sur son genou, il torchonna le fond d'un revers de manche avant d'y appliquer la page de calepin qu'il défroissa de la tranche de sa main. Sortant de sa poche un petit crayon fuchsine, il lui ôta son capuchon de métal, mouilla la mine d'un peu de salive et le tendit au trapu qui s'était accroupi devant lui. Avec application, tirant un peu la langue, en face de son nom, Germain écrivit de nouveau : Landry G., et souligna d'un trait appuyé.

— Crève pas la feuille, fit Jordan. T'écris comme tu pioches !

— T'inquiète pas pour l'écriture, dit Germain en regagnant sa place.

Son visage reflétait une certaine émotion. La sueur avait perlé à son front. Volant de l'un à l'autre, son regard interrogeait. Il finit par soupirer :

— Tout de même, c'est pas rien !

Le nouveau l'observait, surpris de le voir si troublé. Il lança :

— Sûr que c'est pas rien. Les autres parts, tu peux les racheter. Mon vieux, si tu te démerdes bien, en quelques années te voilà propriétaire de la mine.

Ils rirent un moment tous les trois. Taphorin ajouta :

— En tout cas, j'ai vu ce que c'est le tracas d'une

mine. C'est pas une petite affaire. Moi, j'ai voulu des parts histoire de prendre en même temps le risque et la chance. Pour le reste j'aime mieux qu'on me paie. Les bénéfices : c'est pas demain la veille !

— Tu seras payé, fit Jordan. Par la société. Par nous et les autres.

Taphorin rejeta une fois de plus en arrière son chapeau qui retombait toujours sur son front et conclut :

— D'accord, c'est moi qui me paie ! Comme ça, si je veux une augmentation, je sais à qui m'adresser.

Il se leva pour prendre sur les braises le pot émaillé noirci par la fumée et versa du thé dans les trois gobelets posés sur la pierre plate. Ses gestes étaient précis. Ses mains noueuses respiraient l'adresse et l'aisance. Lorsqu'il eut terminé, il regagna sa place en se frottant les paumes avec force. Une flambée de joie montait en lui. Son visage était moins anguleux, comme adouci de bonheur. Parlant plus haut, il dit à Jordan :

— T'as bigrement bien fait de nous associer. (Il se tourna vers Germain.) Ton gars, l'a l'air solide. M'en vas lui apprendre le métier, moi. On va t'abattre de la besogne. Tu peux me croire, si t'as mis le nez sur un bon claim, ta roche, va falloir qu'elle crache. Ton île du diable, on va te la presser comme une vieille chaussette !

Jordan tenait toujours son calepin contenant l'acte de constitution de la société rédigé sur le coin d'une table de taverne.

— Montre un peu, que je regarde encore, demanda Taphorin.

Germain se déplaça pour relire avec lui. En face de l'un des noms, un associé illettré avait signé d'une croix. Ils examinèrent également le certificat de concession déjà taché de graisse. Sans remuer les lèvres, ils lisaient :

— Trois claims de quarante acres, soit au total cent vingt acres, seule concession accordée sur l'île du lac Ouanaka.

— Tout de même, fit Germain, c'est une drôle d'affaire.

Ils étaient là, hochant la tête dans l'infatigable tournoiement des insectes, l'air de ne pas croire à leur bonheur.

Jordan tendit la main et Taphorin lui rendit les deux feuilles. Il prit celle de la concession qui portait le cachet du ministère et la signature d'un fonctionnaire. La secouant un peu, il expliqua :

— Celle-là, maudit ! quand j' l'ai enfilée dans ma poche en sortant du bureau du gouvernement, j'ai poussé un fameux soupir !

— T'aurais pu l'avoir avant, fit Taphorin.

— Déclarer une découverte tant que tu peux pas y faire de travail, faut être cinglé ! On peut te la prendre. Même si on te la prend pas, t'as des nuées de gars qui se disent que le coin est bon. J'aurais déclaré quand j'ai trouvé, tu verrais vingt claims de piquetés autour du lac.

— Je vais pas m'en plaindre puisque ça m'a permis de te rencontrer, observa Taphorin. Tout de même, en attendant comme ça, t'as pris un foutu risque.

— J'aurais voulu t'y voir ! Avec cette putain de guerre dans les vieux pays, tu trouvais pas un gars qui accepte de risquer une piastre dans une affaire pareille. Déclarer, c'est bien beau, mais faut pique- ter et si t'as pas un sou, comment tu fais ? Et quand t'as piqueté, faut travailler sur ton claim, sinon, tu perds tes droits !

Il se tut. Les autres le regardaient en silence. Il soupira longuement, puis, serrant les poings, il reprit, comme s'il se fût surtout parlé à soi-même :

— Sûr que pendant trois ans, j'ai pas passé une

nuit sans me réveiller en sursaut. Je voyais des mecs ici. Sur l'île... Des fois, j'y voyais une mine énorme. C'étaient toujours des inconnus qui exploitaient. Et moi, j'avais plus qu'à chercher ailleurs.

Il se donna le temps de rallumer sa pipe avant de poursuivre :

— Chaque fois que j'ai gagné de quoi m'arrêter quelques jours, je suis monté ici. Je me cachais. Je m'assurais que personne me suivait. L'automne dernier, j'ai pris le risque de défricher un peu. J'ai attendu que la glace soit prise pour redescendre à pied, en laissant mon canot ici.

— Ce qu'il faudrait, fit Taphorin après que le grand eut replié et remisé ses deux précieux documents, ce qu'il faudrait, c'est un gars qui donne vraiment de quoi démarrer un gros chantier.

— T'es cinglé, lança Jordan. Je te l'ai dit : je ne veux pas me faire avoir comme tous ceux qui ont eu la chance de toucher un bon claim. Se crever pour tout mettre en train et se faire foutre dehors de son affaire dès que ça commence à rendre, faut être malade !

Ils discutèrent encore un long moment. Maxime voulait exploiter lui-même. Se garder toutes les chances de gagner gros le plus longtemps possible.

Comme ils se taisaient depuis un moment, Germain demanda soudain :

— Et ma lettre, tu l'as donnée, au moins ?

— Bonsoir ! fit Jordan, on l'avait oubliée, ta Justine ! Pourtant, tu peux dire qu'elle pense à toi. Sors le cadeau, Taphorin.

Le nouveau venu alla jusqu'à la tente, fouilla dans son sac et revint avec un paquet fait de papier journal que la graisse avait traversé. Il le tendit à Germain qui le déplia avec précaution sur ses genoux serrés. Un gros cake doré, recouvert de fruits confits, apparut.

— Ben mon vieux !

Germain rayonnait. S'approchant du feu, il posa le gâteau sur la pierre où Jordan avait coupé la viande et, sortant son couteau, il tailla trois belles tranches. Prenant la sienne, le nouveau l'examina avec attention, comme s'il eût redouté d'y goûter. Puis levant la tête, il dit :

— C'est comme la terre, ce qu'elle t'a envoyé là.

Les autres ne comprenaient pas. Il sourit, assez fier de lui. Il les fit attendre un peu avant d'expliquer en montrant la tranche dans la lueur de sa lanterne.

— Ben oui. T'as la terre. C'est un énorme cake. Tout à travers, t'as des raisins. C'est la roche où y a de l'or. T'enfonces une drille. Si t'as pas de veine, tu passes à tout coup entre les raisins.

Germain se mit à rire. Le grand hochait la tête. L'autre mangea une bouchée, puis, heureux de son succès, il ajouta :

— Quand t'es sous la terre et que tu creuses une galerie, c'est pareil. Tu vois pas ce qui se trouve à droite ou à gauche. Ni au-dessus ni sous tes pieds. Des fois, tu passes à deux pouces du raisin, t'en sauras jamais rien.

Traçant un sillon à peu près rectiligne dans la mie jaune, son gros doigt passait entre les grains luisants d'où suintait un peu de sirop.

10

Taphorin se baissait; il regardait la roche. A quatre pattes, il prenait sa loupe, examinait longuement, le plus près qu'il pouvait, puis se redressait.

— Ben mon vieux, t'as mis le nez où il fallait. Du quartz partout. Ça m'étonne pas. On est en plein dans le prolongement de la faille. Y a pas de raison pour que ça s'arrête à la frontière.

Il frottait l'une contre l'autre ses mains qui émettaient un joli bruit de râpe. S'approchant de Jordan, baissant un peu la voix comme s'il eût redouté d'être entendu dans ces solitudes, il ajouta :

— Je vais te dire : je serais pas surpris que tu sois en plein sur le gros bouillon. Où les savants disent qu'il a dû se produire une remontée de lave du tonnerre de foutre !

Ils reprirent leur marche. Germain continuait l'abattage du bois tandis que les deux autres arpentaient la partie nord de l'île pour déterminer le point précis où ils allaient commencer leur piquetage.

Le soleil vernissait le lac où courait un bon petit vent d'est. Le long des buissons, la gelée blanche s'accrochait aux ombres fraîches. Chaque fois que les deux hommes débouchaient sur la rive, l'ancien mineur de l'Ontario se prenait à répéter :

— Une île. Y a rien de mieux pour pas être emmerdé. Surtout si t'es seul à pouvoir t'installer.

— Le gars du gouvernement me l'a garanti. T'as vu, ils l'ont écrit.

Leur joie s'harmonisait parfaitement avec ce matin de lumière blonde et de musique douce. Celle de Taphorin coulait comme de l'eau vive. Celle de Jordan restait en lui, à peine lumineuse au fond de ses yeux.

Lorsqu'ils cessaient de marcher dans les broussailles qui pétillaient, ils entendaient claquer la hache du trapu et craquer les arbres abattus. Quand ils le rejoignirent, il avait déjà ébranché et aligné de quoi préparer une bonne centaine de solides piquets. Tandis qu'il poursuivait sa tâche après avoir bu longuement à la gourde de thé, Jordan et le mineur se mirent à débiter. Il fallait ensuite appointer le bas et tailler les quatre faces du haut destinées à recevoir les inscriptions. Quand ils eurent dix piquets, ils en prirent chacun cinq, se chargèrent de la masse, de deux haches et de la chaîne pour gagner la pointe nord de l'île. Jordan dit à Germain :

— Tu viendras nous en apporter d'autres.

D'être ainsi répartis leur procurait le sentiment que l'île vivait davantage. Autour, c'était l'eau, puis le vide de la forêt. Une immensité qui semblait leur appartenir.

Les deux hommes tracèrent leur première ligne, mesurant à la chaîne, coupant des branches et abattant ce qui les gênait pour tirer droit. Ainsi, partis de l'angle nord-est, de piquet en piquet, du nord au sud et d'est en ouest se carrelait leur territoire. De la clairière, où, déjà, s'ouvraient les tranchées aux rivages de l'île, ils marquaient leurs lignes, comptant les pas. Vérifiant les directions à la boussole et les distances, de temps à autre, avec leur chaîne d'arpenteur.

En raison du fouillis de verdure qui recouvrait une bonne partie de l'île, il leur fallut trois journées de gros travail pour mener à bien leur piquetage. Lorsque ce fut terminé, ils se mirent à prélever des échantillons en plusieurs lieux que Germain nettoyait devant eux. Cette besogne-là dura sept jours. Sept jours de fièvre avec des arrêts, des doutes, des exclamations d'enthousiasme et de grands élans d'espoir. Les sacs préparés et étiquetés, les plans roulés et enveloppés dans un gros papier, Jordan s'embarqua pour Saint-Georges-d'Harricana. Avec un brin d'angoisse, il confia le tout au chemin de fer. A Québec, Mersch ferait procéder à l'enregistrement des terrains piquetés et leur expédierait le résultat des analyses d'ici une dizaine de jours.

Lorsque Jordan remonta l'Harricana, seul à bord de son canot, dépouillé de ses précieux sacs gris et de ses plans, il se sentait tout nu. Une terrible envie le tenait de faire demi-tour pour filer au plus vite reprendre possession de son bien et l'accompagner lui-même jusqu'à Québec.

Une semaine à peine avait passé. Vers le milieu d'un après-midi chaud et crissant d'insectes, alors qu'ils étaient tous trois attelés à une tranchée d'exploration, ils furent interrompus par des coups de sifflet lointains.

— Bon Dieu, on était trop tranquilles !

Les piocheurs demeurèrent l'outil en suspens, l'oreille tendue à hauteur du sol où ils commençaient à s'enfoncer.

Des appels leur parvinrent :

— Ho ! Ho ! Jordan !

Ils bondirent, coupant au plus court pour atteindre la rive en empruntant une des lignes de piquetage en direction de l'ouest. Deux gros canots venaient de doubler le cap qu'ils avaient baptisé Pointe noire en raison des roches moussues, souvent mouillées retenant un terreau de feuillage où poussaient quelques aulnes. Un homme se leva dans la première embarcation, ôta d'un large geste un peu fou un grand chapeau noir et se mit à gesticuler. Il y avait quatre autres personnes et pas mal de colis.

— C'est Mersch, annonça Jordan. Edouard Mersch !

L'homme avait l'air d'un long épouvantail prêt à se briser et à tomber à l'eau. Il cria quelque chose qui se perdit dans le vent. Le deuxième canot avait quelques brasses de retard. Il était plus gros avec six hommes à son bord, des caisses toutes neuves et de longs colis. Les rameurs semblaient peiner.

— Des gars qui amènent une drille mécanique, dit Taphorin. Ça peut être que ça.

Jordan leur fit signe de continuer au large pour passer l'autre cap et aller apponter plus loin, où ils avaient coutume de débarquer. Les arrivants ayant vu leurs canots y furent avant eux. Mersch montait à leur rencontre par le sentier. Il semblait qu'à chaque enjambée sa carcasse bringuebalante allait se démantibuler. Il tenait toujours à la main son large couvre-chef qui avait libéré une tignasse clairsemée où se mêlaient le noir et l'argent. Son visage tout en os et en peau ridée grimaçait. Des yeux minuscules piquaient dans cette face de pain d'épice ratatiné deux grains de café d'un noir très dur. Avant même de les avoir rejoints, il tira des papiers de sa poche et les brandit en criant :

— Jusqu'à cent dollars la tonne ! Je t'amène du beau monde et des outils, tonnerre !

Il empoigna Jordan par les épaules et commença de le secouer. L'autre l'écarta d'un geste. Lui prenant les bulletins d'analyses, il se mit à les examiner. Germain et Dominique s'approchèrent pour voir. Des chiffres s'alignaient. Des poids et des pourcentages.

— Ça irait de cinquante à cent, fit Jordan en se tournant vers Taphorin. On va foncer.

L'échalas gigotant les submergeait d'un flot de propos dont ils essayaient de saisir l'essentiel. Il en ressortait que tous les actionnaires s'étaient débrouillés pour tripler leur mise. Le fil de fer parla aussi de drille à manivelle. Il envisageait de faire venir une bouilloire qui actionnerait des machines. A l'entendre, la mine se trouvait à deux doigts de fonctionner et de rapporter des fortunes. Les autres s'étaient avancés et formaient cercle autour d'eux, tendant l'oreille. Edouard Mersch eut un grand geste du bras comme s'il eût voulu les ramasser pour en faire un fagot :

— C'est des Polonais, des mineurs, des vrais, fit-il. Y en a que trois qui parlent anglais avec un qui parle un peu français.

Il lança :

— Déchargez le fourbi, vous autres !

L'un des hommes, petit et râblé, demanda avec un fort accent :

— Où faut mettre ?

Ce fut Jordan qui répondit :

— Au campement, on y va.

Ils se dirigèrent vers la tente. Le gesticuleux s'accorda quelques minutes puis, avant même d'arriver, il les arrêta de ses bras en croix.

— Le comble ! fit-il. Le comble ! Tu devineras jamais, Jordan.

— Quoi ? Une compagnie qui veut acheter ?

L'autre se redressa de toute sa taille, il dominait Jordan d'au moins deux têtes. Figé. Comme bloqué d'un coup, sa trépidante mécanique grippée.

— Toi alors !

— C'est classique, fit Taphorin.

L'échalas de nouveau en mouvement sembla découvrir la présence des deux compagnons de Jordan.

— Qui c'est, ceux-là ?

— Lui, c'est Taphorin que j'ai remonté l'autre jour. Le bas-du-cul c'est Landry.

— Ah ?

— Seigneur ! T'écoutes jamais rien. Je vous en ai parlé à la réunion. Y a leur nom sur le papier.

— Possible. Moi, les noms...

— Alors, ta compagnie ?

— C'est le laboratoire qui les a renseignés. Des Américains pleins aux as. Un délégué vient, t'aurais vu ça. Bagnole et tout. Le cigare. Et un gars avec lui qui écrivait ce qu'on disait. Y propose d'acheter. Devine combien ?

— Je m'en fous !

— Quinze mille !

Jordan eut un haussement d'épaules. Avec un rire qui fracassait du bois sec, Mersch lança :

— Tu sais ce que je lui ai répondu ?... Mon cul !

Cette fois, Jordan fit comme s'il n'avait rien entendu. L'échalas poursuivit :

— Ça l'a même pas étonné. Y bronche pas d'un poil. Y me regarde et y dit : vingt mille ! Je dis : deux fois mon cul ! Ben mon vieux...

Agacé, Jordan l'interrompit :

— M'en fous, de tes conneries. Amène-toi. Faut qu'on parle de l'augmentation des parts.

— T'inquiète pas, c'est réglé. Vous payez en travail. Vos parts ont déjà doublé.

Ils reprirent le sentier conduisant au campement. Mersch marcha un moment en maugréant sans qu'on pût saisir ce qu'il disait, puis, élevant le ton, il lança :

— Tout de même, on t'amènerait la lune à poil dans une boîte de conserve, ça t'étonnerait pas plus que ça !

Jordan qui allait en tête ne se retourna pas. Rien

60

ne paraissait l'atteindre vraiment. Il n'était pas plus sensible aux propos de l'épouvantail qu'aux nuées d'insectes bourdonnants et piquants qui les assaillaient sans relâche. Il ne s'arrêta qu'une fois, pour rallumer sa pipe. Il souffla une ample bouffée de fumée grise et repartit. Avant de parvenir à la tente devant laquelle le sol sans cesse battu par les bottes était dur comme pierre et sans un poil d'herbe, il attendit Mersch pour lui dire :

— Tes Polonais, ils arrivent bien. On en a plus que marre de loger sous cette putain de toile. La première chose qu'ils vont faire, c'est de la charpente.

— Y feront ce que tu leur demanderas. Ces gars-là renâclent pas à la besogne.

Sans lui laisser loisir de s'embarquer dans le discours sur le travail et la Pologne qui devait déjà lui monter à la glotte, Jordan l'interrompit. L'œil sombre, d'une voix où il ne pouvait empêcher que perce une certaine angoisse, il demanda :

— Les autres sont au courant, pour l'Américain ?

— Tu rigoles. J'allais pas leur parler de ça. Y a que le père Hueneau qui sait. Forcément, c'est à sa taverne que le type m'a retracé.

Jordan parut soulagé. Il réfléchit un instant, puis, prenant par le revers le grand échalas qu'il secouait en l'obligeant à s'incliner en avant, il gronda :

— Ecoute-moi bien, Edouard. Des compagnies, y en a des tas qui ont des agents partout. Y vont courir aux trousses de tous les actionnaires. Je veux pas qu'une seule part soit revendue à ces gars-là ! T'as compris ?

— Compte sur moi.

Jordan qui le tenait toujours poursuivit :

— Je veux pas qu'on cède une part sans m'en parler. T'entends ? Pas un centième de part. Le délégué responsable, c'est toi. D'ici, je peux rien faire. Si jamais un mec vend une part, c'est à toi que je m'en prendrai !

Sa main lâcha le tissu qui se défroissa lentement. S'étant redressé, Mersch passa son index autour de son cou maigre, entre sa peau fripée et son col empesé. La main de Jordan l'avait libéré, son regard le tenait encore. D'une voix plus sourde, martelant les mots dont chacun contenait son poids de menaces, Jordan ajouta :

— Tu me connais pas encore tout à fait. Je te préviens, Edouard : je peux être très vache. Cette mine, je me suis crevé à la chercher des années. Depuis 1911 je la surveille. Elle est un petit peu à vous autres, mais moi, si je me la faisais carotter, j'aurais plus rien à perdre. Je sais pas si tu vois bien ce que ça veut dire !

Le ton s'était fait enveloppant. On y sentait une menace plus aiguë encore. Le regard tenait toujours Mersch qui semblait figé. Rassemblant toutes les forces de son long corps sans viande, il parvint à fabriquer un pauvre sourire qui dissimulait mal une terrible frousse.

11

L'escogriffe eut vite fait de régler cette affaire d'augmentation des parts. Sur trois pages arrachées d'un gros carnet tiré de sa poche, il inscrivit les noms, une nouvelle somme et apposa sa griffe nerveuse. Jordan signa à son tour puis observa :

— Je signe aussi sur le mien, ça veut pas dire grand-chose.

— C'est pas plus mal !

Landry et Taphorin examinèrent un moment leur reçu avant de l'empocher. Ce bout de papier représentait beaucoup d'argent qu'on leur donnait sans qu'ils en voient la couleur.

Ces formalités sommaires accomplies, Mersch se leva de la souche sur laquelle il s'était assis pour écrire.

— Qui c'est qui me descend à Saint-Georges ?

Comme s'il n'avait pas entendu, Jordan s'enquit :

— Dis donc, tes Polonais, où est-ce qu'ils vont roupiller ?

— Là, fit l'échalas en désignant le sol autour du foyer.

— Dans quoi ?

— Une couverture.

— Une couverture ?

— Enfin, chacun une.

Jordan émit un ricanement.

— J'espère que c'est pas une pour tous! Et tu penses qu'ils vont tenir jusqu'à ce qu'ils aient monté un campe?

— A côté d'un feu, on n'a pas froid.

— Tu l'as fait souvent?

Mersch haussa les épaules.

— C'est pas mon métier.

— Eux non plus.

L'échalas marqua une hésitation. Il eut un regard inquiet en direction de l'endroit où se trouvaient les canots. D'une voix mal assurée, il demanda:

— Où tu veux en venir?

— Si jamais y se met à pleuvoir, qu'est-ce qu'ils vont faire?

Avec un geste d'agacement, Mersch lança:

— Je m'en balance. Y se démerdent! Allez, faut que je rentre. Qui c'est qui me conduit?

Calmement, Jordan répliqua:

— Ton train, y part demain après-midi. T'as rien à foutre ce soir à Saint-Georges. Si tu couches ici, t'économises vingt sous pour la société.

L'autre se fit amical, presque suppliant:

— Déconne pas, Maxime. Faut que je parte. J'ai que ce costume, si je couche avec, il est foutu.

— Tu me feras toujours rigoler.

Comme Mersch ébauchait un pas en direction du sentier conduisant à l'embarcadère, d'une voix calme et glaciale, Jordan lança:

— Si tu touches à un canot, je te fous un coup de fusil!

— Bon Dieu, mais qu'est-ce que je t'ai fait? Qu'est-ce que t'as contre moi?

— J'aime pas qu'on traite les hommes comme

du bétail. Tu les as embauchés, tu coucheras avec eux dehors jusqu'à ce que leur campe soit fini. Fallait penser à leur amener une toile, mon vieux... Si tu veux que la bâtisse monte vite, tu aideras.

Le tout en os eut un rire cascadant.

— Sûr que ça avancerait. J'ai jamais touché un outil !

— Belle occasion pour commencer.

Jordan s'éloignait en direction des nouveaux. Mersch l'empoigna par le bras.

— Si je suis pas à Montréal et que les actions se revendent à une compagnie, tu viendras pas...

Jordan l'interrompit :

— T'es trop malin... Ce soir, on couche dehors tous les deux. Je te prête une couverte. Ces émigrés, y en a un qui pourrait être mon père, je lui donne ma place sous la tente. Ça me ferait mal de le voir dehors.

Mersch le laissa aller et vint s'asseoir sur une caisse, le dos à l'entrée de la tente. Avant de s'éloigner à son tour, Taphorin lui demanda :

— T'es venu jusque-là et t'as même pas demandé à voir le chantier. Ça t'intéresse pas ?

L'autre secoua sa tête osseuse au bout de son cou de poulet.

— Ce qui m'intéresse, grogna-t-il, c'est pas la mine, c'est ce qu'on peut en tirer.

Le lendemain, bien que le campe ne fût pas terminé, Jordan laissa partir l'escogriffe. Simplement, au moment où celui-ci montait dans le canot qu'allait piloter Landry, il lui dit :

— Surtout : oublie rien. Oublie pas non plus que le patron, c'est moi. Entre-toi ça dans le crâne une fois pour toutes. T'as pas fini de le raconter, que tu t'es réveillé tout couvert de gelée blanche !

— J'ai roupillé comme un siffleux dans son trou.

C'est bien ce que je disais, quand on dort, on sent pas le froid.

— Si le cœur t'en dit...

Jordan eut un grand geste pour désigner l'immensité autour d'eux. Ils se mirent à rire tandis que Landry poussait l'embarcation vers le large.

En trois jours, les Polonais eurent dressé une baraque de bois rond. Ces hommes-là besognaient en silence, sans s'arrêter autrement que pour les repas et le sommeil, l'air presque farouche, comme des lutteurs obstinés. Dans la première bâtisse, ils montèrent deux rangs de couchettes superposées et une longue table au centre sur de solides piquets. Dans la seconde, ils installèrent quatre couchettes seulement, pour Jordan, Landry et Taphorin. Ceux qui y travaillaient avaient compris que la dernière serait pour les visites du gars qui n'aimait pas dormir dehors. Au fond de ce bâtiment-là et sur tout un côté, on remisa les vivres et le matériel. Pas très loin de la porte, l'un des Polonais, qui savait fort bien bricoler le bois, confectionna à l'aide de caisses un bureau sur lequel on pourrait étaler des plans, dessiner ou écrire. Montrant Jordan, il dit en riant :

— Boss. Boss.

Pendant ce temps, à trois cents pas de là, deux autres mineurs bâtissaient une espèce de niche où l'on entassa les explosifs. Une forte porte de rondins la défendait, fermée par un gros cadenas. La dynamite et la poudre étaient chères. Les prospecteurs qui hantaient à présent la forêt sur plusieurs milles de rayon autour du lac pouvaient être tentés.

Le vieux Polonais, petit homme paisible, que Jordan avait contraint à prendre sa place sous la tente les premiers soirs, s'appelait Wladek Boreski. Jordan l'avait baptisé Wladki et tout le monde le nommait ainsi. Il ne parlait que sa langue. Celui qui servait d'interprète révéla que ce malheureux avait perdu toute sa famille, mais ne parvint pas à expliquer comment le drame s'était produit.

— Dis-lui que s'il arrive à parler un peu français, je lui ferai faire des choses moins pénibles que la mine, proposa Jordan.

L'homme traduisit, puis donna la réponse :

— Pas possible. Il dit qu'il veut seulement la mine. Il trouve le reste trop pénible. La mine, il aime ça.

Ces Polonais connaissaient admirablement leur affaire. Ils n'hésitaient jamais sur un geste et ne ménageaient pas leur peine.

Rapidement, l'île se métamorphosa. Un chevalement cinq fois haut comme un homme, fait de trois troncs de mélèzes maintenus entre eux par de robustes étrésillons en épinette dure comme fer, fut dressé au-dessus du puits amorcé. Le treuil fut installé à côté et une poulie suspendue au faîte du chevalement. Ce n'était rien, mais assez pour donner le sentiment qu'une mine allait naître. Le chant du cliquet battant sur la roue dentée, les couinements de la manivelle, les grincements des essieux procuraient aux hommes des impressions d'usine.

Parallèlement, la forêt s'ouvrait. Des foyers de plus en plus volumineux répandaient leur fumée. Certains jours, elle montait droit vers le ciel transparent, étendant son ombre sur le chantier où transpiraient les hommes dans l'air étouffant. Plus souvent, le nuage qui sentait fort la résine se couchait vers l'est ou vers l'ouest, s'étirant sur le lac, s'accrochant aux rives où se formaient de longs bourrelets moelleux.

Pareille à ces boucanes, la fièvre débordait des limites de l'île. Elle s'étendait sur le pays. Les canots se faisaient plus nombreux sur le lac et tout au long de l'Harricana. Ceux de Jordan descendaient souvent porter des échantillons et du courrier, des demandes de matériel surtout.

Parce que les pierres expédiées se révélaient pleines de promesses, le grand Mersch se démenait pour trouver de l'argent. Le train amenait le matériel que des hommes remontaient par l'Harricana. Un jour, on dut construire une sorte de radeau pour transporter les plus lourdes pièces d'un nouveau treuil. Il fallut trois jours pour atteindre l'île. Un tel trafic attirait sur les rives les prospecteurs moins heureux qui contemplaient avec envie ces hommes déjà attelés à l'exploration en profondeur.

Mersch revint à deux reprises au cours du premier mois. Tel actionnaire était vendeur de ses parts. Les dix dollars du premier jour en valaient à présent deux cent cinquante en raison de la surenchère constante des deux ou trois grosses compagnies qui convoitaient ce gisement.

Lorsque Jordan apprenait le nom du vendeur, il serrait les poings en grondant :

— Bon Dieu, si j'étais pas ficelé ici par le travail, je descendrais le voir, ce salaud-là !

Méprisant, il ajoutait :

— T'es peut-être retors, Edouard, seulement, t'es pas foutu d'en imposer à un mec. Il oserait pas venir me les réclamer en face, ses cent cinquante piastres, ton pourri !

— Qu'est-ce que tu gueules, observait Mersch, tes parts aussi ont augmenté.

— M'en balance, de tes conneries !

— J'ai jamais vu un type se foutre en rogne parce qu'il devient riche.

— Riche de papier, ça m'intéresse pas.

— Tu sais pas ce que tu veux...

— Je veux creuser ma mine sans me faire bouffer par les compagnies. C'est tout ! Mes actions, on m'en donnerait dix fois ce prix-là, je les lâcherais pas.

68

Jordan s'énervait. Il voulait aller de l'avant. Il sentait le minerai lui brûler les semelles mais les moyens manquaient. En dehors de l'acte de constitution du syndicat, il conclut un contrat avec Mersch : chaque fois qu'un actionnaire chercherait à vendre, l'échalas se débrouillerait pour acheter les parts qu'il partagerait avec Jordan. Celui-ci paierait avec sa peine et les risques qu'il prenait sur cette île où il n'avait nul besoin d'argent.

Lorsqu'ils eurent rédigé deux fois leur pacte, qu'ils eurent signé et empoché chacun un exemplaire, Jordan empoigna le bras maigre de son compagnon, le serra à faire mal dans sa main durcie par la besogne. Le regardant au fond des yeux, il dit :

— Nous voilà liés, Edouard. Ficelés tous les deux comme des bouts de bois dans un fagot. Pas moyen d'en faire flamber un sans que l'autre y passe.

Mersch opina du chef. Après un instant de doute, ses minuscules yeux noirs se mirent à pétiller comme des braises à la bise.

— La mine, fit-il, on finira par l'avoir à nous deux. Toi tu creuses, moi je me charge du reste.

La fièvre de l'or augmentait au même rythme que le cours des actions. De plus en plus nombreux, les canots abordaient l'île. Des hommes se présentaient pour travailler, d'autres offraient de mettre des capitaux dans l'entreprise. Jordan les faisait tous refouler. Lui qui avait si longtemps prospecté se méfiait aujourd'hui des coureurs de pistes comme si chacun d'eux eût été un évadé du bagne.

De la forêt environnante, les fumées s'élevaient. Les campements se multipliaient. On fouillait chaque taillis, on auscultait le moindre affleurement rocheux. On sondait, on décapait, on abattait les arbres, on tamisait le sable des rives du lac, celui des sources et des rivières. Certains piquetaient des claims. D'autres faisaient exploser des charges de poudre.

Landry regardait, écoutait, l'œil inquiet, le front plissé.

— Tu crois qu'ils trouveront ?

Jordan se bornait à grommeler :

— Que dalle ! Ce pays-là, je l'ai fouillé de fond en comble.

— Finalement, ça nous gênerait pas qu'une autre mine se creuse par là, observa un jour Taphorin. Peut-être que ça inciterait le gouvernement à ouvrir une route.

Jordan soupira. Son regard s'éclaira un instant pour s'assombrir tout de suite.

— Tout de même : ça me ferait mal de m'être esquinté les yeux à reluquer cette terre si longtemps pour passer à côté du magot !

On avait beau être sur une île, il fallait ouvrir l'œil. Le temps de la solitude tranquille était terminé. Le bruit s'était vite répandu que Maxime Jordan avait trouvé de l'or natif et du minerai à très forte teneur. Son nom devint célèbre parmi les prospecteurs. Tous voulaient voir, toucher. Juste une fois. Une toute petite fois pour se donner la chance de trouver à leur tour. Reprendre courage, raffermir leur certitude que la fortune attendait dans ces forêts. On voulait savoir comment l'or était fait, pour ne pas l'enjamber sans le voir si on avait la chance de mettre la botte dessus. Certains voulaient rencontrer Jordan. Lui montrer un caillou. Comme s'il eût transporté dans sa tête un laboratoire d'analyses. Mais le grand passait le plus clair de son temps à piocher. Il ne rencontrait personne. Il n'avait jamais une minute à perdre.

Il fallut très vite organiser un tour de garde, planter des poteaux avec des pancartes d'interdiction et veiller sur les explosifs.

Dans tout l'Abitibi, jusqu'au fond du Témiscamingue et même en Ontario, on parlait de l'île Jordan comme si elle eût déjà fait la fortune de son propriétaire. Rien d'autre qu'un chantier d'exploration où l'on avait à peine amorcé un puits. Mais pour ceux qui tournaient autour en canot, qui apercevaient ce chevalement, entendaient cliqueter le treuil et sonner les pointes de drille, c'était énorme.

Grâce aux compétences et à l'ardeur des Polonais, le travail avançait. Ces gens-là savaient tirer le maximum de chaque charge. Ils s'entendaient également à boiser le puits aux endroits où le sol l'exigeait. Infatigable, le boss descendait avec eux. Bien qu'il eût tout à apprendre, il s'était placé à la direction d'une équipe. Attentif à tout, adroit et ingénieux par nature, il devançait les gestes de ces gens beaucoup plus expérimentés. Il était maître dans l'art de leur faire conduire les travaux en donnant l'impression de les diriger lui-même.

Jordan avait confié l'autre équipe au vieux Wladki. La troisième menée par Taphorin poursuivait l'exploration en surface, creusant des tranchées parallèles.

Landry veillait à l'abattage des bois. En fait, c'était la surveillance de l'île qui l'occupait le plus. La manière qu'il avait de s'avancer vers les curieux, une hache dans son énorme patte poilue, l'œil dur au ras du bord d'un vieux chapeau bosselé, la chemise largement ouverte sur son torse de gorille, suffisait généralement à les décourager.

En dessous, l'exploration se poursuivait. Dans des galeries où ils devaient souvent travailler couchés, les mineurs suivaient des veines de quelques pouces, taillant tout juste ce qu'il fallait pour le passage d'un corps. Jordan avait appris comment recharger à tâtons, dans l'obscurité la plus opaque, sa lampe à carbure. Il avait rapidement surmonté sa peur, mais il lui restait assez d'angoisse pour que l'instant fît battre son cœur un peu plus vite. Son sang était alors le seul bruit des profondeurs. Il s'était vite pris à aimer ces instants de silence noir où il lui semblait qu'il faisait vraiment corps avec sa terre. Lorsque la lumière blafarde de la petite flamme revenait lécher la paroi souvent luisante et humide, Jordan éprouvait toujours une sorte de jouissance à retrouver le fil conducteur, la veine blanche qu'il suivait dans la roche brune ou verdâtre. Avec les Polonais, il s'expliquait par signes, avec de rares mots que tous connaissaient. « Bon... pas bon... continuer... boiser... » Mais le vrai langage de la mine n'était pas le français. Curieusement, ces gens arrivés d'Europe centrale imposaient ici une terminologie qui n'avait rien de commun avec leur propre langue. De leur passage dans les mines de l'Ontario, ils avaient retenu des mots qu'ils ne voulaient plus oublier. Pour eux, l'explosion restait le *blast*, une galerie un *drift*, l'assistant mineur un *helper*, la roche pourrie était *lousse*. Tous sentaient le sous-sol comme les bêtes de la forêt flairent les pistes à travers la broussaille. Nul n'avait étudié la roche dans les livres, leur connaissance était instinctive, souvent héréditaire. Jordan peu à peu se l'appropriait. Il la sentait passer en lui comme une sève venue tout droit de la terre.

12

Le grand mystère des profondeurs s'ouvre dès qu'on commence à gratter l'épiderme. La première poignée d'herbe arrachée l'écorce déjà. La chevelure des radicelles enchevêtrées pendant sous les rhizomes porte le mélange de la vie d'aujourd'hui et de celle d'autrefois.

Argiles mêlées aux sables et aux graviers glaciaires, marnes friables, tourbe où se dessinent encore les nervures des feuilles pourrissantes, insectes et larves, tous les âges sont là. Un monde en pleine évolution qui tient dans le creux de la main.

La pioche et la pelle meurtrissent cette vie, bouleversent les couches successives où s'inscrit la longue histoire des temps géologiques. Les outils suivent un moment la progression des racines. Des galeries s'entrecroisent, terriers, tunnels minuscules, nids souterrains. Des drames par milliers se sont joués là entre le blaireau et le mulot, entre la taupe et le ver. Puis vient la roche. Pénétrée ou embrassée par les racines. Celles des herbes, nombreuses et filiformes, s'insinuent partout. Celles des arbres vont souvent très loin, vers la nuit des profondeurs. Elles cherchent une eau plus fraîche ou plus tiède. Elles mènent sans trêve leur quête pour le feuillage assoiffé par le soleil et les vents.

Si l'on descend encore, c'est seulement le passé qui s'inscrit au cœur des granits et des sédiments. Ces roches portent le souvenir des bouleversements, du mouvement constant des plaques de l'écorce terrestre, trace des époques où dominaient les océans. A des kilomètres de toute côte, dans la nuit des profondeurs solides, sommeillent des fossiles témoins des abysses. D'étranges créatures marines sont ici, immobilisées, pétrifiées depuis des millénaires.

Les couches successives de roches se plissent. La terre possède une infaillible mémoire. Elle se souvient du moindre bouleversement. Parfois, elle raconte dans un langage clair comme le murmure des sources ; ailleurs, ce qu'elle dit demeure aussi trouble que le fond des marécages.

Cependant, les hommes piochent. Partout ils s'enfoncent, approchant de la fournaise vivante au centre du globe. Un globe où se poursuit le mouvement. Lentement, les continents se meuvent. Les uns s'écartent, les autres se rapprochent. Des océans se creusent pour se rétrécir ou s'élargir un jour. Des terres disparaissent, d'autres naissent. Bêtes et gens poursuivent leur existence qui ne perçoit rien de ces lenteurs étranges.

Le foyer qui ordonne tout cela continue de se consumer, brûlant ses laves comme un fourneau ses rondins. Et son caprice, çà et là, fait gicler jusqu'à l'air libre une fleur sans parfum.

13

Chaque quinzaine, avec une régularité d'horloge, le grand Mersch apportait l'argent de la paie. Dès la fin de juillet, il ne fut plus nécessaire d'aller le chercher à la gare. Un homme de Saint-Georges avait fabriqué un bateau à fond plat équipé d'un moteur d'automobile, où pouvaient prendre place cinq ou six passagers et quelques colis. Il s'était institué « taxi d'eau ». Il allait et venait sur le fleuve et le lac, conduisant les prospecteurs et transportant leur matériel.

Au milieu du mois d'août, Mersch n'arriva pas. Un jour passa, puis l'interprète vint demander pourquoi l'argent n'était pas là. Jordan répondit qu'il ne savait pas. Sans doute ce retard était-il dû à la distance. Les hommes acceptèrent l'explication et reprirent le travail. Rien ne changea entre Jordan et ceux de son équipe. Sous terre, la besogne commandait, les gestes, les mots échangés demeuraient les mêmes. Les pioches, les masses, les pelles et les lourdes corbeilles chargées de cailloux restaient le vrai langage. Lorsque tout le monde remontait, la terre tremblait du tonnerre allumé par les mèches.

Chaque soir, l'interprète venait questionner Jordan, et chaque soir Jordan répétait qu'il ne savait pas, que si ça se prolongeait il irait à la gare de Saint-Georges pour téléphoner.

Enfin, après quatre jours, Mersch arriva. Dès que Landry l'aperçut, il bondit vers les deux ouvriers qui manœuvraient le treuil à main.

— Vite... vite... montez !

Par gestes autant qu'avec des mots, le trapu fit comprendre aux haleurs ruisselants qu'ils devaient se hâter. Les deux Polonais tournèrent plus vite les manivelles. Le cliquet chanta plus aigu, la grosse corde terreuse coulnait en s'enroulant autour du cylindre de bois, tout le bâti de mélèze et de ferraille vibrait. Dès que la corbeille apparut, Landry la tira sur le bord du trou où une plate-forme de rondins permettait de la vider directement dans une sorte de wagonnet qu'on poussait sur une voie boisée où il montait en cahotant. Penché sur le puits, Germain hurla :

— Le boss ! Le boss !

L'homme qui se trouvait en bas pour charger les paniers cria en direction de la galerie. Bientôt plusieurs petites lueurs blanches s'agitèrent dans la nuit de la terre. La voix de Jordan monta :

— Qu'est-ce que tu veux ?

— Voilà Mersch !

Déjà Landry laissait filer la corde dans sa main.

— Enlevez ! cria Jordan.

Germain vint aider à la manivelle. Les deux treuilleurs riaient. Lorsqu'il apparut, le visage sale, les mains boueuses cramponnées à la corde, un pied dans l'énorme crochet d'acier, Jordan lança :

— Bon Dieu, vous avez le feu au cul !

Les Polonais ne comprenaient guère mais riaient tout de même. Dès qu'il fut dehors où la chaleur était suffocante, le visage de Jordan se couvrit de sueur. Les mouches noires l'assaillirent.

— Où il est ?

Germain montra la direction des baraques.

— Peut pas venir jusque-là, ce feignant !

— Y veut te voir tout seul.

Le regard de Jordan s'assombrit.

— J'aime pas ça !

Comme il se mettait en marche, une forte explosion ébranla l'air. Vers l'ouest, un nuage noir monta du bois, pas loin de la rive, où de nouvelles tentes venaient de s'installer.

— Ces cons-là feront tout sauter !

Jordan se dirigea seul vers la baraque qu'il habitait avec Taphorin et Landry. L'escogriffe s'y était assis sur une caisse à biscuits. Les épaules voûtées, gesticulant pour essayer de chasser les mouches. Lorsque Jordan entra, il leva vers lui un regard de condamné. Un instant de silence. Comme si la foudre se fût préparée. D'une voix glaciale, Jordan lança :

— T'as pas le pognon !

Le tout en os ne fit même pas « non » de la tête. Il eut un geste d'impuissance. Laissant retomber ses longues mains sur ses genoux pointus, il souffla :

— Maudit, ce qu'il fait chaud !

— Explique !

— Qu'est-ce que tu veux que je te dise ? Y en a encore deux qui veulent revendre. Moi, je peux rien. Les autres veulent plus donner.

Il leva vers Jordan ses minuscules yeux noirs qui semblaient plus rapprochés encore de son grand nez crochu. Jordan au bord de la colère se retint.

— Je vais pas te bouffer, fit-il. Mais nom de Dieu ! Faut trouver. Les gars, t'iras t'expliquer avec eux ! Non seulement faut les payer, mais je m'en vais te faire descendre au fond du trou, moi ! On est à près de cinquante pieds. Ça fait plus de six fois ta taille, grand con. Et tout ça à la main. Sans ventilation. Les galeries, je veux que tu t'y enfiles. Je t'y ferai entrer à coups de pelle.

Le ton ne montait pas. Jordan restait parfaitement maître de ses nerfs. L'autre profita d'un silence pour rappeler :

— Les deux derniers envois étaient moins bons. Les types ont peur de tout perdre. Y veulent vendre avant qu'on sache partout que vos échantillons sont plus aussi riches qu'au début...

Jordan l'interrompit :

— Tu sais bien...

— Oui, oui, je sais. C'est pas régulier. Moi, je continue à marcher. Seulement les autres, j'en suis pas maître.

Il se tut. Il observa un moment son associé avant de dire gravement :

— Jordan, c'est plus à Québec ou à Montréal qu'y faut chercher. C'est ici. Dans ce pays qui se fait. Dans cette région qui va tout miser sur la mine. Si tu veux pas faire affaire avec une compagnie, c'est ici qu'il faut trouver des sous !

14

Un pays surgissait des mines avant même que les mines ne soient nées. A peine s'annonçaient-elles que, déjà, tout un monde envahissait la surface. Des contrées se nourrissent de leur terre, celle-ci puisait sa provende dans la nuit encore incertaine de son sous-sol. Le premier centime n'était pas récolté ; engloutissant encore des fortunes, le fond obscur de la terre irriguait déjà la surface d'argent frais.

Durant des siècles, le Nord avait attisé la convoitise comme un fruit hors de portée. Depuis des décennies les financiers du Sud lorgnaient de ce côté. Plus personne ne doutait des richesses de ces immensités. Cependant, nul n'osait risquer un dollar sur des terres inaccessibles.

La ligne de chemin de fer avait aboli les distances, rompu l'isolement. A peine avait-elle achevé sa traversée du continent que le feu avait pris sur l'autre rive de l'Atlantique. Le regard s'était porté vers la guerre, les capitaux aussi. De nouveau, il avait fallu attendre.

A présent, on retrouvait les vieux claims abandonnés.

Même de fort loin, l'odeur du métal attire les capitaux. Tout le long de la voie ferrée, villes et villages se bâtissaient d'où partait un réseau compliqué de routes parcourant la forêt.

Saint-Georges-d'Harricana, né du pont bâti sur le fleuve pour le passage du chemin de fer, avait brûlé peu après l'inauguration de sa gare. Aidés par le gouvernement et la compagnie ferroviaire, les colons n'avaient guère mis plus d'une année à remonter leur village. Une église plus grande que la première, une gare mieux agencée, un magasin général en planches peintes avaient remplacé les baraquements de bois rond. La laverie se dressait sur un sol de maçonnerie. Des trottoirs de bois permettaient de se rendre d'une maison à l'autre sans patauger dans le cloaque des rues. Au bord du fleuve, deux forts moulins à scie s'étaient installés ; ils avaient l'un et l'autre ajouté la force des chaudières à celle des roues à aubes. Leurs énormes cheminées crachaient gris vers le ciel. Les grumes leur étaient apportées par les rivières durant l'été. Lorsque l'hiver serrait ses glaces, sur les chemins durcis, des attelages de bœufs ou de chevaux fumants travaillaient que vinrent rejoindre, dès après la guerre, d'énormes tracteurs à chenilles. Le bois débité partait par wagons vers l'ouest et vers l'est.

Replié sur son activité forestière durant cinq ans, Saint-Georges se métamorphosa lorsque les prospecteurs arrivèrent.

Clarmont, l'ancien cuisinier du chantier de construction du pont qui avait ouvert un petit restaurant, s'empressa d'agrandir. A sa salle à manger, il adjoignit une pièce meublée d'un énorme poêle, de quelques paillasses, d'une table où étaient trois cuvettes et un broc. On pouvait dormir là pour vingt cents la nuit. S'ils voulaient avoir chaud, les clients devaient scier eux-mêmes le bois pour le feu.

Près de la station, s'ouvrit une taverne. Puis une deuxième, puis encore une troisième. Petits campes de bois rond sans fenêtres, on y buvait, fumait, jouait de jour comme de nuit à la lueur des lampes à pétrole. Les prospecteurs débarqués du train y faisaient une première halte. S'y rencontraient. Formaient des groupes. Mettaient en commun leurs espoirs et leurs rêves. C'était là, aussi, que les plus fortunés louaient les services de guides indiens. Puis ils s'enfonçaient dans la forêt en compagnie de ces infatigables marcheurs dotés d'une fabuleuse mémoire des lieux et d'un œil étonnant, capables de repérer à trente pas la pointe de sulfure perdue dans une roche.

Saint-Georges vivait de ses scieries, mais bien davantage encore des nouveaux venus qui marchaient, piochaient, criblaient, charriaient on ne savait quel fourniment dans des sacs et des caisses de toutes sortes. Ce monde venait de partout, parlait toutes les langues, mangeait et buvait, dépensait son argent sans savoir s'il en aurait demain. Ces prospecteurs fébriles se tenaient dans les tavernes pour attendre l'arrivée des trains apportant le résultat des analyses qui feraient d'eux des milliardaires. Et lorsque les enveloppes étaient là, on les ouvrait en cachette, on gardait secrets les résultats.

Un mouvement constant s'opérait. Chaque convoi déversait sa charge d'assoiffés d'espace et d'aventure que remplaçaient dans les wagons les déçus, les repus de forêt, les épuisés, les sans-un-sou.

Seuls vivaient en permanence de l'argent qu'attirait la promesse de l'or les taverniers, le restaurateur et les Robillard qui, arrivés les premiers, avaient eu assez de flair pour ouvrir ici ce magasin général où tout le monde venait s'approvisionner.

Feux de bois, poudre noire recouverte d'argile, masses énormes, mortiers de fonte charriés à grand-peine, brouettes, vieilles caisses déformées, pauvres treuils couinants, tout travaillait, dans les clairières, près des tentes misérables. Sous le soleil ou la pluie, on pannait la roche sur place pour chercher le moindre indice.

On obtenait à Québec, pour dix dollars, une licence de prospecteur qui donnait droit à la gratuité des analyses. Le gouvernement aussi était atteint par la fièvre de l'or. Un ministre, annoncé par affiches et voix de cloches, était venu jusqu'à Saint-Georges. Debout sur une table du restaurant Clarmont, il avait lancé aux prospecteurs :

— Trouvez de l'or, je vous ferai des routes pour vos mines !

Et les hommes avaient repris leur inlassable quête. Longue marche sans autre but que de sonder la terre, la falaise, le sable. Arracher aux profondeurs le secret qu'elles portent depuis des millénaires. Planter les piquets, faire le chaînage, tirer les lignes, marquer les limites, noter sur un papier les points de repère, les zones de marécages, les sources et les rochers.

Ceux qui n'avaient pas les moyens de payer la poudre creusaient des trous pour y enfoncer à la masse des coins bien secs. Mouillé le soir, le bois gonflait durant la nuit et faisait fendre la roche.

Certaines compagnies envoyaient leurs propres prospecteurs qu'elles équipaient de pied en cap et payaient jusqu'à soixante dollars par mois avec des contrats pour une saison.

Dans la forêt comme sur les découverts, s'ouvraient un peu partout des tranchées qui pouvaient aller jusqu'à huit ou dix pieds de profondeur.

Certains explorateurs avaient inventé des instruments compliqués et mystérieux dont ils gardaient jalousement le secret. Ils les sortaient de leurs fontes lorsqu'ils étaient certains que nul ne pouvait les voir. Pendulettes ou cadrans aimantés, boussoles trafiquées, éprouvettes, pendules, chaînes ensorcelées. Chacun possédait l'engin miraculeux qui saurait percer les épaisseurs de glèbe où dormait le rêve.

Saint-Georges-d'Harricana devenait ville. A côté du magasin général s'était ouvert un petit bureau de banque. Plus loin une école, la maison du médecin et son infirmerie. Des agents d'on ne savait quelles compagnies montaient souvent. On les connaissait. Par de mystérieux courants, la nouvelle de leur présence se répandait à travers bois. Des prospecteurs venaient les trouver dans les tavernes, parlaient de leurs découvertes, exhibaient des certificats d'analyse et l'on discutait les prix. Certains ne voulaient rien partager avec ces monstres invisibles des sociétés géantes dont la tête se trouvait à New York, à Montréal ou à Toronto. Ils venaient là également, pour bavarder entre eux dans l'atmosphère enfumée. Ils y rencontraient des hommes aussi pauvres qu'eux. Sur un coin de table marqué par le cul des bouteilles et brûlé par les mégots de cigares, ils étalaient, en la défroissant de la paume, une feuille de papier sale. Avec un bout de crayon fuchsine qu'ils mouillaient dans leur bière, ils rédigeaient un pacte que rien n'officialisait. Ils le signaient. Ces torchons de papier parfois sans date constituaient l'acte de naissance d'une compagnie ; peut-être d'un futur empire.

15

Ce soir-là, devant le bâtiment où logeaient les dix mineurs, Jordan parla. L'interprète traduisait à mesure. Jordan dit la vérité. Puis il annonça qu'il irait dès le lendemain à Saint-Georges chercher de l'argent. Les hommes grognèrent. Il y eut discussion entre eux, et l'interprète dit :

— Ils demandent chez qui.

— Chez des amis, fit Mersch.

— A vrai dire, avoua Jordan, je ne sais pas chez qui. Mais je sais que je trouverai.

Il n'y eut ni cris hostiles ni menaces de la part des travailleurs au visage couvert de sueur et de poussière. Ils parlèrent longuement entre eux. Le vieux Wladki se montrait très actif. Le verbe haut, il allait de l'un à l'autre, il s'adressait à tous puis prenait par l'épaule tel ou tel qu'il entraînait quelques instants à l'écart. Jordan comprit qu'il cherchait à les empêcher de s'en aller. Deux groupes se formèrent. Quatre hommes restèrent dehors : l'interprète, le vieux Wladki et deux du puits. Les six autres rentrèrent lentement dans la baraque.

— Nous, dit l'interprète, on reste. Eux s'en vont.

— Où vont-ils ?

— Sans doute en Ontario.

— Mais on peut pas les payer.

— Ils préfèrent perdre ce que tu dois que perdre plus.

Jordan soupira. Il n'y avait rien à faire pour les retenir. Il le savait. Il proposa pourtant :

— Demain matin, je les mène à Saint-Georges. Le train est l'après-midi. Avant qu'il passe, j'irai à la gare. Si j'ai trouvé des sous, ils pourront remonter avec moi.

Le lendemain, dès l'aube, Jordan, Mersch et les six hommes portant leurs sacs embarquèrent dans deux canots en compagnie de l'interprète. Une belle brume mauve montait du lac par longues écharpes qui s'en allaient enrubanner la forêt. Elles s'y mariaient aux fumées des feux allumés par les gens des autres claims pour cuire leur soupe. Plusieurs canots circulaient déjà. Sur l'Harricana, durant les cinq bonnes heures qu'il fallait pour descendre de leur île à Saint-Georges, ils en croisèrent encore. L'eau était belle, avec de longs reflets brouillés, tricot de ciel et de feuillage. Sur une ficelle tendue entre deux arbres, du linge séchait.

— Il y a trois mois, grogna Jordan, c'était le désert.

— Et dans trois mois, fit Mersch, restera pas grand monde.

Ils amarrèrent leurs bateaux en amont du pont dont la partie qui avait résisté à l'incendie portait des traces noires. Ils laissèrent les mineurs et se rendirent à la gare pour y déposer des sacs d'échantillons.

Berry, le chef de gare, était un homme rondelet d'une quarantaine d'années. Son visage poupin semblait toujours étonné avec ses yeux tout ronds, un peu saillants et ses sourcils courts, haut placés. Il avait dû venir au monde avec ce même sourire et semblait bien parti pour l'emporter dans la tombe.

Tandis qu'il enregistrait les sacs, Mersch remarqua :

— On est quand même de foutus bons clients, pour ta compagnie.

— Sûr !

— Et plus ça ira, plus on te fera travailler.

— Je suis là pour ça.

Il tapa trois fois du tampon, signa, déchira le papier de ses courtes pattes boudinées et tendit le reçu.

— Si on te proposait de faire fortune avec nous ?

La pleine lune s'arrondit encore. Le sourire s'accentua tandis que les accents circonflexes des sourcils grimpaient un peu plus haut sur le front bien lisse.

— Moi à la mine !

Ils se mirent à rire tous les trois.

— T'es trop gros, fit Mersch. Tu resterais coincé dans un trou. Ce qu'on te propose, c'est de t'associer. Tu donnes quelques dollars et d'ici un ou deux ans, t'as de quoi dire merde au chemin de fer.

Le rondelet l'écouta sans mot dire expliquer le système des actions, les prix qu'elles atteindraient sans doute. Le tout en os était inépuisable.

— Ma foi, finit par dire l'homme du chemin de fer, c'est pas donné, mais ça me tente. Est-ce que vous avez beaucoup de gens d'ici, dans votre société ?

— Non. Justement, on se dit que c'est bête de pas faire profiter...

Il s'interrompit. Des hommes venaient d'entrer qui apportaient les mêmes petits sacs gris, en toile bien serrée, qu'utilisaient tous les prospecteurs pour leurs échantillons. Le plus vieux des deux demanda :

— Vous êtes ceux de l'île ?

— Oui.

— Paraît que c'est bon, par chez vous ?

— C'est pas mal, fit Jordan.

— Vous embauchez pas ?

— Comme quoi ?

— Moi et mon garçon, on est charpentiers. On a rien trouvé de bon depuis deux mois qu'on est là. Ça nous emmerde de redescendre à Montréal la queue entre les pattes.

— On va sûrement embaucher bientôt, dit Jordan. Laisse-moi ton nom. Tu passeras ici de temps en temps. Je te poserai un message.

— Alors ? fit Mersch en se tournant vers le chef de gare.

— Est-ce que t'as vu les gens du magasin général ?

— Pas encore.

— Vas-y. Tu reviendras me dire.

L'escogriffe rejoignit Jordan qui sortait déjà.

— C'est pas le béquillard qu'il faut convaincre, lança face de lune. C'est la femme !

— Je sais, dit Jordan, ça fait longtemps que je me sers chez eux. C'est elle qui porte la culotte.

Ils se dirigèrent droit sur la grosse bâtisse de planches peintes en orange. Au-dessus de la porte, un panneau blanc portait une inscription en lettres bleues : « Magasin général Robillard ». Plus loin, une porte ouvrant presque à l'angle était surmontée d'une autre enseigne en lettres plus petites : « Robillard. Cordonnerie Laverie Vannerie ». Les deux portes étaient ouvertes. A l'intérieur, un marteau battait.

— Viens, dit Jordan, on passe voir le cordonnier. Je l'aime bien, cet homme-là !

— C'est toujours pas lui qui te donnera des sous.

Ils entrèrent. Alban Robillard était assis sur la

gauche, derrière un établi placé devant la fenêtre ouvrant sur le pignon. Des rayonnages l'entouraient où se trouvaient son matériel et des paires de chaussures. Se tournant vers eux, il sourit.

— Salut !

— Salut !

— Ça va ? demanda Jordan.

Alban tira à lui deux béquilles, s'y accrocha et, d'une traction des bras, se leva de sa chaise.

— Depuis qu'on a un docteur, ça va mieux. Je commence à me déraidir.

Il avança vers eux. Son pied droit portait sur le sol, l'autre jambe demeurait à demi pliée.

— On dirait que ton genou gauche a commencé de se décoincer.

— Un peu. Faut que je bouge le plus possible. Avant, tout le monde me disait de pas bouger.

Son visage maigre souriait. Il ajouta :

— Je suis trop gâté.

Il leur demanda ce qu'ils voulaient.

— On veut surtout te causer... A ta femme aussi.

Robillard parut surpris. Il hésita puis, se dirigeant vers la partie du magasin où étaient les marchandises, il cria :

— Catherine ! Tu peux venir ?

Dans la réserve, on entendait parler et remuer des caisses. Les voix se turent, le bruit cessa. Une grande femme blonde, encore belle, arriva.

Dès que Mersch parla de la mine, elle lança :

— Y a déjà mon frère qui est cinglé avec ça. Depuis trois mois, il est parti dans le Nord avec son copain. On les a pas revus.

— Le Nord, fit Jordan, c'est pas notre affaire. Moi je pense pas qu'il y ait à trouver par là. Mais nous autres, on cherche plus, on a trouvé.

— C'est ce qu'ils disent tous.

Tirant une liasse de papiers de sa poche, il les montra en répliquant :

— Les analyses, c'est pas des racontars.

Une cliente entra. Catherine se retourna pour crier :

— Steph ! Tu veux servir ?

— On serait mieux derrière, pour causer, fit Mersch.

Sans rien dire, la blonde dont le visage s'était rembruni se dirigea vers le fond de la boutique. Ils la suivirent entre les rayons d'où coulaient de bonnes odeurs. Ils entrèrent dans une grande pièce dont les deux fenêtres donnaient sur un espace encombré de caisses vides. Un plot était là, avec une hache à refendre fichée dans le bois. Plus loin, un petit bâtiment en rondins. Ils prirent place de chaque côté d'une longue table dont le dessus luisait. Entre les deux fenêtres, un fourneau à étage. Les cuivres brillaient. Les casseroles au mur étincelaient. Tout respirait l'ordre et la propreté.

— Alors ? Qu'est-ce que c'est ?

Catherine les observait, l'œil un peu dur. Le ton signifiait : « J'ai pas de temps à perdre. »

— Ben voilà, fit Jordan. Vous me connaissez. On fait pas mal d'affaires ensemble. Moi et Mersch, on s'est dit que notre mine, c'est un peu stupide que ce soient seulement des étrangers qui en profitent. Le pays va se faire, faut que les premiers arrivés soient les premiers à profiter.

— Si je comprends bien, fit Catherine, vous venez nous faire un cadeau !

— C'est à peu près ça, lança Mersch. Sans rigoler, c'est vraiment ça !

— Alors, ne riez pas.

Ils se mirent à rire tous les quatre, puis le grand sac d'os se prit à gesticuler, traçant des plans sur la table du bout de son long index décharné, alignant des chiffres dans le vide et totalisant des sommes fabuleuses. Lorsqu'il se tut, à bout de souffle et d'arguments, la femme du cordonnier attendit un instant et demanda, ironique :

— C'est tout ?

Il fit oui de la tête, secouant sa tignasse.

Catherine se tourna vers son mari pour dire, avec un grand sérieux :

— On va fermer la boutique, Alban. On vivra de nos rentes... Ce que je me demande, c'est pourquoi y a encore des imbéciles pour travailler.

Il y eut un moment de confusion où ils parlèrent tous en même temps, puis, quand le silence revint, l'épicière ajouta :

— Très bien, vous prenez vos vivres ici. De l'outillage et pas mal de choses. Admettons que votre mine marche comme vous croyez, ça va sûrement se bâtir sur votre île.

— Certain.

— Pourquoi y se bâtirait pas un magasin ?

Jordan allait répondre, Mersch le devança :

— J'y ai pensé. Seulement, rien ne peut se faire sans notre accord. Si vous entrez dans la société, on peut vous signer une option.

— Qu'est-ce que ça veut dire ? demanda le cordonnier.

— On s'engage à vous donner l'exclusivité pour ouvrir un magasin général chez nous...

L'infirme leva les mains au ciel :

— Oh ! la la ! On va pas encore changer de place...

— Tais-toi voir, l'interrompit son épouse. Ça mérite d'être examiné.

Ils discutèrent un moment des formes de l'option et des chiffres, puis Catherine objecta :

— Seulement, admettons que j'ouvre une boutique, rien ne vous oblige à vous servir chez moi.

— On va tout de même pas courir ailleurs, lança Jordan que l'intransigeance de cette femme agaçait.

— Laisse faire, dit Mersch, Mme Robillard m'a donné une idée. Des actionnaires, on va sûrement en trouver dans le domaine des fournitures.

Il posait déjà les mains sur la table et basculait son grand corps en avant pour se lever. Catherine l'arrêta :

— On peut discuter, tout de même. Faut vous mettre à notre place. Admettons qu'on ouvre une succursale sur votre île, c'est une grosse avance à faire. L'argent, je dis pas qu'on en gagne pas, mais il en faut. Tout ce que je demande, c'est une garantie. A prix égal, à qualité égale, vous vous engagez à vous servir chez nous.

Il y eut encore un moment de discussion, puis l'escogriffe sortit son crayon à encre et, sur un beau bloc que Catherine était allée prendre au magasin, il commença de rédiger les contrats.

— Qui avez-vous d'autre ? demanda-t-elle.

— Ici, on aura l'homme de la gare, pour juste une petite somme.

— C'est un brave garçon, fit Alban.

— Oui, dit Mersch, il a une bonne bille à fesser dedans.

— Vous devriez voir Octave Natel, du moulin à scie. Ça marche fort, son affaire.

— Celui d'à côté ?

— Non, celui-là, c'est un ratoureur. Je lui fais guère confiance. Natel, il est sur l'autre rive. Pouvez dire qu'on a pris des parts et qu'on vous envoie.

En dépit des protestations timides de son mari qui l'incitait à la prudence, Catherine prit cinquante parts qui coûtaient à présent cinquante dollars pièce. Elle paya comptant mille deux cent cinquante dollars, soit la moitié. Elle réglerait en marchandises l'autre moitié qu'ils négocièrent à mille cinq cents dollars.

Lorsque tout fut signé, Jordan constata :

— Vous, celui qui voudra vous rouler, faudra qu'y se lève de bonne heure !

Catherine le regarda fixement. Son visage exprimait à la fois un peu de mépris et une certaine joie féroce.

— On était ici les premiers, fit-elle. On a beaucoup enduré. Un garçon mort, mon homme malade, tout notre avoir passé au feu ; des cadeaux, j'en dois à personne ! Personne m'en a jamais fait !

— J'en demande pas, répliqua Jordan.

L'échalas se leva en concluant :

— Vous deux, vous êtes faits pour vous entendre.

La femme blonde le foudroya du regard et lança :

— En tout cas, vous, le trompe-la-mort, vous seriez venu tout seul, j'aurais rien signé. Vous faites trop de discours pour abattre beaucoup de travail. La mine, c'est comme le reste, ça vient pas tout seul.

Ils étaient déjà sur le seuil lorsque Catherine les rappela :

— Je pense à quelqu'un que ça devrait intéresser. Celui-là, des sous, y doit en avoir un paquet.

— Il est d'ici ?

— Oui et non. Y vient tout le temps. On l'appelle le père Samuel. Il achète de tout et y vend de tout. Y prend les peaux à mon frère. A nous, il nous vend un tas de choses. Fewerbergen, il s'appelle. Un nom à coucher dehors.

Elle épela et chercha l'adresse dans un gros carnet noir très soigné. Elle parla encore de lui en disant qu'il fallait s'en méfier.

Comme les deux hommes sortaient, elle ajouta :

— Je suis bien avec lui, mais je vous aurais pas donné son nom avant qu'on signe notre papier. La concession pour le magasin, il aurait bien été capable de me la souffler sous le nez.

— C'est peut-être un tout malin, lança Jordan, mais avec vous, doit avoir du fil à retordre.

Ils s'éloignèrent, puis Jordan observa :

— J'aurais jamais cru ramasser ça !

— Y doivent en gagner, avec leur magasin. Ici, tout coûte deux fois plus cher qu'à Montréal. C'est pas le transport qui justifie la différence.

— Tout de même, c'est des gens qui en ont arraché !

Ils firent encore quelques pas, puis le boss ajouta :

— Au moins, on peut payer les hommes. Peut-être que ça les fera rester.

Mersch s'arrêta.

— Tu voudrais payer ceux qui s'en vont ?

— Ils ont travaillé, non !

Ils se trouvaient sur le trottoir de bois, entre le magasin général et le bâtiment du restaurant. Jordan regarda autour d'eux, puis, baissant la voix, il dit d'un ton très dur :

— Ecoute bien, Mersch. Les hommes, c'est moi qui les mène. (Il tapa sur sa poche.) L'argent, c'est pour la mine, et la mine j'y fais ce que je veux. Toi, tu vas aller voir ce que tu peux trouver d'autre par ici. M'en vais remonter. Même si ça t'étonne, je me sens mieux avec mes Polaks au fond du trou qu'avec toi à traîner la grolle.

Jordan s'en alla seul en direction de la gare. Assis l'un à côté de l'autre, le dos aux planches du bâtiment, les Polonais attendaient, impassibles, le regard perdu dans le lointain, comme s'ils n'avaient pas remarqué que Jordan revenait vers eux.

Lorsqu'il s'arrêta, à quelques pas du trottoir de bois où ils se tenaient immobiles, les uns fumant de maigres cigarettes, les autres les mains posées sur les genoux, tous les regards se portèrent vers lui, mais sans interroger vraiment.

Un grand blond qui plaisantait souvent dans sa

langue et amusait ses camarades prononça quelques mots. Personne ne rit et l'interprète traduisit :

— Bogdan demande si tu as de quoi payer ceux qui veulent remonter avec toi.

— J'ai de quoi payer tout le monde, fit Jordan. Ceux qui partent et ceux qui restent.

L'interprète traduisit. Les regards s'éclairèrent. Les hommes se levèrent, plusieurs parlèrent entre eux tandis que Jordan leur distribuait l'argent. Quand il eut terminé, l'interprète annonça :

— Ils veulent tous remonter.

— C'est bien.

— Ils disent que tu es honnête. La prochaine fois, si tu as des ennuis, ils resteront. Ils te demandent de ne pas leur en vouloir.

— Je n'aurai plus d'ennuis de ce genre, affirma Jordan.

Quand l'interprète eut traduit, Bogdan lança quelques mots qui déclenchèrent le rire.

— Qu'est-ce qu'il raconte ?

L'interprète hésita, puis ayant échangé un regard avec le grand blond il traduisit :

— Il dit que tu auras toujours des ennuis d'argent, tu es trop honnête pour faire fortune.

Et tous se remirent à rire en suivant Jordan vers le fleuve.

16

Dix jours passèrent avec une chaleur d'étuve que ne parvenaient pas à abattre de terribles orages. Cependant, à mesure que coulait l'été, maringouins et moustiques disparaissaient. Seules les mouches noires continuaient de harceler les hommes. Des jours de travail acharné, de nouveaux sondages et de prélèvements. Puis un matin, à sept heures, Germain, qui travaillait avec deux Polonais à l'édification d'un débarcadère plus solide, entendit pétarader le moteur du bateau-taxi. Il avait plu durant la nuit, l'aube était épaisse, rose et cotonneuse. Presque immobile, l'eau du lac avait la couleur de cette brume où se dessinaient de vagues remous. A l'approche du bateau, des oiseaux invisibles s'envolèrent d'une touffe de joncs. Des vagues clapotèrent. Bientôt, le ronflement du moteur couvrit les autres bruits. Germain scrutait le brouillard. Dès que la forme de la barque s'y dessina, il reconnut à l'avant la longue silhouette de Mersch enveloppé dans une espèce de cape et coiffé d'un chapeau melon. Derrière lui, se tenait assis un inconnu tout recroquevillé qui se déplia lentement lorsque le pilote coupa les gaz. La barque courut un moment sur son erre et le trapu la saisit par le nez pour l'empêcher d'aborder au milieu de son chantier. Il avait le mot sur la langue pour crier au batelier qu'il lui préparait un vrai port, mais son regard croisa celui du vieillard qui se tenait derrière Mersch. Deux petits yeux plus perçants que ceux de l'escogriffe, dans un visage chafouin avec un nez en bec d'aigle. Col relevé, crâne aux trois quarts déplumé, couronné d'une petite calotte noire, cet étrange personnage vous empoignait du regard et vous imposait silence. Lorsqu'il se pencha, sa redingote s'entrouvrit pour laisser voir un col blanc luisant qui montait haut sur sa peau ridée. Sans prêter attention à l'aide que lui offrait le batelier, il sauta sur les madriers, puis se retourna pour glapir d'une curieuse voix de fausset :

— Ma sacoche !

Mersch lui tendit une sorte de petite valise en cuir usée et rapiécée, dont une courroie serrait le ventre rebondi et luisant. Le vieux l'empoigna, puis, fixant de nouveau le trapu, il demanda :

— Tu es Landry, toi ?

Le trapu étonné fit oui de la tête. Le vieux lui tendit la sacoche en disant :

— Porte ça, tu en es responsable. Tu me suis partout avec.

Germain avait envie de dire qu'il ne pouvait pas abandonner son travail, mais l'autorité qui émanait de cet inconnu effaçait le reste. Il se tourna vers les deux ouvriers qui semblaient moins embarrassés que lui. Comme il ébauchait un geste, l'un des Polonais lança en montrant le bâti commencé :

— Compris. Droit... Tout droit.

Le vieux montait le sentier, suivi par Mersch dont la curieuse cape volait comme des ailes de corbeau.

Serrant la sacoche sous son bras, le trapu se mit à courir pour les rattraper. Approchant des baraques, le vieux glapissait :

— Très bien. Une vraie ville... Tu ne voulais pas coucher là, abruti !... Temps perdu... Stupide !

De loin en loin un mot inconnu, dans une langue rocailleuse, venait émailler son propos. Germain avait compris qu'il s'agissait de Samuel Fewerbergen et, dès qu'ils l'eurent trouvé, Jordan le comprit aussi. Le vieil homme toujours en mouvement avait déboutonné sa redingote. De ses poches de gilet pendaient deux énormes chaînes en or. Il tira celle de droite et sortit une grosse montre dont le couvercle s'ouvrit avec un beau déclic. De sa voix toujours prête à se briser, il dit :

— Ne perdons pas de temps. Nous ne sommes pas là pour musarder.

Il exigeait de tout voir, tout examiner de près, se faire expliquer chaque chose en détail. De temps en temps, il lançait à Germain un regard mi-sourire mi-menace qui glissait vers la sacoche d'un air de dire : Et toi, ne va pas semer ça, sinon... ! Toujours avec Jordan, Mersch et Landry sur les talons, il parcourut l'île dans tous les sens, trottant comme une souris, s'arrêtant partout où il voulait des précisions. Il demandait des dimensions, des orientations précises, maints détails que le boss n'était pas toujours en mesure de lui donner. Il lançait en levant les bras :

— Alors ! Alors ! Où allons-nous ?

Le grand Mersch qui transpirait à le suivre avait depuis longtemps enlevé sa cape. En dessous, il portait un nouveau costume, veste noire et pantalon gris à rayures. Jordan qui l'examinait de la tête aux pieds eut en direction de Germain un geste pour signifier que l'escogriffe était cinglé. Trottant toujours du même train, le vieil homme revint à l'orifice du puits et déclara :

— Reste à voir le principal.

— Vous voulez descendre ? s'étonna Jordan.

Se redressant comme un coq, le père Samuel le toisa.

— Quel âge me donnes-tu donc ? J'ai soixante-douze. Je ne suis pas un vieillard. Allez, montre-moi le chemin !

Jordan fit remonter le panier à moitié plein et le décrocha. Puis, posant son pied dans le crochet, il se fit descendre.

— Drôle de patente, ricana le vieux. Il est temps qu'on organise tout ça !

Se tournant vers Mersch, il lança :

— Et toi, fil de fer, tu ne descends pas ? Naturellement, ça te défriserait.

— Y a pas tellement de place en bas, fit le grand qui mentit pour ajouter : Je connais, moi.

Tandis que la corde remontait, le vieil homme s'adressa encore à Germain pour recommander, agitant un index menaçant :

— Toi, le courtaud, ne lâche pas ma sacoche !

Lorsque le crochet fut remonté, Samuel repoussa le treuilleur qui s'avançait pour l'aider :

— Occupe-toi de ta mécanique, toi !

Comme l'autre hésitait à se retirer, il lui parla en polonais. Puis, étonnamment leste, il empoigna la corde comme s'il eût accompli un geste habituel, se mit en place et lança avec autorité :

— Allons !

Tout au long de la descente, il chanta dans une langue inconnue. En bas, prenant la lampe que lui tendait Maxime, il se mit à examiner l'espèce de caverne qu'ils avaient creusée et boisée en partie pour y amener ce qu'il fallait remonter. Un plancher permettait de pelleter plus facilement. Le mineur chargé d'emplir les corbeilles s'était collé le dos à la paroi.

— Somme toute, fit le vieux, ce n'est pas l'enfer. On se fait des idées.

Cassés en deux, ils s'engagèrent dans une galerie en pente douce qui se divisa bientôt en deux branches plus basses et plus étroites. Un système de cordes tirant une caisse montée sur roulettes permettait l'évacuation des déchets et du minerai.

— Ingénieux, dit le vieux. Pas bête du tout. Mais on va faire mieux.

— Vous voulez aller au bout ? demanda Jordan.

Le père Samuel hésita.

— La prochaine fois, fit-il. J'apporterai un vieux costume. Je ne veux pas gâter celui-ci.

Il se colla à la paroi pour laisser passer la caisse à roulettes qu'un homme tirait vers le bas, puis, braquant sur le visage de Jordan le faisceau de sa lampe à carbure :

— Alors, pour continuer dans de bonnes conditions, qu'est-ce qu'il te faut ?

— On va remonter. Je vous expliquerai avec un papier.

— Tu préfères le papier aux réalités ?

— Pour ça, c'est plus facile.

— Comme tu veux. C'est toi le spécialiste.

Une fois dans le campe où Jordan avait sa table de travail, ils prirent place et entamèrent la discussion. Ce n'était pas aisé, car le vieux ne cessait de poser des questions. Tous les détails l'intéressaient. Au bout d'une heure, il se gratta le crâne et déclara :

— Je ne suis pas du métier, mais tout de même, la première chose qu'il te faut, c'est un ingénieur des mines.

Jordan allait se récrier ; d'un geste sec, le vieux l'arrêta.

— Non, non, te fâche pas. Tu as fait un beau travail, seulement, tu es trop intelligent pour penser que tu peux mener seul une vraie exploitation. Tu veux rester le patron. J'ai compris. Mais au train où tu avances, tu en as pour dix ans avant de gagner un sou. Tes actionnaires se décourageront.

— C'est à voir, fit Jordan sans grande conviction.

Mersch était debout, adossé au montant d'une couchette. Germain s'était assis en retrait, les bras croisés sur la sacoche qu'il semblait couver comme si elle eût contenu le levain de la réussite. A cheval sur un banc, le vieux s'appuyait d'un coude sur la table. Se tournant vers Jordan assis en face, il lança soudain :

— Veux-tu que je te dise : je suis prêt à parier ma chemise que d'ici trois ans, d'une manière ou d'une autre, t'es bouffé par une compagnie. J'en ai vu de plus malins passer à la casserole !

Comme Jordan s'apprêtait à répliquer, le vieil homme eut un geste rapide de balayage comme pour débarrasser d'un coup la table de toutes ces broutilles qui retardent la marche des amateurs.

— Moi, je ne suis plus d'âge à bricoler. Je veux pas attendre dix ans les bénéfices. On ne va pas tergiverser. Je te propose le paquet. Tu fais le compte de ce qu'il te faut, et je me charge de le trouver. Tu restes le patron. Le seul responsable. Tu as ma parole que je ne mets aucune société dans le coup.

Il marqua un temps. Les trois autres se regardaient.

D'une voix plus posée, le vieux Samuel reprit :

— Ma seule condition : je t'accorde deux ans pour entrer en exploitation. Dans deux ans, jour pour jour, je veux les premiers dividendes. On signe comme ça.

— Et si ça tombe pas ?

— Dans ce cas-là, j'ai le droit de vendre mes parts à une compagnie.

Il y eut un long silence. On entendait monter de la rive les coups de masse des hommes enfonçant les piquets de l'embarcadère. Le cliquet du treuil poursuivait sa musique et les piocheurs de surface leurs tranchées.

— Moi, dit Mersch...

Le vieux l'interrompit d'un regard qui signifiait clairement : « Toi, tu n'as pas voix au chapitre. » S'adressant à Jordan :

— Si tu ne le fais pas, tu es foutu d'avance.

Se levant, il ajouta :

— Bien entendu, il faut un ingénieur. Je le dénicherai. Et pas n'importe qui.

— Où allez-vous ? demanda Mersch.

— J'ai des clients à voir à Saint-Georges. Ça vous laisse le temps de décider.

Germain se leva avec la sacoche serrée contre sa poitrine, lançant aux trois hommes des regards interrogateurs.

Le vieux fit trois pas. Avant d'atteindre le seuil, il se retourna pour dire :

— N'oubliez pas ceci : le froid sera vite là. Il faudra profiter des gelées pour amener le gros matériel. Faire une route d'hiver. Je ne suis pas terrassier mais j'ai vécu. Je connais le pays. Je vois très bien comment se présentent les choses. Si vous perdez du temps, vous êtes foutus. Foutus, foutus !

Avec un geste sec en direction de Germain :

— Allons viens, sacoche !

Il fila comme un rat sur le sentier en chantonnant de sa voix de fausset :

— Foutus, foutus... vous êtes foutus !

Jordan et Mersch les regardèrent descendre. Germain semblait avoir de la peine à suivre cet homme tout en nerfs qui trottait en gesticulant. Lorsque le vieux fut assis dans le canot, le trapu lui rendit son précieux sac. Le père Samuel eut encore un geste d'adieu qui semblait exprimer à la fois tout un lot de moqueries et d'espoir.

Avant de rentrer dans le campe, les deux associés se regardèrent, puis ils contemplèrent l'île et le chantier. En moins de trois heures, ce visiteur semblait avoir fait plus avec des mots que tous leurs efforts conjugués durant des mois. Un vent venait de bousculer quelque chose qui se gonflait comme une voile. La lumière même paraissait changée.

Ce petit vieillard trépidant, au col empesé et au regard de fouine, avait déclenché un mécanisme dont les rouages, soudain, s'étaient mis à tourner beaucoup plus vite, avec un tic-tac endiablé qui sonnait en eux comme un carillon de fête.

DEUXIÈME PARTIE

LES FLEURS D'OR

17

L'automne des feuillus et des herbes s'enflamma d'un coup sur la cendre des résineux. Des nuées et des vents s'emparèrent du ciel. Leur folie descendit jusque sur les lacs et les forêts. Elle se mit à marteler les eaux, à dépouiller les bois, à piétiner la toundra, à courir les sentiers où se hâtaient les hommes. La rage allait du couchant au levant, de longs vols rouillés s'engouffraient dans la tranchée du chemin de fer. Les pluies d'octobre noyèrent les marécages et écrasèrent les mousses. Le niveau des lacs et des rivières monta. Toutes les eaux devinrent boueuses. Bien avant novembre la neige se mêla aux averses, elle acheva de dépouiller les bouleaux et les trembles. Puis le ciel déchiré s'ouvrit pour les quelques jours de l'été indien. Ensuite, par-dessus la terre de Baffin, par-dessus le Labrador, se mit à souffler l'haleine des glaciers qui empoigna d'un coup les eaux et les tourbes. La sève s'immobilisa sous l'écorce comme le flot dans les ruisseaux ; les sources se mirent à fumer comme fumaient déjà les maisons des hommes. Sur la rive des lacs plus lumineux que le ciel, les bois d'épinettes s'assombrirent. Avant que les terres ne deviennent vraiment blanches, la longue tristesse s'empara du pays.

La migration achevée, les animaux sédentaires prirent leurs quartiers d'hiver. Quelques charognards s'étaient déjà habitués à l'homme. Ils s'approchaient des camps pour se nourrir de déjections et d'ordures. La forêt, durant des siècles, avait rebuté ceux qui ne la connaissaient pas. A présent, elle semblait vaincue. Tout un réseau d'invasion se tissait. Profitant du gel, les hommes allaient le consolider, l'élargir, le multiplier, le prolonger peut-être.

Ce n'était plus en quelques lieux isolés que se creusaient des mines. En maints endroits s'élevaient des chevalements, se foraient des puits, se bâtissaient des villages. Pour leurs habitants il fallait des chemins, des chevaux, des voitures, des tracteurs, des traîneaux et des trains. Les bûcherons ouvraient des routes. Le bois qu'ils abattaient servait à recouvrir le sol dans les passages de tourbières et de marécages. Des charpentiers jetaient des ponts sur les cours d'eau, d'autres bâtissaient des refuges.

Point de départ de tout : la mine Jordan. On le répétait partout et Jordan le savait qui n'en parlait jamais, feignait de l'ignorer mais puisait dans cette certitude la volonté d'aller plus vite et plus loin encore.

Tous les métaux pouvaient être tirés de ce sol et ce sol fut de plus en plus convoité. Chaque chantier qui s'ouvrait n'amenait pas que des mineurs. Tout un monde espérait vivre de ce que les hommes arrachaient à la terre. En quelques mois les forêts, les lacs et les cours d'eau d'Abitibi et du Témiscamingue virent débarquer plus de monde qu'ils n'en avaient vu passer depuis la nuit des temps.

Les gens ne se bornaient pas à suivre les voies naturelles de pénétration, ils tiraient au plus court, abattant toujours davantage. Ils amenaient des machines à faire du bruit et de la fumée, ils creusaient des terriers où ils s'enfonçaient comme les rats désireux d'échapper à l'hiver. Les bêtes qui se refusent à pactiser avec l'homme s'enfuyaient effrayées. A la migration ordonnée par les saisons s'en ajoutait une autre inorganisée, qui poussait certaines espèces à s'enfoncer davantage en direction du nord pour échapper au vacarme, aux explosions, au lourd roulement des charrois.

Filant vers les solitudes encore vierges, toutes ces bêtes devaient traverser la voie du transcontinental où hurlaient les locomotives.

Sur le bas-côté des rails, dès que le ballast fut recouvert de neige, se mirent à circuler des attelages de chiens. C'était une piste commode et rapide. Ainsi aux cargaisons d'aventuriers que les wagons déversaient sur le quai des gares, la saignée de la voie ajoutait un trafic constant. Tout cela s'égaillait tôt ou tard, s'enfonçait sous le couvert.

Les sentes capillaires jusqu'alors fréquentées par les Indiens et les coureurs de bois s'élargissaient. Les lieux de bivouac immuables depuis des siècles devenaient de vastes clairières que salissaient les détritus. Alors, pareils aux bêtes sauvages, les vrais coureurs de bois s'enfoncèrent de plus en plus loin vers les solitudes. Ils ne regagnaient les nouvelles agglomérations que pour vendre des peaux, acheter de la poudre, fréquenter les magasins et jouer dans les tavernes en buvant avec les prospecteurs. Ces gens n'étaient pas de la même race. Trop de choses les séparaient pour qu'ils puissent s'entendre vraiment. Les batailles commençaient qui se terminaient souvent dans le sang.

Les Indiens se divisèrent. Certains s'enfermèrent dans leur fierté, d'autres vinrent dresser leurs tentes à proximité des agglomérations. Ils s'efforçaient d'obtenir davantage de vivres et d'alcool que ne leur en donnait le gouvernement pour les maintenir dans leurs réserves.

A Saint-Georges-d'Harricana un petit curé, tout en nerfs et sans cesse tourmenté par la peur de voir le diable débarquer du train, se démenait en vain contre l'implantation des bars et des lieux de débauche. Il usait ses forces à tenter d'empêcher des hommes de gaspiller en une nuit ce qu'ils avaient mis des mois à gagner. Là comme ailleurs des ivrognes s'écroulaient dans les rues. Au cours d'une bagarre, un garçon fut jeté dehors à travers une fenêtre. Il mourut sur le sol gelé, sans secours, au bout de son sang. Des cadavres pourrissaient parfois dans la forêt, dont on retrouvait les restes au printemps. Le temps des vrais pionniers trop durs à la peine pour offrir prise à la débauche était révolu.

Autour du lac Ouanaka, attirés par ce qu'on appelait « l'or à Jordan », d'innombrables prospecteurs cherchaient dans des endroits où, dix fois déjà, des échantillons de roche avaient été prélevés. De petits chevalements s'élevaient, dressés par des forcenés qui exploraient en profondeur, mais rien encore qui eût vraiment l'apparence d'une mine. Cependant, une petite agglomération était née. Elle se bâtissait à la diable, sans aucun ordre, pas très loin d'une bonne source.

Sur l'île, l'argent de Samuel Fewerbergen avait opéré d'étonnantes métamorphoses. Le rythme s'était accéléré. Des ouvriers arrivèrent. La plupart bûcherons ou draveurs de Mont-Laurier alléchés par l'espérance de gros salaires.

Lorsqu'un vieux renard s'engage à fond de train sur une piste, les autres savent qu'elle conduit droit à la provende. Les charognards le comprennent qui suivent aussi. Ainsi l'argent de Samuel avait-il attiré d'autres capitaux. Le vieux malin avait su recruter. De son côté, Jordan veillait à rester maître de sa mine. Si les prêteurs vibraient de la fièvre des bénéfices, lui-même ne connaissait que celle de la puissance. Son pouvoir s'étendait déjà au-delà du lac.

Un ministre avait promis des routes aux mineurs, Jordan fut plus rapide que les services officiels. Dès que les premiers froids eurent durci le sol, il partit avec Landry pour établir un tracé tirant au plus court sur Saint-Georges. Une tranchée de plus s'ouvrit dans la forêt, des ponts furent jetés sur les ruisseaux, des marécages traversés. Chaque arbre abattu était tronçonné et les billes serrées l'une contre l'autre permettaient de vaincre la boue. Le gel était le meilleur des ciments. Les hommes œuvraient. Landry, responsable de la route, venait chaque jour inspecter la tâche de ces gens qui connaissaient la besogne mieux que lui mais n'étaient pas actionnaires de la mine. Comme tous les simples à qui l'on donne de l'autorité, le trapu se comportait en chef. Chien fidèle attaché à son maître, il regardait la mine comme une espèce de divinité dont il se sentait le servant.

Nicolas Maclin, un ingénieur de quarante ans recruté par le père Samuel, était arrivé dès la mi-octobre. Ayant tout ausculté, il s'était attelé aux plans des installations de surface. Jordan prit à sa charge l'implantation du village, des baraquements où vivraient ses travailleurs qu'il entendait loger sur place pour éviter le plus possible tout brassage avec les gens de l'extérieur.

Il en allait de même pour toutes les mines ouvertes sur ces territoires du Nord. Chaque découverte sérieuse drainait des capitaux venus du Sud. Leur origine demeurait incertaine. A travers les innombrables ramifications des vastes réseaux de la finance internationale, par le relais des banques et de multiples agents, suivant l'inévitable cascade des commissions et des prélèvements, officiels ou officieux, souvent occulte, l'argent venait du monde entier pour aboutir dans ces forêts où, quelques années plus tôt, pas un financier sérieux n'eût risqué un liard. Avec lui arrivaient les déshérités qui le suivent à la trace. Eux aussi venaient des cinq parties du monde. Toutes les langues et toutes les couleurs de peau se retrouvèrent bientôt mêlées.

Les routes s'ouvraient. Les humains marchaient. Devant eux, effrayés par leur tapage, les loups continuaient de fuir, regardant de loin sans comprendre vraiment ce qui bouleversait leur pays voué au silence depuis des millénaires.

18

C'était le milieu de décembre, le temps des journées courtes. Le crépuscule avancé étirait sur la glace l'ombre des bois. Le ciel avait la transparence du cristal que cisèlent les grands gels sonores.

Marchant à petits pas glissés sur d'énormes bottes de peau de phoque lacées de fortes courroies, un gros homme vêtu et coiffé de loup longeait la jetée de terre fraîchement remuée qui s'avançait de l'île, dépassant d'au moins cent pieds le débarcadère de bois. De son visage, on ne voyait guère, entre le col relevé et la toque bien enfoncée, que les deux ailes grises d'une forte moustache. L'homme tirait une traîne sur laquelle étaient encordés deux grosses malles de bois noir et un long sac de toile à bâche verte. Il peina pour monter du débarcadère au portail grillagé dont les battants étaient fermés. A droite de cette entrée : la baraque des gardes. Tout contre la barrière, une fenêtre éclairée donnait en direction du lac. L'homme alla cogner à la vitre. Un garde enfila une pelisse, coiffa une toque de tissu gris doublée de fourrure qui portait sur le devant un insigne rouge et jaune. Il sortit tandis que son collègue observait depuis le seuil. A travers le grillage, le garde détailla l'homme et son fourniment. D'un ton rogue il demanda :

— Qu'est-ce que tu veux ?

— De la part de m'sieur Mersch. Faut que je parle à Maxime Jordan.

Tandis que le garde ouvrait le portail, le gros homme eut un geste de sa main gantée vers la jetée de terre.

— Si ça continue, vous serez bientôt plus dans une île.

— C'est ce qu'ils veulent faire avec le déblai de la mine.

— Y en a pour un moment.

— Paraît que non.

Le gros homme eut du mal à démarrer sa traîne et le garde dut pousser un peu.

— T'as une bonne charge, observa-t-il. Tu viens de Saint-Georges comme ça ?

— Que non. Y a un charretier qui m'a amené jusqu'en face.

Ils se dirigeaient vers un baraquement dont les deux fenêtres encadrant la porte étaient éclairées. A mi-chemin, le gros homme s'arrêta, tout essoufflé. Regardant le calot du garde, il demanda :

— T'es de quelle police ?

— Police privée de la mine.

Ils reprirent leur marche, le garde aidant à tirer le chargement. La nuit commençait de s'écraser sur la terre, noyant tout ce que n'éclairaient pas les lueurs des fenêtres.

Le garde ouvrit la porte.

— Entre.

A l'intérieur, la bâtisse était doublée de planches peintes en blanc avec un soubassement marron. Une grande table occupait le centre de la pièce où ronflait un énorme poêle de fonte à deux ponts. Devant les fenêtres, des tables plus petites encombrées de papiers et de matériel. Contre les murs, des rayonnages chargés de dossiers. Maxime Jordan et

Nicolas Maclin, debout derrière la table centrale, examinaient des plans à la lueur d'une forte lampe à pétrole suspendue au plafond. Ils regardèrent l'intrus avec étonnement.

— C'est Mersch qui l'envoie, fit le garde.

— C'est bon, dit le boss.

A regret, le garde sortit et referma la porte. Un moment secouée par l'appel d'air, la lumière s'immobilisa. Le gros homme ôta sa toque de loup, découvrant un crâne blanc et luisant. Il retira de cette toque un bonnet de laine rouge à pompon qu'il s'empressa d'enfoncer au ras de ses oreilles. Jordan eut un ricanement :

— En voilà un qui ferait mieux d'aller vers le sud.

Le moustachu essuyait ses yeux que le changement brutal de température faisait pleurer. Ayant mouché à grand bruit son énorme nez rouge tout piqueté, il fouilla à l'intérieur de sa houppelande d'où il tira une poignée d'enveloppes qu'il posa sur la table.

— Salut Maxime, Mersch m'a chargé de son courrier. En prime, je t'apporte la joie... surtout la joie !

— J'écoute.

— Ton ami m'a dit : Si tu vas là-bas, n'entreprends rien sans avoir consulté Jordan. Me voilà.

L'ingénieur semblait très intrigué. Sa tête tout en crâne s'inclinait sur son épaule gauche. Son menton pointu semblait s'allonger encore. Il lança :

— Presse-toi, on travaille !

L'homme venait de quitter sa fourrure qu'il posa sur un tabouret. Il s'assit en soupirant :

— C'est le bout du bout, par ici.

Il portait un pantalon noir lustré et une surprenante veste rouge à poches plaquées fermées par d'énormes boutons argentés. Il essuya encore ses paupières avant de dire :

— Toute la joie du monde se trouve là devant, sur ma traîne.

Cet être-là aimait faire des phrases, ménager ses effets. Agacé, Jordan lança :

— Qu'est-ce que tu vends ?

— Rien... Rien de rien... Je donne.

Comme il semblait vouloir marquer des temps et faire des simagrées, Jordan se pencha vers ses plans et déplaça lentement sur le papier une règle graduée. Le moustachu se leva. Il vint poser sur le bord de la table ses mains épaisses et rouges.

— Si c'est le plan d'une ville que tu dresses là, mon ami, n'oublie pas la maison du bonheur.

L'ingénieur avait pris la pile de courrier qu'il feuilleta rapidement. Sortant une dizaine d'enveloppes, il se mit à les ouvrir à l'aide d'un canif. Jordan se redressa, fixa le gros homme et fit sans colère :

— Accouche !

— A moi tout seul, je suis tout un orchestre. Je fais chanter, je fais danser. Je fais oublier la solitude et la fatigue... Je me nomme René Jonquet. Tout le monde m'appelle Bastringue.

Il observait Jordan comme si l'ingénieur n'eût pas existé. Il attendait une réaction. De l'étonnement. Visiblement déçu, il répéta en écho :

— Bastringue.

Comme Jordan continuait de l'interroger du regard sans manifester d'émerveillement, il ajouta plus rapidement :

— Je suis de Saint-Roch-d'Achigan. J'ai fêté mes quarante-deux ans en septembre. Voilà, tu sais tout.

— Tu veux jouer de la musique, quoi !

— Paraît que tu as une grande salle où tes mineurs viennent manger. Je pourrais y donner la veillée. Et si je peux coucher dans une baraque...

Jordan marqua une hésitation. D'une voix plus

douce, dont on sentait qu'elle avait l'habitude d'envelopper, Bastringue précisa :

— Juste un soir, pour que tu te rendes compte.

— T'as tout de même pas fait tout ce trajet pour une soirée ?

— J'aimerais m'installer. Mais je veux une veillée pour te montrer ce que je fais. Si t'es pas content, j'irai à Bourg-le-Rouge.

Jordan et Maclin échangèrent un regard. L'ingénieur pinça entre ses doigts son nez effilé. Ses paupières battirent sur ses yeux d'un brun de châtaignes lustrées. Son front immense, qui fuyait vers une crinière clairsemée hésitant entre le blond et le roux, se creusa de rides tortueuses. Il observa :

— Les hommes ne peuvent pas vivre des années sans distractions. Quand les Ukrainiens chantent, les autres vont les écouter.

— Je connais des airs d'Ukraine, s'empressa de lancer le musicien. Et de Pologne. De partout.

Jordan l'interrompit :

— Ça va. Je te donne l'autorisation pour ce soir. Si ça sème le trouble, tu remballes !

Le rougeaud, qui transpirait à grosses gouttes et luisait comme un fruit tiré du sirop, se confondit en remerciements. Il jura ses grands dieux qu'il n'avait jamais jeté le désordre nulle part. L'ayant expédié vers un baraquement où une couchette était libre, Jordan se dirigea vers une fenêtre tandis que Nicolas disait :

— Vaut mieux l'avoir ici. S'il joue en face, les hommes auront encore plus tendance à porter leur paie à la taverne.

Maxime alla bourrer le fourneau et secouer les braises. Des étoiles rouges tombèrent dans le cendrier. Un grondement habita le gros tuyau qui montait droit vers le plafond où il entrait au centre d'une plaque de tôle barbouillée de blanc mais qui, déjà, jaunissait en se couvrant de cloques.

La nuit tombée, des rougeurs s'étiraient encore à l'ouest. Entre les arbres de la rive, la glace luisait, vernie par le vent. Plus loin, des lueurs clignotaient. Bourg-le-Rouge rembuchait ses baraques le long de la forêt. Des fumées montaient que le nordet rabattait pour les effilocher à la herse des arbres. Jordan demeura un moment le regard rivé à ces points de lumière. Puis, se retournant, il revint à la longue table que la grosse lampe éclairait en plein. Maclin achevait de dessiner la coupe du local de fonderie :

— Faut qu'on profite de l'hiver pour abattre les bois, les faire débiter de longueur, les gerber en place tout numérotés. Bien préparé, c'est un travail d'à peine dix à douze jours pour monter ça. On aura déjà la chaudière du compresseur à installer.

Il se déplaça de deux pas latéraux, prit un rouleau de papier qu'il ouvrit. Jordan se porta en face et l'aida à dérouler. Ils posèrent des cailloux pour maintenir les angles, puis le grand contourna la table et revint se planter à la droite de l'ingénieur dont l'index courait le long des traits.

— Ici on monte le moulin, ça nous mène là.

— Je suis partisan de prévoir plus large. On peut avoir besoin de doubler la surface.

— C'est pas l'espace qui manque, seulement t'as des inconvénients. Une fois que tu es en production, t'as beau avoir tes gardes, faut clore plus solide. Puis tu as les chemins à entretenir...

Ils discutaient ainsi, de longs moments. Jordan alliait l'ambition à un certain sens des réalités. Maclin avait pour lui la connaissance et une solide expérience. L'école. Cinq ans sous terre. Deux années de bureau d'études dans des mines de l'Ontario. Jordan sentait les choses. Il les dessinait dans sa tête, puis les expliquait avec des gestes secs, comme s'il eût bâti dans l'espace de la pièce, en miniature. La plupart du temps, même s'il devait se plier à certains impératifs d'ordre technique édictés par l'ingénieur, il imposait sa volonté. Plus les travaux avançaient, plus cette mine était sienne. Approchant du stade de rendement, Jordan se fermait à l'émotion. Touchant au but tant convoité, il le regardait avec davantage de détachement. Comme s'il eût souhaité conserver ses distances avec l'or. Il semblait encore s'animer vraiment lorsque Taphorin ou un autre chef d'équipe lui apportait de nouveaux échantillons. Taphorin étant le seul qui, avec Landry, fût actionnaire, il examinait toujours les roches en sa présence. L'ingénieur regardait aussi. S'il n'avait pas lui-même indiqué sur plan où il fallait prendre, il se faisait donner quelques explications. Puis Jordan demandait :

— Combien ?

Les hommes donnaient chacun un chiffre. Tant de grammes à la tonne. Jordan donnait le sien. Son regard pétillait pour le seul jeu auquel il prît part. On inscrivait les trois chiffres sur un papier qu'on fichait à un clou, et on attendait les résultats. Ce n'était qu'une question de chance. Pourtant, au fond de lui, parce qu'il était souvent gagnant, Jordan se disait que tout était dans le flair, dans l'instinct, dans une espèce de complicité secrète avec les profondeurs.

19

Après la remontée des équipes de jour et l'explosion des charges, on devait laisser aux gaz le temps d'évacuer les galeries avant de faire descendre l'équipe de nuit. Ainsi tous les hommes se trouvaient-ils réunis pour le principal repas. Ce soir-là, le moustachu à veste rouge prit place à la table où mangeaient Jordan, l'ingénieur, Landry, Taphorin et trois mineurs parmi les plus anciens. Toute la salle le dévisageait.

Des jeunes criaient :

— Qui c'est, l'homme rouge ?

Un mineur qui avait déjà rencontré le musicien vint lui serrer la main, puis s'en fut informer ses voisins. La nouvelle courut de table en table, les cris s'amplifièrent. Un roulement de bottes ébranla le plancher. Le martèlement des poings fit danser les ustensiles de métal et les verres. Les voix se mirent à scander :

— Bas-tringue ! Bas-tringue ! Bas-tringue !

La baraque tremblait. La flamme vacillait derrière le verre des lampes qui dansaient comme celles d'un navire.

— Dis-leur quelque chose, fit Jordan, y vont tout me foutre en l'air.

Avec une agilité inattendue, le gros homme bondit sur son banc.

— Ah ! hurlèrent les mineurs.

Bastringue leur fit signe de se taire. Le silence établi, il entama son boniment :

— Salut, les amis. Je vous promets qu'on va pas se morfondre. On va rigoler. Dès qu'on a fini de manger, on ouvre le bal !

Aussitôt le repas expédié, alors que la pièce s'emplissait de la fumée des pipes, Jonquet posa sur ses épaules une espèce de joug en fil de fer recouvert de tissu d'où partaient deux branches qui maintenaient devant sa bouche une grande flûte de Pan en bambou. Il prit en main un bandonéon, s'assit derrière une grosse caisse surmontée de trois paires de cymbales étincelantes qu'il pouvait manœuvrer à l'aide de pédales. Sans quitter son bonnet de laine, il se couronna d'une espèce de collier de chien portant une série de clochettes, puis il en fixa de plus petits, ornés de grelots, à ses genoux et à ses coudes. Tandis qu'il s'affublait ainsi, les hommes dégageaient le centre de la baraque, repoussant bancs et tables contre les murs de rondins. D'autres qui s'étaient absentés un moment revenaient, sortant de leurs poches des bouteilles de ces alcools que d'aucuns fabriquaient en distillant des baies, des branches ou des racines dans des alambics de fortune. D'autres ouvraient du gros gin apporté de Québec ou de Saint-Georges.

Bastringue attaqua une bourrée, l'air était déjà épais, surchauffé, sirupeux. L'homme en rouge se démenait des membres, du corps et de la tête. S'il arrêtait de souffler dans les tuyaux de sa flûte, c'était pour se mettre à siffler ou à chanter d'une forte voix de baryton, qui se brisait parfois pour aller chercher très haut des aigus de soprano éraillé. Bastringue possédait un répertoire inépuisable allant des vieilles rengaines aux chansons en vogue, en passant par des refrains paillards et grivois. Il soulevait d'énormes rires. Les mineurs s'arrêtaient souvent de danser pour se claquer les cuisses ou adresser au musicien des gestes obscènes. Quand Bastringue interrompait sa mécanique musicale, il se mettait à raconter des histoires dont la plupart étaient plus salées que ses chansons. On lui versait à boire et les pièces de monnaie tombaient dru dans la cuvette qu'il avait posée devant sa grosse caisse.

L'hilarité fut à son comble : deux garçons qui s'étaient esquivés revinrent vêtus de jupons confectionnés avec des chemises. Coiffés de fichus, ils arboraient des poitrines provocantes. On se bousculait pour danser avec eux, mais, grotesques et maladroits, ils vinrent esquisser une révérence devant Jordan et l'ingénieur. Aussitôt, Bastringue attaqua une valse langoureuse. Les couples se formèrent. La soirée se poursuivit.

Germain avait bu une lampée de gin que lui avait offerte Dominique Taphorin. Le trapu restait assis, le dos au mur, observant les autres et se bornant à rire avec eux.

— Tu danses pas ?

— Je sais pas danser.

— On t'apprendra.

— Je veux que ce soit ma future qui m'apprenne.

Les autres l'oubliaient. Seul Taphorin revenait souvent vers lui pour boire un coup. Il buvait également à la table des Polonais de son équipe. Titubant, il finit par s'asseoir à côté du trapu en grognant :

— Saloperie ! Y font ça avec des pommes d'épinette... du bois de bouleau. Y a de quoi tuer un bœuf !

— T'as qu'à boire moins.

Taphorin rota bruyamment puis, avec un ricanement :

— Toi, je sais pourquoi tu bois pas.

— J'aime pas ça, je te l'ai dit.

— C'est que tu surveilles ceux qui boivent.

— Tais-toi, t'es saoul.

L'autre s'approcha. Il puait fort. Sa main agrippa la manche du trapu.

— M'en va te dire : le Jordan, y t'a bien possédé. T'étais chef de sécurité. Te voilà au fond. T'aimes pas ça.

— Je veux pas être flic, c'est un truc de fainéant.

— T'es plus flic que les gardes. Tu surveilles les gars qui boivent.

— Tu m'emmerdes. J' suis au fond pour me faire des sous. C'est tout.

Obstiné, Taphorin, dont le regard vitreux tanguait sans parvenir à se fixer, reprit :

— Y nous couillonne, ton Maxime. On est actionnaires comme lui... Y se sucre.

— Des patrons de mine qui descendent autant que lui, t'en chercheras.

— Tu te crèves pour gagner de quoi faire venir ta blonde. Ça t'aveugle. Maxime, c'est un fumier...

L'énorme patte du trapu emprisonna le poignet de l'ivrogne et le maintint ferme sur la table. Sa voix se fit plus sourde.

— Tu vas aller roupiller, Dominique. Ça te sortira du crâne tes idées à la manque.

Taphorin tenta de se dégager. Sans lâcher son poignet, Landry se leva et contourna la table.

— Tu vas pas foutre la soirée en l'air...

De sa main libre, Taphorin essaya de le frapper. Landry se méfiait. Il emprisonna l'autre poignet. Elevant la voix, il se mit à pousser le poivrot en direction de la porte en criant :

— Ah ! tu veux pas me faire danser. Tu crois que je sais pas. Tu me trouves pas assez belle.

— Arrête, espèce de con, éructait Taphorin.

Autour d'eux, on riait. Ils avaient l'air aussi saouls l'un que l'autre. Le trapu, dont les bras travaillaient avec la force d'un énorme cric, réussit à coller Dominique contre lui. Les mains aux reins, l'ivrogne soulevé de terre se cambrait en gigotant. Les mouvements de jambes qu'il faisait pour atteindre des genoux le bas-ventre de son adversaire et ceux de Landry pour éviter les coups donnaient l'impression d'une danse maladroite et volontairement comique. Arrivé près de la porte, le trapu cria :

— Ouvrez-moi, je la veux dans mon lit, cette petite !

La musique et les rires couvraient les insultes de l'ivrogne maintenu en l'air et qui n'avait que la ressource de cogner du menton sur le crâne du trapu.

Dès qu'ils furent dehors, Landry lâcha Taphorin en le repoussant assez fort pour se donner le temps d'éviter un coup.

— Reste tranquille, Dominique. M'oblige pas à cogner... Entre nous, ce serait pas beau.

Le nordet les enveloppa. La lune à peine levée brossait déjà le monde d'une lumière de source. Taphorin s'ébroua, marqua une hésitation en observant son camarade qui se tenait sur ses gardes. Finalement, d'une voix qui tremblait encore, le souffle court :

— Putain... T'es sûrement le gars le plus costaud que j'aie jamais vu.

— Va au port de Québec, t'en verras d'autres.

Les étoiles scintillaient. Le vent emportait sur le silence froissé de la forêt des bouffées de musique et de chant. Les fenêtres de Bourg-le-Rouge semblaient des braises minuscules vainement acharnées à embraser la forêt. Quelques étincelles piquetaient la glace du lac.

— Marche, fit Landry, ça va te faire du bien.

— T'as raison. Je vais me coucher.

Ils firent une dizaine de pas en direction des baraques-dortoirs. S'arrêtant soudain, Taphorin s'approcha de Landry.

— T'es un brave type, Germain. Si je me sentais pas de l'amitié pour toi, je te causerais pas de ces choses... Je m'en foutrais...

Il hésitait. Landry en profita :

— Je crois que tu ferais mieux de te taire.

— Je suis plus saoul. Cette affaire, y a longtemps que ça me tracasse... Le gros filon, c'est toi qui l'as trouvé.

— Tais-toi.

— Le Jordan, c'est un voleur.

Avec colère, Landry répéta :

— Tais-toi !

Sa main empoigna le bras de Taphorin qu'il contraignit à avancer. L'autre ne résistait pas. Cependant, il dit encore :

— Si tu veux réclamer, je témoignerai. Tu me prendras avec toi. Tu gagneras gros pour ta petite...

Landry lâcha son bras, l'empoignant par le devant de sa veste, il le secoua fortement.

— Je veux pas te corriger, Dominique. Je te préviens seulement : si jamais je t'entends raconter des salades sur Jordan, je t'écrase la gueule !

Il le lâcha. L'autre fit trois pas, puis, se retournant, il lança :

— Si ça t'amuse d'être berné. J'en ai rien à foutre !

Serrant les poings et respirant profondément, Germain le regarda s'éloigner en chambillant un peu sur le miroir du chemin.

20

Petits campes de bois rond plantés à la diable. Baraques mal bâties par des gens qui tenaient une hache pour la première fois. L'argile et la mousse entre les billes pour affronter l'hiver furibond. Hommes épuisés venus de partout réunis là par une même folie. Certains assez déments pour avoir traîné jusqu'en ces lieux perdus leur femme et leurs enfants.

Ainsi naissaient des villages partout où l'on flairait le métal jaune.

Sur la rive ouest du lac Ouanaka que l'on appelait plus volontiers lac Jordan, un rouquin venu de France avait prélevé des échantillons prometteurs. Il s'appelait Coutelas. Ses copains l'avaient baptisé Rouge Lame. Dès que son claim avait été piqueté, la nouvelle de sa découverte s'était répandue comme éparpillée par le vent. A peine un mauvais chevalement était-il planté et quatre pieds cubes de cailloux concassés, que le monde affluait. Le rouquin remuait tant d'air qu'il semblait être partout à la fois. Il était de ces gens qui donnent l'impression que la terre entière leur appartient. Très vite on prit l'habitude de nommer Bourg-le-Rouge l'agglomération poussée près de son chantier. Le Français s'était si bien démené à Toronto, qu'une compagnie avait expédié sur place un géologue et deux aides. Formant un syndicat, Coutelas avait vendu des actions à tous les assoiffés d'or qui rôdaient par là. Les campes de fortune s'étaient multipliés.

Dès l'automne, le géologue et son équipe pliaient bagage : la découverte fabuleuse tenait au seul affleurement ; les sondages n'avaient rien donné. Et lorsque les actionnaires se rendirent chez Coutelas, l'oiseau s'était envolé avec la caisse. Quelques obstinés s'acharnèrent sur le claim abandonné. Les bruits les plus fantaisistes se répandirent. On avait vu le rouquin en Ontario, en Californie, à New York. Toujours remuant, grande gueule et milliardaire.

Généralement, lorsque survenait pareille mésaventure, il ne fallait guère plus d'une année pour que la forêt bousculât les cabanes abandonnées. Mais Bourg-le-Rouge survécut. De la rive, les gens lorgnaient vers l'île Jordan, flairant la prospérité. On pressentait que l'argent gagné au milieu du lac finirait par déborder. Les plus malins savaient que l'île était trop exiguë et son propriétaire trop autoritaire pour qu'une vraie ville pût s'y bâtir. Il fallait l'édifier le plus près possible, en face de cette jetée faite des déchets de la mine et qu'on regardait avancer. Un jour, une route mènerait à la source de l'or. Autour de Bourg-le-Rouge, la forêt s'ouvrit. Elle retentit du claquement des cognées, du craquement des arbres abattus, du cri des charretiers et des bouviers sortant les grumes.

Ainsi la ville naissante se mit-elle à grandir très vite. De misérables tripots y côtoyaient des tavernes plus ambitieuses. On jouait, on buvait, on se battait. Landry, qui devait être le seul à n'y avoir jamais mis les pieds, affirmait que Bourg-le-Rouge comptait autant de débits de boisson que de maisons.

De cette cité, partaient des pistes tirant droit sur d'autres agglomérations où se tissait la même vie.

Quêteux et colporteurs allaient de place en place, miséreux vivant de rapines ou de modestes tâches éphémères ; achetant ici pour revendre plus loin ; inventant toutes sortes de procédés étranges pour faire fortune et se ruiner. On prétendait qu'un trafic d'or volé dans les mines en nourrissait beaucoup.

Les nuits terribles écrasaient le pays dans leurs serres de rapace. Le soleil de midi n'apportait point de vraie chaleur. Le vent venu directement du pôle allait sa route de claire musique. Il passait sur la mort comme sur la vie, avec les mêmes refrains. Souvent pareils au nordet, les gens allaient sans savoir où, à la recherche de Dieu sait quoi. Certains peut-être qui ne cherchaient plus rien finissaient pourtant par rencontrer la mort.

21

La route de forêt que les hommes avaient ouverte au cours de l'été et durant l'automne fut achevée par l'hiver qui durcit le sol, souda entre eux les troncs refendus et les billes rondes enjambant ruisseaux et marécages. Seul le grand gel avait la force de parfaire le travail des cantonniers du Nord.

Lorsqu'il eut terminé, lorsque la première neige eut comblé les ornières et nivelé la chaussée, quand les vents eurent poli cet asphalte, les charrois commencèrent. Entre Saint-Georges et Bourg-le-Rouge, on avait bâti quelques refuges où dormir, où s'abriter des grandes tempêtes. Par cette voie était venu Bastringue ; c'est par là qu'arrivèrent pour la mine une petite chaudière à vapeur et un treuil plus puissant. Un deuxième convoi amena une turbine avec un compresseur que la chaudière pourrait actionner. De quoi accélérer considérablement le rythme du travail. La ventilation des galeries allait permettre une meilleure évacuation des gaz. On pourrait s'enfoncer sans crainte vers le cœur de la terre.

Maclin se frottait les mains. Il passait ses journées dehors, emmitouflé jusqu'aux yeux, la moitié de ses nuits dans son bureau à fignoler ses plans. Durant huit jours, il arrêta le travail au fond, occupant tous les hommes à des besognes de surface. L'île frémissait. Un essaim semblait y butiner la neige qui se couvrait de traces brunes et grises. Des chevaux tiraient des arbres, d'autres amenaient des traîneaux chargés de matériel. Les glaces du lac étaient sans cesse sillonnées d'attelages. Le ciel immense et d'un bleu tendre sonnait comme un gong. Son émail semblait répercuter les bruits. Les gens de Bourg-le-Rouge observaient avec envie.

Jordan et Maclin s'étaient réparti le chantier. Le premier veillait à la construction des bâtiments, le second au montage du matériel mécanique et à l'installation des ventilateurs. Chacun sentait que l'on touchait du doigt le stade de l'exploitation.

La fièvre tenait tout le monde. Lorsque Germain rencontrait Maxime, il demandait :

— Quand est-ce qu'on pourra faire venir les femmes ?

— Attends qu'il fasse plus chaud.

— C'est pour se réchauffer qu'on en a besoin.

Le trapu plaisantait, mais il n'était pas seul à attendre avec impatience le moment où une vie normale deviendrait possible. Parce qu'ils le savaient actionnaire et plus accessible que Jordan, les hommes s'adressaient à lui pour leurs réclamations.

Dans le froid de plus en plus vif, ces journées étaient épuisantes. Des tornades de neige balayaient le chantier. En dépit de la fatigue, les mineurs retrouvaient chaque soir avec joie Bastringue et ses chansons.

Les gardes avaient bien du mal à empêcher les gens de Bourg-le-Rouge de venir profiter de la musique. L'homme-orchestre s'en étonnait, réclamait comme s'il eût été chez lui :

— Pour moi, c'est un manque à gagner !

Bientôt, il se partagea. Un soir sur l'île, un soir à

Bourg-le-Rouge où il allait d'une taverne à l'autre. Ce que Jordan avait empêché dans un sens, il ne put l'interdire dans l'autre. Des hommes allaient porter ailleurs l'argent de leur paie.

Tous ou à peu près buvaient. Jordan et Maclin comme les autres, mais jamais au point de perdre la tête. Bastringue non plus ne perdait pas la tête. Avec l'aide de quelques désœuvrés recrutés à Bourg-le-Rouge, il bâtit une grande baraque dont l'intérieur était divisé en deux parties inégales. Sur le devant, une vaste salle où furent installés, de chaque côté, des tables et des bancs fixés au sol. Au fond, cinq petites pièces dont une seule avait une fenêtre.

— Un bordel ! fit Jordan lorsqu'il vit monter l'installation.

L'homme à la veste rouge cligna de l'œil.

— J'aime mieux être ici que sur ton île. Tu m'aurais demandé trop cher.

Mais sur l'île aussi la construction allait bon train. En dehors des bâtiments de la mine, des couloirs pour le minerai, de la fonderie et du concassage, les bûcherons montaient un entrepôt pour les vivres et un pour le matériel. Une autre équipe commençait à élever deux nouveaux dortoirs.

Hors la clôture de la mine, sur un terrain où il avait tracé des chemins, Jordan décida de concéder à ses hommes des lopins où chacun pouvait se bâtir un petit campe. S'unissant pour s'aider, ceux qui envisageaient de faire venir leur femme commencèrent à construire. Ainsi, même le dimanche, la forêt résonnait des haches et des marteaux.

A l'entrée de ce futur village, la patronne du magasin général de Saint-Georges avait choisi un emplacement. Son frère et son fils arrivèrent bientôt pour entamer leur chantier.

Sans que semble se ralentir beaucoup l'activité

de surface, la mine s'était remise à vivre. Le nouveau matériel activait le travail et l'arrivée de quatorze gaillards permit de renforcer les équipes.

— A présent, annonça un jour l'ingénieur, on va pouvoir procéder à quelques petits dynamitages secondaires.

— C'est-à-dire ? interrogea Jordan.

— Quand des gros blocs sont tombés sans se casser, au lieu d'y aller à la masse, on met une petite charge, les gars s'éloignent jusqu'à un coude et ça part.

— Je veux pas d'accident, fit Jordan.

— Ça se fait dans toutes les mines. Y a aucun risque.

— On n'a pas que des mineurs de métier.

— C'est eux qui le feront. Eux et les draveurs qui connaissent les explosifs.

— Pour le premier, je veux être là.

L'occasion ne se fit pas attendre. Dès le lendemain, le conducteur du treuil vint appeler. Maclin et Jordan prirent place dans la caisse en gros plateaux de bois qui servait à remonter le minerai. Au-dessus d'eux, grinçant et ferraillant, le treuil se mit à dévider son câble. Arrivés à la galerie, ils sortirent l'un derrière l'autre, la lampe fixée au casque, promenant sur les parois luisantes des lueurs tremblotantes. La galerie montait en pente douce. Deux rails étiraient leur chemin de reflets. Un homme arriva, retenant un wagonnet, ils se plaquèrent contre la muraille, se voûtant et enfonçant la tête dans les épaules.

— Attention, fit l'homme, vont blaster.

— C'est pour ça qu'on y va.

Plus loin, quatre mineurs assis sur des caisses vides les regardèrent avec indifférence s'engager dans une galerie beaucoup plus étroite et moins haute où ils devaient avancer cassés en deux, effaçant les épaules pour passer à côté des poteaux de boisage. Tout au bout attendait le vieux Polonais. Il avait appris quelques mots de français.

— Faut voir, fit-il. Voir.

Et il montrait ses yeux qui luisaient dans la lumière des lampes. Il se tourna vers une roche qui obstruait pratiquement toute la galerie. En son centre, un trou de drille était percé d'où sortait une mèche.

— Là, fit-il en désignant le bout de la mèche.

Puis il ajouta :

— Pas courir.

— On va s'en aller jusqu'à la grande galerie, dit Maclin. Il allumera et il viendra nous rejoindre. A trois, on risque de se gêner en partant.

— Allez-y, fit Jordan. J'allumerai.

— Moi, fit le mineur. Moi.

— Non, ordonna Jordan.

L'homme hésita, puis, cédant sa place à Jordan, il dit en souriant :

— Pas courir. Pas tomber.

— T'inquiète pas.

Jordan venait de tirer de sa poche sa pipe toute bourrée. Il craqua une allumette et, d'une main tranquille, il l'alluma. Soufflant la première bouffée :

— Allez, je vous suis.

Les deux hommes s'éloignèrent. Le bruit des bottes décrut. Jordan l'écouta. A mesure que ce clapotement disparaissait, le battement de son cœur prenait davantage d'ampleur. Il fixait des yeux le bout de mèche long comme deux mains. Jamais il n'avait mis le feu à une mèche aussi courte.

— C'est bon !

La voix de l'ingénieur arriva, répercutée par les parois. Puis, le silence avec le ronronnement lointain des ventilateurs et le battement du sang de Jordan qui devait s'entendre jusqu'à la surface.

Dirigeant vers le trou de mine la lueur de sa lampe, il tira une forte bouffée de fumée et prit sa pipe dont il approcha le foyer de la mèche. Il souffla sur le tabac qui se mit à rougeoyer, communiquant le feu au coton. Jordan se redressa. Il contemplait ce point rouge qui avançait. Un minuscule filet de fumée blanc montait droit avant de se tire-bouchonner.

Lentement, Jordan fit demi-tour et se mit à progresser dans la galerie.

— Un... deux... trois...

Lorsqu'il se rendit compte qu'il comptait, il cessa de le faire.

Dans la grande galerie, l'ingénieur se tenait debout entre les rails. Wladek s'était assis avec ses camarades. Nul ne souffla mot. Le vieux porta ses mains à ses oreilles et ouvrit la bouche. Tous l'imitèrent. Deux secondes, l'explosion ébranla légèrement la voûte. Près d'un boisage, des graviers tombèrent. Jordan en reçut un sur son casque à l'instant où le souffle secouait la flamme des lampes. Les mains quittèrent les oreilles. L'odeur d'ail arrivait, légère, flottant lentement.

— C'est bon, fit Jordan. Mais jouez pas à la courte mèche.

Un homme répéta en polonais ce qu'il venait de dire et les mineurs se mirent à rire.

22

L'or se tient où on le trouve.

C'était le mot qu'ils se disaient, qu'ils répétaient aux nouveaux venus. C'était la règle qui les faisait avancer partout, sur le pays, comme une immense vague déferlant lentement. Eclaireurs indiens, coureurs de bois, prospecteurs utilisant toutes les voies de pénétration naturelles ou tracées par les hommes. Derrière eux, le terrible labeur des profondeurs. Les entrailles sorties au grand jour, concassées, broyées, triées. Les déchets utilisés pour des milles et des milles de route.

Plus loin, au flanc des montagnes, on s'enfonçait dans la nuit des roches, à l'horizontale.

Après les pioches, les barres à mine, les pelles à main, arrivaient les drilles qu'actionnaient d'énormes machines à vapeur. Pour nourrir les foyers avides, on abattait sans cesse les arbres, on débitait, on charroyait.

En été, sur les rivières et les fleuves, d'étranges bateaux à roues construits sur place par des malins qui s'improvisaient armateurs avant de se baptiser capitaines fumaient aussi. Pour eux encore il fallait du bois qu'on coupait le long des rives.

Les cognées et les godendards œuvraient également pour le boisage des puits et des galeries qu'on devait soutenir dans les zones où les couches de roches schisteuses glissaient l'une sur l'autre. Des contracteurs arrivaient pour ces travaux de surface. Les bûcherons réclamaient les mêmes salaires et les mêmes primes que les mineurs, et les mineurs qui s'en étonnaient exigeaient davantage. Tout n'allait pas sans grincements. Mais ceux qui avaient besoin d'hommes solides payaient. On se demandait d'où sortait l'argent qui coulait à flots.

Aux Canadiens venus des villes se mêlaient les émigrés d'Europe centrale, des Polonais, des Italiens, des Français. Ces derniers, pour la plupart connaissant un métier du bois, de la pierre ou du fer, se débrouillaient pour ne pas s'enfoncer dans les profondeurs.

Sur le carreau de chaque mine ouverte, on édifiait un bureau, un atelier de réparations, une forge où refaire sans trêve la pointe des drilles. On montait également une petite fonderie où deux ou trois hommes au long tablier de cuir et aux lunettes noires surveillaient de mystérieuses cuissons.

Les scies actionnées par l'eau et la vapeur, les meules, les ventilateurs, les chaudières, les bouilloires, les premiers compresseurs à pétrole, tout cliquetait, vrombissait, grinçait ou bringuebalait.

Il y eut bientôt des tracteurs à chenilles sur les routes de glace ou de boue, tirant des concasseurs, des grues, des treuils, des moulins, des pompes, des éléments de four, des rouleaux de câble, des fûts de pétrole et d'huile. Dans leur sillage, pataugeant et peinant, s'enfonçant dans les ornières, les chevaux et les bœufs poursuivaient leur labeur au claquement des fouets.

Chaque jour, à quatre heures du soir et à quatre heures du matin, alors que tous les mineurs étaient remontés, la terre tremblait, meurtrie dans ses profondeurs par des charges d'explosifs.

Au bruit du travail se mêlait celui de la fête. A chaque paie, Russes et Polonais se saoulaient. Les autres aussi, avec moins de régularité. Pour ceux qui venaient de très loin, la joie paraissait aussi sombre que la peine. La plupart de ces gens avaient laissé femme et enfants. Un service de poste installé dans les bureaux des mines ou dans quelque boutique leur permettait d'expédier les trois quarts de leurs gains. Ayant bu le reste en une nuit, ils retournaient à l'ouvrage, courageux, opiniâtres, durs au mal et à la peine.

Ils allaient par équipe de deux, un vieux et un jeune, maniant le pic mais aussi des foreuses à air comprimé de deux cent cinquante livres. Ni l'eau ruisselant des voûtes ni la poussière ne semblaient les affecter.

En surface, des compresseurs trépidaient sans fatigue apparente, envoyant sous terre par de longs tuyaux souples l'air comprimé nécessaire à l'effort.

Les mineurs œuvraient sans jamais s'arrêter que pour de rapides dynamitages locaux. Chaque chariot compté par le contremaître les menait vers la tonne supplémentaire qui leur méritait un boni.

Equipes de jour et équipes de nuit se relayaient, descendues par le treuil ferraillant alors que montait encore à leur rencontre l'odeur tenace de l'explosion.

Pour ce monde aux tâches épuisantes, arrivaient d'énormes quantités de victuailles. Dans les cantines, les repas étaient bruyants et copieux ; les boîtes à lunch qu'on emportait au fond toujours bien garnies.

La terre s'ouvrait pour cracher son or, les forêts s'ouvraient pour que naissent des villages.

Les gens des compagnies continuaient de circuler. A mesure que les villes grandissaient, l'Etat expédiait des policiers et des juges. Des avocats suivaient. Des médecins courageux ouvraient des cabinets. Des religieuses soignantes ou des infirmières civiles arrivaient. Il semblait que le monde entier repoussait ses limites vers le nord, comme si la terre, soudain, eût manqué sous les pas des hommes.

23

Les équipes avaient été formées d'hommes capables de se comprendre. Les Ukrainiens entre eux, les Polonais de leur côté. Au fond, travaillaient aussi d'anciens draveurs de Mont-Laurier habitués aux besognes pénibles. Ils savaient manipuler les explosifs qui servent à faire sauter les troncs livrés au courant lorsqu'ils s'entremêlent et forment barrage entre les rochers en un passage étroit.

Dominique Taphorin avait huit de ces hommes sous ses ordres. Quatre équipes de deux. A la fin de janvier, ils suivaient des veines étroites où la teneur était faible mais dont l'ingénieur espérait qu'elles conduiraient à des filons plus riches.

Avec la mise en marche des nouvelles installations et l'arrivée de personnel, Germain Landry était responsable du moulin, des treuils et des moteurs. Habitué aux grues du port, il se sentait à l'aise. Dès qu'il disposait d'une minute, il filait travailler à la construction de sa maison. Parce que son lot jouxtait celui où se montait le futur magasin général, le trapu s'était vite lié d'amitié avec Raoul Herman et son neveu qui le bâtissaient.

A présent, tout était organisé, même un service d'incendie avec deux grosses pompes. Mersch avait annoncé l'arrivée prochaine d'un ancien pompier professionnel.

A plusieurs reprises, des gens de la cantine avaient rapporté à l'ingénieur que des paris s'engageaient entre les anciens draveurs. Lorsqu'un dynamitage secondaire s'imposait, le boutefeu mettait à peine ce qu'il fallait de mèche pour se donner le temps de rejoindre en courant le lieu de repli choisi. Un camarade guettait au bout de la galerie et criait dès qu'il l'entendait détaler. A partir de là, mains sur les oreilles, marquant la mesure de la tête, les autres comptaient les secondes :

— Un... deux... trois...

Celui qui, au cours de la journée, réussissait à allumer la mèche la plus courte empochait les mises du matin. Trois ou quatre fois, Jordan monta sur un banc du réfectoire avertir les hommes :

— Pas de ça ici. Je préviens les chefs d'équipe. Si un accident arrive, ils seront tenus pour responsables et balancés !

Les mineurs riaient, les contremaîtres avec eux. Et les cuisiniers, qui observaient tout de leur guichet, affirmaient que, chaque matin et chaque soir, avant la descente des équipes, il se faisait des paris à certaines tables.

Un jour, la cloche pendue à la faîtière de l'abri recouvrant le treuil se mit à tinter en rafales, le sifflet d'une chaudière cracha sa vapeur en un long cri strident. Jordan qui se trouvait avec les fondeurs bondit.

— Prévenez Maclin !

— C'est fait.

Le treuil venait de monter sa charge. La benne bascula. A peine avait-elle repris sa place en claquant comme un énorme piège que le boss bondissait dedans.

— Laisse aller !

Durant la descente, il coiffa son casque auquel il

venait de fixer une des lampes à pile que l'ingénieur avait fait venir d'Ontario. Le faisceau éclairait la paroi qui défilait trop lentement. Le signal avait été donné du troisième niveau. Lorsqu'il passa devant la galerie deux, des voix crièrent :

— Si t'as besoin, on est là !

Au troisième niveau, un homme attendait à l'entrée de la galerie.

— Qu'est-ce que c'est ? fit Jordan.

— Eboulement à la veine quatre. Le petit Nolin est pris dessous.

— Foutu ?

— Non, on l'entend.

— Fais descendre l'équipe du dessus.

Jordan fila. L'odeur d'ail très légère flottait. Lorsqu'il atteignit le boyau d'exploitation de la veine quatre, des hommes à plat ventre dans la boue faisaient déjà la chaîne, se passant des caisses à dynamite emplies de pierre et de terre. Deux mineurs les vidaient dans une berline.

— Où est Taphorin ?

— En tête.

Jordan s'allongea et se mit à ramper entre les hommes et la paroi. Lorsqu'il croisa une caisse, il dut passer par-dessus, le dos raclant le plafond où son vêtement accrochait des roches saillantes. Tout au bout, la galerie était obstruée par un éboulement devant lequel se tenait Taphorin qui tirait la caillasse mouillée dans une caisse.

— Stop ! ordonna Jordan.

Le pic s'immobilisa. Aussitôt, la voix faible de Nolin leur parvint.

— Arrêtez pas, les copains... ça me serre de partout... sortez-moi.

Il toussa.

— Tais-toi ! cria Jordan. Tu t'épuises. On est tous là. On va te sortir.

— Vite... vite..., gémit l'autre.

Le travail reprit de plus belle.

— C'est une question de minutes, fit Jordan. Faut se changer chaque fois qu'on faiblit. Allez me chercher les meilleurs de chaque équipe. Réveillez ceux de nuit.

Il prit la place de Taphorin qui prit celle du premier de la chaîne, chacun reculant d'une place. Jordan piochait. Impossible de travailler à deux. La position était la plus malaisée que l'on puisse imaginer. En quelques minutes, le corps et le visage se couvraient de sueur, les membres et les reins devenaient douloureux. Dents serrées, Jordan alla jusqu'à ce que ses gestes commencent d'être moins efficaces.

— A toi.

Le suivant se glissa à sa place. Durant la brève interruption, on entendit les gémissements de l'emmuré. Puis les coups de pic et le tambour des gravats tombant dans la caisse emplirent de nouveau la galerie.

Jordan avait déjà rétrogradé à la dernière place de la chaîne lorsque l'ingénieur arriva en disant :

— J'ai envoyé Burger à Saint-Georges avec ses chiens chercher le médecin.

Bon Dieu, songea Jordan, j'y ai pas pensé !

Mince et souple, l'ingénieur n'eut aucun mal à se couler le long de la chaîne. Lorsqu'il revint, il dit :

— Y a au moins trois à quatre mètres de galerie à dégager. Faut faire forcer la ventilation.

Des hommes frais arrivaient qui prirent la place des autres. C'était l'équipe de Wladek. Tout de suite derrière, suivirent des Sibériens.

Les caisses glissaient sur une piste de boue de plus en plus gluante. Le rythme s'était accéléré avec ces hommes rompus à ces tâches. Ils allaient un train d'enfer sans jamais donner l'impression de forcer.

Pourtant, lorsque l'un d'eux quittait la chaîne pour venir respirer dans la galerie, son visage ruisselait. Mêlées à la poussière grise de la pierre, la sueur et l'eau dégouttant de la roche dessinaient sur les joues de sinueux continents. Jordan avait ordonné qu'on fasse descendre à boire et à manger. Tout s'organisait comme si ce travail nouveau devenait routine. Quelque chose s'installait qui enlevait un peu au tragique de la situation.

A plusieurs reprises, Taphorin s'avança pour reprendre place dans la chaîne.

— Laissez faire les plus rapides, dit Jordan. Vous autres, restez en réserve. Quand y faibliront, vous irez.

Il parlait à toute l'équipe de Taphorin, comme s'il eût voulu éviter de s'adresser à lui en particulier. Pourtant, quand leurs regards se croisaient, des lueurs fulguraient qui annonçaient l'orage.

Tout le personnel de la mine voulait prendre part au sauvetage. Les cuisiniers, les charpentiers, les bûcherons rentrant du bois au crépuscule. Ces gens qui n'étaient jamais descendus demeuraient dans le froid, le plus près possible du puits pour offrir leur force et leur bonne volonté. De temps à autre, l'ingénieur remontait pour aller avec Landry ausculter les moteurs actionnant la ventilation.

— Je voudrais tout de même en faire ma part, disait le trapu.

— On te fera venir si c'est nécessaire. T'inquiète pas. T'es plus utile à ton poste.

— Putain de médecin, qu'est-ce qu'il fout !

— Peut pas être là avant des heures et des heures. Même avec les chiens.

Au fond, tout se poursuivait dans le calme. Ces vrais mineurs semblaient des machines aux rouages bien huilés, aux bielles inusables. Pas un soupir, pas un grognement.

Le vieux Wladek avait pris la direction des opérations. D'un mot, d'un geste, il faisait aller la mécanique humaine allongée dans la boue. Lorsque son regard croisait celui de Jordan, il clignait de l'œil avec un petit geste sec de la tête qui voulait dire : « T'en fais pas, boss, ça ira. »

Chaque fois qu'un homme arrivait de la surface, Jordan demandait :

— Pas de docteur ?

— Pas encore.

Agacé, l'ingénieur finit par lui lancer :

— On devrait en avoir un ici. Je l'ai assez dit !

Les poings de Jordan se serrèrent, ses lèvres se pincèrent. Il fit demi-tour pour retourner à l'entrée de la galerie d'où sortaient les caisses.

Enfin, après seize heures d'efforts, les hommes de tête appelèrent. Jordan s'aplatit dans la boue pour progresser le long de la chaîne qui descendait lentement. L'odeur de sueur était plus forte que celle de la terre et de la roche. La lampe de Jordan éclairait au passage le visage ruisselant et terreux des Polonais silencieux. La voix du blessé gémissant comme un enfant lui parvenait déjà.

L'ingénieur était derrière Jordan. Le mineur de front se recula pour leur laisser la place.

Seule la tête du garçon émergeait. Son visage couvert d'une épaisse couche de poussière grise saignait en plusieurs endroits, mais le casque avait protégé son crâne.

— À boire, souffla-t-il.

Une forte odeur d'urine montait.

Ils regardèrent comment pouvait se poursuivre la besogne sans que des cailloux tombent sur le blessé. Le seul moyen consistait à le protéger avec une planche à mesure qu'on avançait.

Plus d'une heure passa encore durant laquelle ils s'arrêtèrent à plusieurs reprises pour donner à boire à Nolin.

Enfin, il fut possible de le tirer sur un long plateau qu'on fit glisser lentement dans la boue du boyau.

Lorsqu'il fut sur une civière, dans la galerie, Jordan lui essuyant le visage, constata qu'une mousse rose mouillait le coin de sa bouche. L'ingénieur souffla :

— Peur qu'une côte fracturée ait perforé la plèvre.

Des hommes qui avaient fait la guerre en France soufflaient à l'ancien draveur :

— On en a vu de plus amochés qui s'en tiraient.

Ils le remontèrent, toujours geignant.

Comme s'il eût attendu ce moment, c'est lorsqu'il respira sa première goulée d'air glacé qu'il perdit connaissance.

A six heures du matin, le blessé fut porté dans le bureau où l'on avait entretenu le feu. Il y eut un moment de flottement. Jordan et l'ingénieur discutèrent s'il était préférable d'attendre encore le médecin ou s'il fallait immédiatement organiser le transport.

L'interprète des Polonais arriva avec un homme qui prétendait avoir de sérieuses notions de médecine. Encore couvert de boue pour avoir participé au sauvetage, il se pencha sur le blessé qu'il palpa doucement et ausculta. De temps en temps, il prononçait un mot que l'interprète traduisait :

— Contusions... fracture... le cœur est bon.

Il sortit après avoir parlé plus longuement à l'interprète qui expliqua :

— C'est un fils de mineur. Il avait commencé des études de médecine. Il est allé chercher de quoi tuer la douleur. Il dit qu'il faut l'emmener le plus vite possible. Un docteur pourra rien faire ici.

Jordan appela Landry pour qu'il fasse atteler le tracteur chenillé à une grande vanne bien fermée, montée sur patins et dans laquelle était installé un petit poêle en tôle.

— Non, dit l'ingénieur. Un tracteur, ça va pas plus vite que des chevaux. Ça peut tomber en panne.

T'en aurais deux, d'accord. Avec un, t'as trop de risques. S'il est mal pris, c'est foutu. Il n'est déjà pas fameux.

Landry alla chercher deux bons charretiers. Les frères Gagnon du lac Saint-Jean, solides et rugueux au froid, capables de se débrouiller en plein bois et sur les pires venelles. Ils attelèrent les deux meilleures bêtes du chantier, ferrées à glace et habituées à travailler en flèche. Ils chargèrent dans la vanne une bonne provision de bois, du foin, de l'avoine. On y avait déjà placé des vivres et des couvertures. Le feu ronflait depuis un moment lorsqu'on y monta le brancard où râlait Nolin. Il n'avait retrouvé conscience qu'à de brèves reprises pour sombrer ensuite dans un sommeil tout secoué de hoquets. Le Polonais affirmait que c'était l'effet de la potion qu'il venait de lui faire absorber et dont il confia la bouteille aux charretiers.

— Je devrais aller avec vous, fit Jordan, mais faut tout remettre en route.

— Ça servirait à rien, dit l'aîné des Gagnon.

Ils regardèrent le large fourgon de planches peintes en vert s'éloigner sur ses patins crissants.

Jordan et Maclin passèrent la matinée à redonner son rythme au travail.

L'équipe de Taphorin, ne reprenant que le soir, se trouvait à midi à la cantine. Jordan y mangeait aussi, toujours à la table proche de la porte. Comme Taphorin allait sortir, Jordan l'appela :

— On a fini. Attends-nous une minute, faut qu'on cause.

Le mineur fronça les sourcils. Son visage se fit tout de suite dur. Se tournant vers ses camarades qui hésitaient, il lança :

— Attendez.

— Non non, fit Jordan, vous pouvez aller. Faut qu'on passe au bureau.

— Au bureau, grogna Dominique, on peut pas discuter ici ?

Les hommes sortirent. Jordan et l'ingénieur portèrent leurs assiettes et un plat au guichet. Taphorin demeurait planté à deux pas de la porte, renfrogné, sa vieille veste matelassée jetée sur l'épaule. Un homme qui passait lui dit :

— Y vont te sonner, mon vieux !

— Je les emmerde !

Le vent avait faibli. Un ciel chargé pesait bas sur la fumée montant de la forge et des chaudières.

— Ça pourrait tourner à la pluie, fit Dominique.

— Possible, dit l'ingénieur.

Au bureau, Jordan commença par remettre des bûches dans le fourneau et secoua le feu qui tirait mal. Puis, se retournant, il fixa le mineur et dit lentement :

— Une part de la société, aujourd'hui, ça vaut soixante piastres.

Il y eut un temps, puis, comme nul ne bronchait, Taphorin demanda :

— Et alors ?

— Alors, je te rachète les tiennes.

L'autre eut un rire forcé et lança :

— Faudrait que je sois vendeur.

— Tu l'es.

— C'est toi qui le dis.

Jordan respira profondément. Il faisait effort pour garder son calme. Il expliqua :

— Ecoute bien. Une connerie comme celle que tu as faite, c'est pas pardonnable. J'avais prévenu...

Haussant le ton, Taphorin l'interrompit :

— Tu veux les empêcher de courir à la mèche, les gars de la drave ? Ben t'es malin, toi. On verra...

— Tu ne verras rien du tout. Tu vas t'en aller.

Le mineur grimaça. Sa main droite se porta

144

devant sa poitrine, l'index pointé contre lui. Son œil était une étincelle de haine.

— Moi, cria-t-il, je m'en irais ?

— Certain !

Taphorin se tourna vers l'ingénieur qui se tenait à droite de Jordan, légèrement en retrait.

— Toi qui as bossé dans d'autres mines, t'as déjà vu foutre un gars dehors comme ça ?

Nicolas Maclin s'avança pour se porter à hauteur de Jordan. D'une voix presque douce, il expliqua :

— D'où je viens, le boss disait toujours : quand un mineur est puni pour imprudence, il est bien content d'être là pour recevoir sa punition. Le pauvre Nolin serait heureux d'être en état de se faire engueuler.

Un peu décontenancé, Taphorin fit la moue et regarda Jordan.

— Pourquoi tu t'en prends pas à ceux qui jouaient ?

— Le responsable, c'est toi. Si t'as des comptes à régler avec eux, tu t'arrangeras.

L'attitude de l'accusé changea. Sa colère maîtrisée, il se fit implorant.

— Jordan, je suis venu le premier. Je t'ai fait confiance, tu vas pas...

— Discute pas, Dominique. Moi aussi, je t'ai fait confiance. Même si je voulais, je pourrais pas te garder. Plus personne respecterait une consigne.

Taphorin eut des sursauts de colère. Il voulait garder ses parts. Il ergota sur le prix, menaça d'aller trouver un juge puis finit par rendre son action et ramasser ses billets. En y ajoutant sa paie, Jordan observa :

— Tu vois, t'es payé comme si t'avais bossé une journée normale après l'accident.

L'autre haussa les épaules. Enfouissant les billets dans sa poche, il se dirigea vers la porte et, d'une voix plus colorée de dépit que de véritable menace :

— T'es vache, Jordan, ça te portera pas bonheur... Je te le dis... Je te le dis, Jordan.

Impassibles, les deux hommes le regardèrent refermer la porte. Son pas décrût. Le ronflement du feu, qui refoulait parfois soulevant la rondelle, reprit sa place dans la pièce bien chaude.

Contre la fenêtre, des flocons très lourds venaient s'aplatir. En fondant, ils zigzaguaient lentement sur les vitres sales.

25

A mesure que la matinée avançait, le froid dimi-
nuait. Les chevaux allaient bon train sans qu'on eût
à les houspiller. Les dos et les croupes fumaient. Les
deux hommes se relayaient pour mener, montant
tour à tour dans la vanne où ils entretenaient le feu.
Moyens de taille et bruns de poil, ces deux frères se
ressemblaient. L'aîné portait une moustache. Tous
deux fumaient le même brûle-gueule qui empestait.

Le jour entrait dans la vanne par une étroite
lucarne aux vitres encrassées. La présence du blessé
interdisait d'ouvrir le petit volet qui permettait de
conduire aux rênes de l'intérieur, alors, les conducteurs menaient à la bride. De toute manière, c'était
préférable en raison de l'état du chemin qu'il fallait
interroger sans cesse du regard avant d'y engager
les chevaux.

Le visage tuméfié et violacé de Nolin inquiétait.
Son souffle rauque semblait remuer du ballast au
fond de sa poitrine. Il ne saignait pas vraiment,
mais sa salive était rose. Il roulait de droite à
gauche sur la civière. Le bois des attelles placées à
ses jambes et à son bras gauche par le Polonais
dépassait des bandelettes et heurtait parfois les
longerons de frêne.

Le charretier qui ne menait pas se tenait assis en

face du blessé, sur l'une des planches fixées aux flancs de la caisse. De temps à autre il effaçait de la main la buée sur la vitre et lançait un coup d'œil à la forêt enneigée. Celui qui conduisait allait à hauteur des naseaux du cheval de tête, tenant la bride à pleine mitaine, un fouet sur la nuque. Fouet dont il ne se servait jamais. Par habitude beaucoup plus que par nécessité, il lançait de loin en loin :

— Allez, allez ! Mes beaux ! Allez !

Les deux bêtes épaisses suivaient leur train, de la glace aux poils des paturons, le poitrail et la crinière couverts du givre que déposaient les nuées de leur haleine.

Un peu avant le milieu du jour, le charretier qui menait vit arriver l'attelage de chiens. Il reconnut de loin le petit Burger à qui sa pelisse noire à capuchon bordé de fourrure blanche donnait un air de père Noël. Sur le traîneau, une forme emmitouflée :

— V'là le docteur ! cria-t-il.

Son frère sauta de la vanne et le rejoignit au moment où les deux attelages s'arrêtaient. Les chiens essoufflés fumaient de la gueule et du poil. La forme installée sur le traîneau émergea des fourrures. Les deux Gagnon se regardèrent. Un visage rond, rougi par le vent de la course, apparut.

— Le docteur était pas là, fit l'homme aux chiens. C'est la sœur qui est venue.

— Vous avez le blessé ?

Le visage rond avait une voix de petite fille.

— Bien sûr, ma sœur.

La religieuse prit sous les fourrures une petite valise de cuir noir et se précipita vers la vanne où les hommes la suivirent. Lorsqu'ils montèrent, elle était agenouillée à côté du blessé dont elle tenait le poignet.

— Faut pas arrêter, fit-elle.

— Justement, fit l'aîné, on va en profiter pour la halte.

La sœur se releva.

— C'est une question de minutes.

Elle s'énervait. Calmement, le charretier répliqua :

— Les bêtes, c'est comme les gens, faut que ça souffle. Faut que ça boive et que ça mange, sinon, ça tombe.

— Il a le pouls très faible, dit encore la voix de fille.

— Je sais bien, ma sœur. Seulement, si on s'arrête pas, on ira pas au bout.

Pierre avait déjà fait fondre de la neige dans deux grands seaux. Son frère proposa au conducteur des chiens de partager leur repas. L'homme refusa :

— J'ai plus rien pour mes bêtes. J'aime mieux filer.

Il but une tasse de thé rapidement en mangeant une grosse crêpe brûlante, puis il alla reprendre sa route.

Les charretiers descendirent pour faire boire les chevaux puis leur attacher les mangeoires de toile bourrées d'avoine. Ils les avaient bouchonnés vigoureusement d'une poignée de foin avant de les couvrir. Ils montèrent dans la voiture et ouvrirent les boîtes de métal que les cuisiniers avaient emplies de lard, de fromage, de viande et de poisson fumé. Sur le poêle, avait chauffé une marmite pleine de grosses crêpes de maïs et de saucisses.

La religieuse ne se fit pas prier pour partager. Ils mangèrent tous les trois en silence, s'observant à la dérobée. Ils étaient à peu près au milieu de leur repas lorsque l'aîné, s'arrêtant de mâcher, prêta l'oreille. Se tournant vers son frère qui se trouvait à l'arrière, plus près de la porte, il dit :

— René, ouvre voir.

Une neige épaisse, lourde, à moitié fondue tourbillonnait. A travers la buée recouvrant la vitre, Pierre l'avait devinée.

— Ça va pas nous avancer, fit la sœur.

— On en a vu d'autres. Tant que c'est pas vraiment de la pluie...

Ils allèrent tout l'après-midi, le dos courbé sous les bourrasques où la neige alternait avec de grosses gouttes glacées. Peu à peu, le chemin devenait bourbier. Ils perdirent du temps pour croiser un fardier attelé de huit bêtes et qui menait à Bourg-le-Rouge une drille à vapeur. L'endroit était mauvais, avec un fossé où la vanne risquait de verser. Ils durent faire avancer le fardier contre les arbres et encorder leur propre attelage pour le tirer de la pente. Les chevaux peinaient, de la boue glacée jusqu'aux genoux, glissant des quatre pattes, frémissant des oreilles à la croupe. Les trois hommes du fardier aidèrent. L'un d'eux était de Mont-Laurier et connaissait bien Nolin.

— Je le savais, qu'y jouaient à ça, fit-il. Un jeu de cons. Je leur ai dit cent fois. Ces gars-là, c'est terrible, ils se croient toujours plus malins que les autres.

— D'ici deux heures vous serez à la halte, dit un autre. Nous, on aura du mal à se rendre au refuge du lac Brûlé.

— Vous y serez pas à la nuit.

Le jour baissait vite. La neige tombait toujours, poussée par un vent plus froid.

— Je préfère ça, dit Pierre Gagnon, si ça peut serrer cette nuit, demain on ira mieux.

Ils atteignirent la halte après plus d'une heure de marche à la lanterne, l'un allant devant pour repérer le chemin dans le tourbillonnement des flocons, l'autre suivant la lueur, la bride bien en main.

Le refuge était une baraque de bois rond flanquée

d'une écurie où pouvaient prendre place sept ou huit bêtes. Ils y attachèrent les chevaux, les bouchonnèrent et, les ayant abreuvés, ils leur donnèrent du foin. Ils prirent du bois dans la réserve et revinrent à la vanne.

— Faut pas s'arrêter longtemps, dit la religieuse. Ça va pas du tout. Le pouls a encore faibli.

— Faut tout de même souffler. Les bêtes en peuvent plus.

Ils mangèrent, puis ils demandèrent à la religieuse si elle préférait qu'ils couchent dans la vanne ou près des chevaux. Elle hésita, les regarda tous les deux puis, souriant :

— Restez là. Je n'ai pas l'intention de dormir.

Elle demeura assise sur la banquette tandis qu'ils s'allongeaient sur le plancher à côté du poêle.

La lanterne éclairait le blessé dont le râle était régulier, inscrit à demeure dans cette nuit hurlante. Le vent bousculait parfois le fourgon comme s'il eût voulu le renverser à coups d'épaule.

A plusieurs reprises, la religieuse se leva pour regarder Nolin, lui toucher le front, prendre son pouls. Peu après minuit, l'aîné des charretiers se leva aussi. Ayant ouvert la porte, il se retourna et cogna du pied la jambe de son frère.

— Oh ! René. Ça tombe plus. Je crois que le gel revient. Faut y aller.

Sans mot dire, le cadet se leva, s'étira et enfila ses bottes. Pierre demanda :

— Pouvez faire du thé, ma sœur ? On va atteler.

Des nuées effilochées couraient encore devant la lune, mais la clarté permettait de suivre le chemin sans lanterne. Dociles, les chevaux à peine reposés quittèrent l'écurie où régnait déjà leur tiédeur odorante. Pierre barra solidement la porte de l'extérieur, puis ils attelèrent, burent très vite un gobelet de thé brûlant sucré à la mélasse et reprirent la route. Par précaution, celui qui ne menait pas marchait à quelques pas devant, surtout pour s'assurer que les petits ponts de rondins et de glace jetés en travers des ruisseaux tenaient bon. Pour gagner du temps, ils traversèrent plusieurs lacs qu'ils connaissaient bien. Ils savaient que nulle source tiède ne s'y déversait. L'averse de la veille avait déposé sur la glace une couche friable, pareille à du sucre soufflé, qui craquait sous les sabots et les patins. Un beau chant de route montait dans la nuit claire.

Le jour poussait une première lueur rose lorsque Pierre arrêta l'attelage. Le chemin luisait comme du métal dans la poussière d'ombre de la forêt.

— Couvre les bêtes, je vais demander du thé.

Pierre monta dans la caisse dont les planches gelées craquaient comme du verre. Roulée dans une couverture, la sœur dormait par terre, à côté de la civière. Gagnon s'approcha du feu qui s'éteignait. A l'instant d'ouvrir le foyer, il suspendit son geste. Seule la respiration régulière de la jeune femme troublait le silence. Le charretier s'approcha sans bruit, se pencha et prit dans sa main le poignet de Nolin. Le sang ne battait plus. La peau était déjà froide.

— Dites donc, ma sœur, c'est plus la peine qu'on crève nos bêtes.

La religieuse sursauta, s'asseyant, elle ouvrit les yeux, éberluée de se trouver en pareil lieu.

— Quoi ?... Qui c'est ?

— Le pauvre Nolin, il a plus besoin qu'on se presse. Pendant que vous dormiez, y vous a faussé compagnie.

152

Tandis que la religieuse penchée sur le cadavre lui joignait les mains et se signait, le charretier brisait des brindilles dans ses grosses poignes pour ranimer le feu. Très vite, la bouilloire de fer émaillé se mit à chanter sur la flamme.

26

Aussitôt l'attelage arrivé à Saint-Georges-d'Harricana, la religieuse courut avertir le curé tandis
que les frères Gagnon déposaient la civière dans
l'église.

Peu après l'aube, le ciel était entré dans sa
déraison d'avant-printemps. Glissant sur le gel de la
nuit, le vent vira au sud-ouest et tira de la forêt
d'énormes nuées noires qui charroyaient de l'eau.
L'averse creva, transformant aussitôt en bourbier
les rues de Saint-Georges. Oiseaux noir et gris
s'abritant sous leurs ailes relevées, le petit prêtre
remuant et la religieuse transie traversèrent en
pataugeant pour rejoindre les charretiers sous le
porche de l'église. Le long du haut trottoir de bois,
les chevaux éreintés fumaient sous ce déluge. Un
maigre filet sortait encore du tuyau de fer dépassant
le toit de la vanne.

Le curé et la sœur restèrent un moment immobiles près du corps déjà raidi, puis, l'ayant recouvert d'un drap blanc, le prêtre conseilla aux charretiers :

— Vous devriez aller chez Gendreau, le menuisier, commander un cercueil.

— Faut d'abord qu'on rentre nos bêtes, fit Pierre.
Qu'elles se reposent avant qu'on reparte.

— Justement, le menuisier a de la place dans son écurie.

Lorsqu'ils eurent bouchonné soigneusement leurs chevaux et empli de foin le râtelier, ils commandèrent le cercueil.

Ils se rendirent ensuite au magasin général Robillard, où Catherine leur présenta deux couronnes mortuaires en perles. Elle s'excusa :

— J'ai pas grand choix. On peut pas en tenir tout un rayon. Quand j'en vends une, j'en commande une autre.

Ils prirent la plus grosse et firent inscrire la dépense au compte de la mine.

Ils allaient courbés sous l'averse, à petits pas sur le trottoir où le gel sortait des planches.

— Ho ! les Gagnon !

Son ventre rouge tendu au ras de l'averse, Bastringue se tenait sur le seuil du restaurant Clarmont. Il s'effaça pour les laisser entrer. Voyant la couronne, il demanda à Pierre :

— Qu'est-ce que tu fais avec ça ?

Le charretier raconta la mort de Nolin. Le musicien s'attendrit.

Des hommes buvaient au comptoir. Près d'une fenêtre, à une longue table, quatre femmes et un homme parlaient. Bastringue expliqua qu'il rentrait de Montréal d'où il ramenait des pensionnaires. Une des filles découvrant la couronne mortuaire lança avec un rire niais :

— C'est un rigolo, ton copain. Faut nous l'amener.

— Non ! fit une petite très laide, c'est un croque-mort !

— Vos gueules, tonna Bastringue. Un gars de vingt-trois ans tué au boulot, c'est pas drôle !

Les femmes se turent. L'homme qui était avec elles se leva et s'avança, une main suivant les dossiers des chaises, l'autre tendue devant lui.

— C'est Arthur, fit Bastringue.

— C'est notre aveugle, lança fièrement une grosse brune.

L'aveugle parla du mort avec des mots qui donnaient envie de pleurer.

Pierre avait déjà raconté l'accident, le sauvetage et la mort de Nolin à tous les gens rencontrés à Saint-Georges. Il reprit son récit à présent parfaitement poli, qui s'inscrivait dans son existence dont il constituerait un des moments immuables.

Les deux frères s'étaient installés au bout de la table sur laquelle trônait la couronne. La tenancière, une maigrichonne toute pâle, leur servit de la bière. Lorsque Pierre eut achevé sa narration, Bastringue demanda :

— Où allez-vous l'enterrer ?

— A la mine, y a pas de cimetière. On va pas le ramener. On a demandé au curé. Y nous dit de le laisser ici.

— Et sa famille ? demanda l'aveugle.

— De Mont-Laurier, pour qu'elle vienne, faudrait un bout de temps.

Ils parlèrent un moment des morts de ce pays perdu. Puis l'homme-orchestre demanda :

— Vous l'avez amené avec quoi ?

— La grande vanne verte.

— Crebleu ! Vous allez nous embarquer. J'avais demandé au gars du moulin à scie. Je vais le décommander.

Les deux charretiers se regardèrent, puis firent des yeux l'inventaire de ces femmes qu'ils n'avaient pas encore osé détailler. L'aîné observa :

— La femme Robillard nous a déjà parlé de marchandises à charger. Restera pas beaucoup de place.

— On est pas grosses, firent les filles.

Il y eut un nouveau moment de confusion, puis René Gagnon observa :

— De toute manière, on peut pas s'en aller avant de l'avoir enterré. De la façon dont c'est gelé...

Bastringue l'interrompit :

— Du moment qu'il y a un cimetière, y doit sûrement y avoir un charnier. Dans ce cas-là, si le cercueil est prêt, ça pourrait se faire ce soir. Le curé, je le connais...

— Sûr que ça nous arrangerait, fit une fille. On pourrait se tirer demain matin. Ici, on perd notre temps.

De sa voix grave qui obligeait les autres au silence, l'aveugle observa :

— Vous voulez vraiment expédier ce garçon au triple galop.

Une brune qui se trouvait à côté de lui approuva :

— C'est des manigances qui portent pas chance.

— En tout cas, fit l'aveugle, ne comptez pas sur le dégel. Le froid va reprendre le dessus.

Pour les charretiers, Bastringue expliqua :

— Y se trompe jamais. Son baromètre, c'est ses yeux.

A midi, Clarmont leur servit des saucisses grillées, des nouilles au gratin et une tarte au sucre. La pluie avait cessé depuis un moment. Le nordet bouscula les nuées et se mit à serrer dans sa poigne d'acier le pays détrempé. On entendait sur la toiture craquer les bardeaux. Des clous couinaient en giclant de leur trou comme des balles.

Vers trois heures, les Gagnon accompagnés du musicien s'en furent porter leur couronne à l'église. Voulant bénir le corps, Pierre empoigna la branche de sapin trempant dans une petite seille en bois. L'eau bénite n'était plus qu'un bloc qu'il souleva avec le contenant.

— C'est pas dans cette église qu'y risque de s'abîmer, le pauvre Nolin !

Le petit curé arriva comme ils allaient sortir. Aussitôt, Jonquet demanda s'il existait un charnier.

— Bien entendu, fit le curé. Il y a même déjà une malheureuse lavandière qui s'y trouve.

L'aîné des Gagnon expliqua qu'ils souhaitaient profiter de ce retour du gel pour partir dès l'aube du lendemain.

— Ma foi, fit le curé, si le menuisier livre le cercueil avant la nuit, je ne vois pas d'inconvénient à procéder ce soir à la cérémonie.

Les trois hommes filèrent chez Gendreau. Le ciel d'émail s'émiettait sur la chaussée. La glace pendait aux toitures. Les trottoirs de bois étaient impraticables, lisses comme si on les eût cirés depuis des semaines. Il fallait chercher dans la rue et sur les chemins les endroits où la neige avait tenu, ceux où des crêtes de terre rugueuse émergeaient de la glace. Les hommes allaient en zigzag, chambillant comme des ivrognes.

Bastringue tira de sa poche une bouteille de whisky, de quoi fouetter l'ardeur du menuisier qui promit de filer à l'église dès qu'il aurait fini.

— On a juste le temps de repasser chez Clarmont.

La progression était si pénible, qu'en dépit du froid de plus en plus intense, ils transpiraient. Lorsqu'ils arrivèrent, ce fut presque avec de la joie dans la voix que Bastringue lança :

— Ça y est, on l'emmène ce soir !

— Vous ne pourrez jamais l'enterrer, dit la petite brune.

— Toi, Gertrude, tu vas pas chialer pour ce mec, lança une rousse ratatinée, à la bouche immense et qui avait un curieux accent.

— On l'enterre pas, annonça le musicien, ils ont

un petit charnier dans leur cimetière. Il attendra le printemps.

Il expliqua qu'une femme s'y trouvait déjà. Alors, deux camps se dessinèrent. D'un côté l'aveugle, la grosse Gertrude et Pierrette, une brune assez mince, plus réservée que les autres. En face de ces attristés, Mado la rouquine, et la grande blonde, qui plaisantaient. Bastringue dut pousser un terrible coup de gueule pour rétablir le silence.

— Y aura sûrement pas grand monde à la cérémonie, déclara Pierrette. Pauvre gars ! Je vais y aller.

— Moi aussi, dit tout de suite Gertrude.

— C'est pas moi qui vais me geler le cul, grogna Mado, je reste avec Arthur.

Yolande hésita, puis, se levant lentement, elle s'en fut passer sans mot dire un manteau de fourrure qui descendait jusqu'à ses pieds.

Avant de sortir, les trois femmes remirent du rouge à lèvres.

La prière dans l'église glacée fut rapidement expédiée. La religieuse, Catherine Robillard et trois autres femmes étaient venues. Le curé et le menuisier avaient déjà procédé à la mise en bièrc, et il ne restait plus qu'à visser le couvercle. Quand ce fut fait, les frères Gagnon, le menuisier et Bastringue soulevèrent le cercueil. Ils le portèrent jusque devant l'église où attendait une longue traîne sur laquelle ils l'encordèrent. Pierre prit la bretelle et se mit à tirer tandis que son frère poussait, cassé en avant, appuyé sur le couvercle de bois blanc. Le prêtre ouvrait la marche, brandissant un crucifix. Les trois prostituées se tenant par le bras suivaient en titubant. Le menuisier et le musicien fermaient la marche, cherchant eux aussi où poser les pieds sur cette patinoire. Les paroissiennes de Saint-Georges étaient restées dans l'église. Sous le ciel encore limpide, à peine teinté de rouge au couchant, courait un vent qui cisaillait les visages. Face à une douzaine de croix alignées sur deux rangs, une petite bâtisse de pierres plates s'élevait, fermée par une porte basse. Le lieu était si exigu que les frères Gagnon durent y pénétrer seuls pour déposer le corps. Lorsqu'ils furent sortis, le prêtre entra à son tour.

— On gèle, grogna Pierrette. Y pourrait se grouiller.

— Partez devant, fit le musicien.

Les trois filles s'éloignèrent. Les hommes attendirent. Le prêtre sortit, referma soigneusement la porte puis, s'adressant à Pierre, il demanda :

— Qui sont ces personnes ?

— Des nièces à moi, fit Bastringue. Je les ai invitées quelques jours.

L'air pincé, le petit curé lança :

— Elles n'ont pas bon genre, vos nièces, monsieur Jonquet !

27

Ils avaient beaucoup plaisanté durant le repas du soir, en parlant des « nièces » de Bastringue. Les filles se mirent à l'appeler tonton. La petite Mado, que ses amies avaient baptisée Gueule-de-Raie à cause d'une forte lippe toujours luisante et d'un léger strabisme, affirmait :

— Si ton ratichon me voyait, y changerait d'avis.

— Oui, y dirait que c'est moi ton neveu !

Le rire montait, se cassait, reprenait.

— Non, s'égosillait Mado, y dirait que j'ai bon genre moi !

Tout le monde avait bu. Au moment de passer dans l'unique pièce à dormir, Bastringue demanda à Pierre Gagnon à quelle heure il comptait partir.

— A la pointe du jour.

— Vous entendez, les filles, faudra vous décaniller.

Pour se donner du courage, Pierre s'approcha de son frère.

— Qui c'est qui a dit qu'on voulait vous embarquer ?

Ce fut un terrible tintamarre. Lorsqu'il s'apaisa, le charretier déclara :

— Notre patron nous a pas autorisés à vous ramener.

Il y eut un moment de grande confusion. Gueule-de-Raie, plus ivre que les autres, s'accrochait à Bastringue en chouinassant. L'aveugle éleva la voix :

— Nous faites pas marcher.

Le musicien demanda :

— Combien tu veux ?

Les deux frères se regardèrent. Ce fut le plus jeune qui lança :

— Des sous, on s'en fout. On en gagne.

— Y veulent tirer leur crampette à l'œil !

— Putain, si le curé était là, tonton !

Le tumulte devenait tel que le gros Clarmont et son petit pruneau de femme sortirent de leur cuisine.

— Bouclez-la un peu, fit l'aubergiste. Le curé est pas loin. Et les Robillard, c'est des braves gens, mais elle, elle veut pas de bordel à côté de chez eux.

Le mot les fit de nouveau pouffer, mais en sourdine, la main devant la bouche, les femmes se tordant avec excès.

— Allez, ordonna Pierrette, on va se pieuter. On s'arrangera toujours.

— De toute manière, remarqua l'aveugle, y a la nuit de demain à passer en route. Si je compte bien, quatre putes et deux charretiers, ça fait le compte.

— Et toi, salaud, ça te prive de rien, fit Yolande.

— En tout cas, lança Pierrette, tonton nous devra les billets.

— Tais-toi, princesse, sinon tu monteras pas en première.

Ils se couchèrent. La lampe à huile éteinte, tout s'organisa avec des petits cris et des insultes. Puis ce fut le bruit du vent qui domina. Un fil de fer grinçait quelque part. Une croisée se défendait contre le nordet avec d'inquiétants soubresauts. Dans le gros poêle, le feu ronflait. Tout le monde avait désigné Bastringue pour s'en occuper.

Le matin, ce fut lui qui se leva le premier et mit à chauffer une bouilloire d'eau. Clarmont fut debout en même temps que ses clients. Il servit un gros repas de fèves au lard, de crêpes au sirop d'érable et de compote de pommes. Bastringue lui avait commandé une énorme tourtière à la viande d'orignal et de porc qu'ils pourraient réchauffer en route ainsi qu'une grande gamelle de pois et de saucisses. Une corbeille contenait du pain, des pommes, du fromage, des boîtes de sardines et des bouteilles d'alcool. Une odeur de fête présidait à ce départ.

— On a nos marchandises à prendre chez Robillard.

La vanne était chargée à bloc. Les charretiers avaient réparti entre l'avant et l'arrière des caisses et des sacs, essayant d'équilibrer le chargement tout en laissant aux quatre femmes, à l'aveugle, au musicien, la place de s'asseoir et d'entretenir le feu. L'énorme caisse verte s'en fut sur ses patins crissants, tirée par les deux chevaux dont le forgeron de Saint-Georges avait affûté les crampons à glace. La place manquant à l'intérieur, les charretiers allaient avec leurs bêtes. Les jambes un peu molles après leur nuit inhabituelle. Lorsque le chemin était assez large, ils marchaient côte à côte à hauteur de la première bête.

Quand le soleil eut dépassé les arbres, ils firent une première halte. Avec pareil chargement, les chevaux peinaient. Ils leur donnèrent une ration d'avoine puis montèrent dans la vanne pour y boire du thé.

— Tout de même, fit l'aîné, aller dans un coin de mine quand on peut pas travailler.

— C'est pour moi, que tu dis ça ? fit l'aveugle.

— Je le dis sans mauvaise pensée.

— C'est notre porte-chance, lança la grosse Gertrude que ses camarades appelaient Pancake. Tu voulais pas qu'on le laisse ?

Ce fut Pierrette qui raconta comment Arthur Kervin ayant été victime d'un accident juste devant la porte du bordel où elles travaillaient toutes quatre à Montréal, il y avait été soigné, puis hébergé.

— Quand tu marches avec une canne, précisa l'aveugle, tu vois ce qui est sur la chaussée, les bosses, les trous, les trottoirs, tout et tout. Bon, un couillon de blanchisseur qui leur livrait le linge avait laissé sa charrette en travers avec les brancards juste à hauteur de ma tête. Pan. Je me fous la gueule dedans et je tombe raide. Quand je suis revenu à moi, j'étais au boxon. J'y suis resté. Je suis la mascotte. C'est pas un métier crevant.

— Dis pas que tu fais rien, dit Yolande, tu guéris.

— Quoi ? demanda Pierre Gagnon.

— Parfaitement. T'as mal au crâne, y te pose la main dessus, et t'as plus rien.

— Y a que la vérole qu'y guérit pas !

Le rire les reprenait.

— Et puis y chante, dit Bastringue. Là-bas, y va chanter avec moi, vous verrez ça.

L'aveugle chanta seul, dès ce soir-là, et sans qu'on eût à l'en prier. Dans le refuge où ils venaient de manger en compagnie de trois voituriers de Bourg-le-Rouge qui s'en allaient chercher du matériel à Saint-Georges, la voix grave, profonde et par moments douce comme un velours monta. Le silence se fit. Aussitôt, l'émotion les empoigna.

> *Je traîne sans trêve*
> *ma nuit avec moi*
> *et parfois je rêve*
> *qu'à nouveau je vois*

mon cœur se souvient
que les filles sont belles
mon cœur se souvient
du vol de l'hirondelle.

L'air était pareil à celui des vieilles berceuses, mais avec quelque chose d'une infinie mélancolie.

Je vais sans tristesse
je sens le printemps
le vent me caresse
et j'aime le vent

mon cœur se souvient
que les neiges sont blanches
mon cœur se souvient
des fleurs sur les branches...

Il avait composé cette chanson comme d'autres qu'il chanta ensuite et qui parlaient d'amour pur, de moissons, de prairies fleuries. Tout ce qu'avait vu et aimé cet ancien instituteur avant de se tirer dans la tempe une balle de pistolet, il le chantait. Il chantait même la fille pour qui il avait voulu mourir et qui s'appelait Denise. Les femmes et Bastringue l'accompagnaient en fredonnant.

N'ayant que peu de pétrole, ils avaient éteint la lampe aussitôt le repas terminé. La porte grande ouverte du foyer éclairait un large pan du plancher en sapin mal équarri. Les ombres des nœuds dansaient. Des lueurs flottaient sur les visages. Des étincelles passaient dans les regards. Les charretiers écoutaient, retenant leur souffle. Autour du refuge, la forêt pleurait. Ses membres transis craquaient. Le ciel charriait un fleuve sonore comme un cristal.

Pierre poussa son frère du coude. Se penchant à son oreille, il souffla :

— Pancake.

En face d'eux, immobile et comme absente, la grosse Gertrude écoutait, la bouche entrouverte. Des perles de lumière coulaient sur ses joues rondes.

28

Découvert à l'état natif, perdu dans de minuscules veines de quartz ou noyé dans d'énormes cocons de lave, l'or attirait le vice, la débauche, le jeu et la mendicité. Femmes de petite vertu et trimardeurs en tout genre le flairaient à cent lieues, le suivaient à la trace pour le rejoindre à l'instant où il sortait de terre.

Des centaines de prostituées couraient les placers du Sud, du Klondike ou de l'Alaska. Certaines venaient d'Europe par d'incroyables itinéraires, dans des conditions de voyage à faire frémir. Doublant le cap Horn à bord de quelque vieux rafiot, elles remontaient vers l'équateur pour atteindre la Californie. Ayant frôlé le pôle Sud, elles s'approchaient du Grand Nord. D'un pays de l'or à un autre, elles roulaient leur bosse sans rencontrer la fortune. Elles voyageaient par groupes de trois ou quatre, souvent sous la conduite d'un truand qui les protégeait pour mieux les exploiter.

Filles des vieux pays mêlées à celles des Amériques, femmes blanches ou de couleur, belles ou laides, vêtues comme des trappeurs ou portant d'invraisemblables atours.

Avec celles qui venaient de leur plein gré se trouvaient des malheureuses enlevées par des souteneurs dans les grandes villes. Elles allaient comme les autres, trop marquées pour se révolter, parvenues déjà au bout de leurs larmes.

Dans des bars ou des bordels de Paris, de Berlin, de Londres ou d'ailleurs, un aventurier parlait d'or. Les filles écoutaient, bouche bée, le souffle court. Il arrivait que l'homme extraie d'une de ses poches une carte graisseuse et effrangée. L'étalant sur la table poisseuse de menthe et de mauvais champagne, il pointait un index à l'ongle noir.

— C'est là !

Les femmes épelaient un nom. L'homme donnait quelques explications noyées dans les fumées de l'alcool, il indiquait le port où l'on pouvait embarquer. Il n'en fallait pas davantage pour en décider deux ou trois à prendre le départ.

Elles avaient trimé des années pour amasser un magot qui allait fondre en route.

— Je voulais me payer une taule.

— Moi je rêvais d'une mercerie.

— Je laisse une avance à la nourrice. Je dis pas que je m'en vais. J'enverrai des sous de là-bas pour mon petit.

— Tu trouveras peut-être à te caser. Tu le feras venir.

Des rêves s'écroulaient, d'autres s'échafaudaient, tous aussi fous.

Des débutantes qui entreprenaient là leur premier voyage écoutaient des traînées usées par le métier parler de Tanger, du Havre, de Gibraltar, Hambourg ou Saïgon. Leurs souvenirs sentaient l'opium, le gros rouge et le tabac gris. Toutes avaient connu le meilleur et le pire. Des visages d'hommes beaux comme des dieux grecs surgissaient de leurs propos. Baragouinant un mélange de plusieurs langues, elles finissaient par se comprendre. Leur route était semée d'embûches tout autant que de crêpages de chignon. L'une s'était fait voler son argent dans un clandé, l'autre ses bagages sur un bateau, une troisième portait au visage les cicatrices de la colère d'un ivrogne brandissant un tesson de bouteille. Il y avait du rire, des larmes et du sang pour accompagner ces cortèges lamentables.

Sur les terres du Sud comme vers les contrées les plus septentrionales, ces femmes s'aventuraient au mépris de tout. Elles ne bronchaient devant aucun récif. Les mers immenses, les déserts brûlants, les fleuves à traverser, les neiges et les glaces, rien ne les rebutait pourvu que la promesse de l'or fût au bout de la route. Chemins boueux ou cahoteux, nuits à la belle étoile, bivouacs humides, longues étapes de marche. Elles empruntaient trains, bateaux ou autobus jusqu'à la station ou le port le plus proche de la mine sur laquelle elles avaient jeté leur dévolu. Là, si elles ne trouvaient personne pour les guider et porter leurs bagages, elles s'aventuraient sur les sentes sans ombre ou les pistes glacées qu'efface le blizzard. Croulant sous des charges énormes, égarées dans des tempêtes de sable ou de neige, mourant de soif, gelées sur place, elles disparaissaient parfois sans que nul sût jamais leur agonie.

On les appelait des femmes de *business*. Leur nom restait parfois inconnu.

Lorsqu'elles mouraient en chemin, sur la croix rudimentaire plantée à la tête de leur tertre, la main malhabile d'une compagne d'infortune gravait une simple date, un surnom. Petite-Bonny, Tout-en-cul, Gros-Ours, Ti-Blanc-gros-tétons, La Flûte, Deux-Thunes, Pipette ou d'autres plus évocateurs encore.

Et le vent soufflait, amassant sur ces tertres de rien tantôt le sable, tantôt la neige.

Quelques saisons suffiraient à effacer le souvenir de celles qui étaient venues là, le cœur lourd de mille déceptions, l'esprit tout illuminé d'autant d'espérances.

29

Portée par quelque mystérieux messager aussi vif que le vent, la nouvelle avait atteint Bourg-le-Rouge et l'île Jordan bien avant que ne soit en vue la lourde vanne verte cahotante. L'écho de son arrivée courut au-delà des deux agglomérations, atteignant d'autres camps, des claims isolés, des embryons de mines d'où partaient des hommes qui se hâtaient vers ces lieux où l'on savait que Bastringue avait construit. Dans l'alternance d'éclaircies éblouissantes et de nuées plombées écrasant la forêt de leur ombre, en dépit des bourrasques de neige et de grésil, les hommes qui ne se trouvaient pas retenus à la mine par leur travail s'élancèrent vers le chemin de Saint-Georges. Sur la glace où courait la blancheur du vent, dans les ornières durcies, à travers les congères de la nuit, une théorie presque ininterrompue s'étira. Courant, glissant, peinant, tombant pour se relever aussitôt et repartir plus vite, dans le rire et les appels ; empêtrés de raquettes ou chaussés d'énormes bottes ; les vieux distancés par les jeunes qu'ils engueulaient au passage, s'insultant pour le plaisir de crier, se lançant d'énormes plaisanteries que dispersaient les rafales, tous étaient empoignés par la même frénésie.

Les premiers qui rejoignirent l'attelage bloquè-
rent le passage et se mirent à hurler. Ceux d'entre
eux qui étaient paysans ou charretiers aidèrent les
frères Gagnon à tenir leurs bêtes que ce tintamarre
effrayait. Cent voix scandaient :

— Les filles ! Les filles ! Les filles !

Des boules de neige claquaient contre les
planches de la vanne. Il semblait que la forêt fût
soudain prise d'un mal inconnu. Lorsque Bastringue ouvrit le petit volet ménagé à l'avant, une vaste
clameur monta :

— Ah !

Les moufles battaient. Des poings tambourinaient
le bois sonore. Une à une, les filles apparurent. Fiers
de les connaître déjà, les Gagnon lançaient des
noms :

— C'est Pierrette. On lui dit Princesse !

Une nouvelle clameur monta, faite de cris d'admiration et de quelques sifflets.

— La grosse Gertrude. On l'appelle Pancake. Elle
bouffe comme quatre.

La fin du commentaire fut couverte par un
énorme rire tandis que la prostituée envoyait des
baisers de ses deux mains potelées.

Des hommes hurlaient :

— Je te retiens pour une nuit !

— C'est moi le premier !

— Je t'épouse si t'es pucelle !

C'était une confusion, une bousculade et toujours
un énorme rire.

— Cette rouquine, c'est Mado la Française. On lui
dit Gueule-de-Raie.

Les charretiers avaient du mal à tenir leurs
chevaux dont les oreilles se couchaient à chaque
rafale de cris. L'apparition de Yolande, la grande
blonde surnommée Filasse, déclencha un tonnerre
d'applaudissements. Se montrant de nouveau, Bas-

tringue fut acclamé à son tour. Il riait. Ses mains réclamaient le silence. Dès qu'il put se faire entendre, il lança :

— Laissez passer ! Sinon, elles auront le cul gelé !

— On va pousser !

— Allez les gars, on pousse !

Ce fut presque une bataille à qui parviendrait à la vanne. Ceux qui ne pouvaient l'atteindre poussaient leurs camarades dans le dos. Il fallait s'écarter du chemin car les hommes avançaient si vite que les chevaux épuisés durent prendre le trot.

— Ho ! Doucement ! Vous êtes fous ! hurlaient les Gagnon suspendus aux bridons.

Les nouveaux arrivants devaient bondir hors du passage, s'écarter et se garer aussi bien de l'attelage que de la meute qui le suivait. Ils dévoraient des yeux cette énorme caisse surmontée d'une cheminée, cette maison en marche qui transportait le plaisir.

— Combien y en a ?

— Elles sont vérolées ?

— Oh, les gars, vous les avez vues ?

On les renseignait d'un mot. Des prénoms fusaient. On inventait. On criait n'importe quoi :

— Y en a trois douzaines !

— C'est des négresses !

— Des fesses comme des juments !

— Elles sont déjà à poil !

Plusieurs hommes tombèrent, n'échappant que d'un pouce aux patins du traîneau, piétinés par leurs copains qui boulaient à leur tour dans la neige. Le rire était toujours là. L'immensité de la forêt continuait de frémir.

A l'intérieur, jetées l'une contre l'autre dans la pénombre, les femmes s'agrippaient aux bagages. Bastringue, qui avait cessé d'entretenir le feu, tenait à pleines mitaines le poêle encore plein de braises brûlantes. Il rageait :

— Y vont nous verser.

Terrorisée, louchant de manière inquiétante, Mado ne cessait de hurler d'une voix distordue :

— Arrêtez ! Arrêtez !

La grosse Gertrude, les mains soutenant son ventre rond, les seins tressautant, affalée sur des sacs, pleurait de rire en gloussant :

— Finissez ! Je vas pisser sur la farine...

Elle s'étrangla à force de rire et se mit à tousser et cracher. Elle en perdit sa cigarette tout allumée qui roula sur le plancher en direction d'une caisse. Voulant la ramasser, la grosse tomba à genoux, les mains en avant.

— Arrêtez-vous de fumer, brailla le musicien, vous foutrez le feu.

Gertrude écrasa son mégot et demeura par terre, effondrée, comme vidée à force d'avoir hoqueté. Les secousses étaient de plus en plus inquiétantes. Bastringue, qui redoutait que le poêle ne se renversât, ouvrit le dessus et vida la bouilloire d'eau sur les braises. La vapeur et la fumée mêlées envahirent l'espace étroit. Une lourde nuée venant de crever, la faible lueur qui pénétrait par l'étroite vitre embuée s'estompa encore. C'était presque la nuit à l'intérieur de cette vanne secouée comme un rafiot dans la tempête. Coincé entre des ballots, l'aveugle serrait contre lui la grande Yolande verte de peur qui ne soufflait mot.

Dehors, chacun voulait approcher, toucher ces planches, comme si le bois eût été imprégné de la tiédeur et du parfum des femmes.

Lorsque le cortège arriva à Bourg-le-Rouge devant la baraque construite par le musicien, le jour déclinait déjà. Il fallut reculer la vanne presque contre la porte pour que les femmes puissent descendre sans être déshabillées au passage par cent mains tendues. Le battant refermé, le tenancier qui était resté dehors s'y colla le dos et siffla fort entre ses dents, comme il faisait parfois pour rythmer une danse. Un silence suffisant s'établit.

— On ouvrira à huit heures ! hurla-t-il. Faut le savoir : quand la lanterne rouge est pas allumée, c'est fermé.

Déjà les frères Gagnon conduisaient leur attelage vers l'île où scintillaient des lueurs. Sur le ciel tourmenté, le vent tordait les fumées de la forge et celles des baraques. Le grondement du treuil et du moulin à barres venait à leur rencontre, alors que les suivait encore la clameur des hommes agglutinés autour de la maison close.

Dès qu'ils furent à hauteur du poste d'entrée, les charretiers durent s'arrêter. Ici aussi on avait appris la nouvelle. Les hommes qui n'étaient pas au travail avaient traversé, les autres voulaient savoir. Ceux de la surface s'avançaient.

— Alors ? C'est vous qui les avez ramenées ?
— Combien y en a ?
— Elles sont chouettes ?
— C'est des boudins ou quoi ?
— Vous savez combien elles prennent ?

Un homme du treuil fila dès qu'il eut obtenu des précisions. Ainsi la nouvelle, plongeant sous terre, s'infiltra jusqu'à l'extrême pointe des galeries, allant buter sur les fronts de taille où les mineurs devaient l'attendre.

Jordan sortit du bureau. L'ingénieur demeura seul, la bouche pincée, son petit menton piqué contre sa poitrine maigre. Lorsque le boss revint, il était suivi de l'aîné des Gagnon. Aussitôt la porte refermée, il lança d'un ton où n'était aucune joie :

— Alors ?

Embarrassé, Pierre commença d'expliquer :

— On les a ramenées... Qu'est-ce que tu veux, Bastringue a dit que...

— Je te parle pas de ça. Nolin ?

Le visage du charretier se métamorphosa. Le mineur mort était déjà loin dans sa mémoire, enseveli sous une couche colorée d'autres événements. Il bredouilla :

— L'est mort, le pauvre gars...

— Je sais. Les mauvaises nouvelles vont aussi vite que les autres. Ce que je te demande, c'est comment ça s'est passé. Les obsèques et tout.

S'extirpant avec peine de ce retour enfiévré, repoussant tout un flot d'images, le charretier, empêtré de son corps et de ses grosses mains, fit un effort énorme pour revenir en arrière, retrouver ce jeune mort enfoui sous tant de joie.

30

Les premières nuits, la baraque à lanterne rouge fut pareille à une bouilloire prête à exploser. Bastringue essaya bien d'embaucher quelques costauds pour l'aider à maintenir l'ordre, mais les seuls volontaires pour ce travail étaient des voyous dont la présence faisait encore monter la fièvre. Les travailleurs venus là pour y dépenser un argent péniblement gagné acceptaient mal d'être surveillés par des fainéants. Les poings parlaient, les couteaux sortaient des poches. Puis, presque naturellement, les choses entrèrent dans l'ordre. La musique, la voix chaude de l'aveugle contribuèrent à installer un certain calme. Lorsque l'ancien instituteur se mettait à chanter, ces hommes rudes se taisaient. On lui réclamait toujours ses refrains les plus mélancoliques. Surtout la chanson de sa nuit. Qu'un homme eût désiré mourir par amour semblait bouleverser ces êtres prêts à s'étriper pour une once d'or, à se battre comme des chiens pour une demi-heure avec une prostituée.

Afin que tout le monde pût profiter des femmes, Bastringue décida d'ouvrir sa maison dès quatre heures de l'après-midi et de la fermer vers deux heures du matin.

Jordan et l'ingénieur avaient renoncé à se mêler à

la cohue des débuts. Ils s'y rendirent lorsque les autres annoncèrent que le calme s'était à peu près installé.

— Juste pour boire un coup, dit Maclin. Ces filles doivent être poivrées au dernier degré. On verra quand il y aura un contrôle sanitaire.

— C'est ça, fit Jordan en ricanant, on y va pour voir. A dire la vérité, moi, je veux juste entendre chanter le suicidé !

Depuis quatre jours, c'était le déluge avec une température qui avait tout de suite fait craquer les glaces. Ils partirent dans la grosse barque, louvoyant entre les banquises. D'autres canots circulaient, cherchant leur route de leur gros œil d'or. Les reflets s'étiraient, se brisaient, accrochaient des arêtes de jade et balayaient le rideau presque tranquille de la pluie. Ils amarrèrent leur embarcation au ponton de bois, décrochèrent la lanterne et s'engagèrent dans le bourbier. La nuit était palpable. Un ruissellement invisible qui vous enveloppait. Les bottes enfonçaient jusqu'à mi-mollet. Chaque pas coûtait un effort de bête de somme.

Lorsqu'ils entrèrent dans la salle enfumée, Bastringue jouait un air d'ocarina sans son tintamarre de grosse caisse et de sonnailles. Gertrude et Yolande étaient attablées avec des clients, la petite Mado dansait avec un type énorme qui semblait devoir l'écraser à chaque pas. L'aveugle se tenait assis dans un angle. Son regard définitivement attaché au vide qui le séparait des autres. Jordan et l'ingénieur allèrent s'asseoir vers lui. Sans remuer d'un poil, il demanda :

— Qui est-ce ?

— Tu nous connais pas.

— C'est vrai. Une voix, quand je l'ai entendue une fois, je ne l'oublie jamais.

Les deux hommes se présentèrent. L'aveugle dit :

— Jonquet m'a parlé de vous. Celle qu'il vous faut, c'est Pierrette. Les autres sont trop vulgaires. Elle est en main, je l'appellerai quand elle sortira.

— Comment le sauras-tu?

— Chaque porte a sa voix.

Les deux autres se regardèrent.

— Ne croyez pas que ma nuit soit le vide, reprit-il. Je vois mieux que vous. Je sais même ce qui se passe derrière mon dos.

Il souriait. Son visage lisse avait quelque chose d'enfantin. Sa tempe droite portait une petite cicatrice violette avec un léger enfoncement.

— Si je travaillais à la mine, je n'aurais pas besoin de lampe, mais ma situation me dispense des besognes pénibles.

La musique s'arrêta. Bastringue s'avança :

— C'est ma tournée. Qu'est-ce que vous buvez?

— Princesse! cria l'aveugle, tu viendras.

Jordan et l'ingénieur se retournèrent. Le client quittant la chambre se dirigea vers la sortie. Il allait atteindre la porte lorsqu'elle s'ouvrit. Visiblement ivre, Taphorin entra en criant :

— Paraît que l'ordure est ici?... Il a fini par sortir de son île! L'a plus peur. Maudit, je vas le corriger devant tout le monde!

Ayant découvert Jordan, il venait droit sur lui.

— Fais pas le con, Dominique, cria Bastringue. Pas de scandale chez moi!

— Je t'emmerde! Je vous emmerde tous!

Jordan s'était levé. D'une voix forte mais calme, il conseilla :

— Va te coucher, Taphorin. T'es saoul.

— En plus, y m'insulte.

Pareil à un taureau furieux, l'ivrogne fonça. Plus rapide que lui, Maxime esquiva. Sa main gauche agrippa au passage la veste de l'autre qu'il contraignit à se redresser et cueillit à la pointe du menton d'un uppercut très sec. On entendit les dents claquer. L'homme battit des bras, ses genoux fléchirent, il s'assit lourdement avant de s'allonger, le derrière du crâne heurtant le plancher.

— Vingt dieux, fit l'aveugle, en voilà un qui s'est fait sonner.

— Tu l'as salement mouché, dit Bastringue.

— C'est rien, la pluie va le réveiller.

Empoignant Dominique par le col, Jordan le traîna jusque dehors où il le laissa, face à l'averse, dans la lueur rouge de la lanterne. Lorsqu'il rentra, la rouquine vint à sa rencontre tout excitée en piaillant :

— T'es un homme ! J'aime les mecs comme toi, j'aime ça, les types qui savent se battre.

Jordan la regarda avec mépris et regagna sa place. Pierrette venait de s'asseoir entre l'aveugle et Maclin. Comme la petite Mado poursuivait Jordan et venait lui palper les épaules, d'une voix dure, Pierrette lança :

— Fous-lui la paix, Gueule-de-Raie. Ici, c'est pas le trottoir !

La Française lança une bordée d'injures et gagna une autre table. Pierrette fixait Jordan. Elle ne lui souriait pas. Quelque chose dans son regard attirait et intimidait à la fois. Après un moment, elle dit :

— T'as bien fait de le sonner. Mais le foutre dans la gadoue, je trouve ça dégueulasse.

— T'as raison, fit Jordan. Je vais voir où il en est. J'ai rien contre lui. Si y veut faire la paix, je suis prêt à payer une tournée.

Il sortit mais revint aussitôt en annonçant que l'autre avait déjà disparu. Sans préambule, l'aveugle se mit à chanter. Le charme opéra. Le silence se fit. Bastringue alla chercher son instrument. En sourdine, il se mit à accompagner. Jordan écoutait. Son regard ne quittait guère celui de Pierrette. Le visage émacié de la fille demeurait parfaitement immobile, comme moulé dans une cire à peine teintée de rose sur les joues et de rouge sur les lèvres. Seuls les yeux bruns souriaient, comme à regret. Lorsque l'aveugle cessa, elle se leva en disant :

— C'est pas ce soir qu'on fera fortune. Je vais me reposer. Si on a besoin de moi, on sait où me trouver.

Elle s'éloigna tandis que, reprenant son accordéon, Bastringue attaquait une valse. Jordan se leva. Tout de suite, la grande Yolande fut contre lui et ils se mirent à tourner. La rouquine avait récupéré son gros. Gertrude entraînait l'ingénieur, le serrant à pleins bras contre sa poitrine flasque.

Ils firent plusieurs danses. Après avoir discuté le prix, Jordan s'était laissé convaincre. Il suivait Yolande vers sa chambre lorsque le baraquement vibra, comme secoué par une bourrasque. Tous s'immobilisèrent. Au plafond, les lampes se balançaient, les flammes vacillaient.

— C'est un gros paquet, fit Maclin.

Il y eut quelques instants d'hésitation, puis, d'un même élan, tous se précipitèrent vers la porte. L'ingénieur et Jordan furent les premiers sortis. Aussitôt, ils regardèrent en direction de l'île. Derrière l'averse, une lueur rouge montait, découpant la dentelle des branchages dépouillés.

Sans un mot, ils détalèrent en pataugeant. Des hommes les suivirent. D'autres surgis des habitations mal alignées de Bourg-le-Rouge se joignirent à eux pour courir vers le lac où, déjà, l'incendie allongeait son reflet mouvant.

31

Le canot n'était plus là. Jordan pensa à Taphorin.

— Peut pas être salaud à ce point !

Ils cherchèrent d'autres embarcations.

Le local où se trouvait entreposée la dynamite avait sauté. Bien qu'il fût isolé du reste, un entrepôt de matériel brûlait aussi. On distinguait d'ici les silhouettes courant et se démenant dans les lueurs. La cloche et les sifflets d'alarme fonctionnaient. On trouva des barges. Dans un canot le grand et l'ingénieur embarquèrent avec quatre mineurs de l'île. Jordan ne cessait de grogner :

— Fumier, si je le prends !

Debout à la proue de l'embarcation, un homme maniait une longue gaffe pour écarter les plaques de glace qu'on entendait racler les flancs de bois. L'averse redoublait.

— Une chance qu'il pleuve.

— Et que le vent se lève pas.

Dès à terre, ils recommencèrent à patauger, jurant, tenant parfois leurs bottes à deux mains pour qu'elles ne restent pas dans la boue. Actionnées par la chaudière, les deux grosses pompes étaient déjà en marche. Quatre lances avaient été mises en batterie.

— On en est maîtres, cria le premier qui vit Jordan.

Puis, aussitôt il ajouta :

— Y a deux morts !

— Fumier !

— Là-bas !

L'homme tendait le bras en direction du bureau.

— Vas-y, lança Maclin, je me charge du feu !

Jordan se précipita vers le bâtiment où des ombres se déplaçaient dans la lueur des fenêtres et de la porte grande ouverte. Lorsqu'il entra, les trois hommes qui se trouvaient là s'immobilisèrent. Sur une civière, au centre de la pièce, un des gardes était allongé. En dessous, le plancher était recouvert de bran de scie déjà imprégné de sang.

— L'est pas trop abîmé, observa un conducteur du treuil. Il a tout pris dans le dos. L'autre, il a un côté de la tête arraché.

Comme Jordan interrogeait du regard, l'homme dit :

— C'est ça... C'est Taphorin.

Un bûcheron s'excusa :

— On a cru bon de le rentrer là. Qu'est-ce qu'il saigne !

— Vous avez bien fait. Et l'autre ?

— Dehors.

Jordan fit un effort :

— Faut le rentrer aussi.

Deux mineurs sortirent et revinrent bientôt en traînant une bâche transpercée de sang. Le bûcheron vida la moitié d'un sac de sciure qu'il étendit sur le plancher à coups de botte. Ils allongèrent la bâche à côté du brancard.

— Comment ça s'est fait ? demanda Jordan.

— Interroge Lacaille, de la sécurité, il est arrivé le premier. C'est un solide, quand il a vu, y s'est mis à dégueuler. Doit être au feu, à présent.

Jordan fixait le visage presque reposé du garde.

Un peu de sang avait giclé dans ses boucles châtain. Un filet rose sorti de ses lèvres marquait sa joue. Jordan prit son mouchoir et alla l'essuyer.

— Pauvre gars, y voulait travailler au fond. C'est moi qui l'ai collé à la sécurité parce qu'il buvait pas.

Sa voix s'étrangla. Comme il se relevait, Lacaille entrait. Maxime alla au-devant de lui, l'empêchant de regarder les corps. Le prenant par un bras, il l'entraîna vers le poste de garde où il pénétra avec lui.

— Assieds-toi.

Ils prirent chacun un tabouret. L'ancien draveur enleva son casque qu'il posa par terre comme une gamelle à chiens.

— Alors ?

Lacaille passa sa manche sur son front ruisselant marqué par la coiffe de cuir. Il leva des yeux encore pleins d'effroi.

— Tu sais, fit-il, je suis pas une gonzesse. Ben, quand je les ai vus tous les deux dans leur sang, qui se tenaient à bras-le-corps... merde...

— A bras-le-corps ?

— Pas dur de deviner. Cette ferraille était à côté.

De la main, il désigna près de la porte un bidon à pétrole déformé et noirci, un flanc éclaté.

— Ce salaud avait arrosé tout le stock d'explosifs. Y s'en allait en semant sa petite rigole de pétrole. Y voulait aller jusqu'à un arbre pour se cacher derrière et allumer. Le copain qui faisait sa ronde a dû lui tomber dessus. Va savoir comment l'autre a pu allumer...

Il se tut. Jordan observa :

— Je comprends pourquoi y a eu qu'une explosion.

— Non. Des petites et puis une grosse. De loin, t'as dû entendre que la grosse.

Il porta sa main à sa gorge et se leva en grimaçant.

— V'là que ça me reprend.

Il se précipita dehors et Jordan l'entendit vomir à quelques pas de la porte. Il sortit à son tour.

— Reste là, ordonna-t-il. Je vais te faire relever.

Le feu avait faibli. Du côté de la petite baraque à explosifs, un tas de débris se consumait. L'entrepôt de matériel était à moitié détruit, mais une grande partie de ce qu'il contenait avait pu être sauvé. L'ingénieur était occupé à faire ranger sous les toitures des treuils tout ce qui ne pouvait rester dehors. Les hommes épuisés se déplaçaient péniblement dans un véritable marécage. L'averse achevait de noyer les décombres d'où montait une âcre fumée qui s'écoulait lentement vers les eaux invisibles du lac.

Venant vers Maxime, Landry, qui semblait à bout de forces, les sourcils grillés et le visage noir soupira :

— Trois morts en quinze jours...

Les dents serrées, Jordan lança :

— Trois morts par connerie !

Et il regagna le bureau où le corps du garde recouvert d'une couverture grise avait fini de perdre son sang.

32

Peu après Jordan, Bastringue était arrivé sur l'île, accompagné de trois hommes qu'il employait parfois à des tâches de nettoyage. Courant directement au feu, ils s'étaient démenés comme des diables. L'incendie muselé, ils vinrent au bureau. Le musicien avait perdu une partie de sa moustache dévorée par un retour de flammes. Barbouillés de noir, trempés, mains écorchées, ils se découvrirent, se signèrent et demeurèrent alignés devant les corps, silencieux, le regard un peu vide. Lorsque Bastringue remit sa toque à oreilles, les autres en firent autant.

Jordan s'approcha :

— C'est chic d'être venus.

— Si ça brûlait chez moi, fit le musicien, tu viendrais pas ?

— Bien sûr.

Jonquet passa sa main sale sur son front, puis désigna l'un de ses hommes :

— Filberti, l'est menuisier. C'est lui qui m'a garni l'intérieur des chambres. Si t'as de la planche, y fera les cercueils.

Avec un fort accent, l'Italien dit qu'il en avait déjà fait plusieurs.

— On a tout ce qu'il faut, fit Jordan. Va vers

l'atelier, tu t'arrangeras avec mes charpentiers.

L'Italien sortit. Le tenancier hésita, puis s'étant encore gratté le visage, il s'approcha de Jordan.

— C'est un peu ma faute. Je savais qu'il t'en voulait, j'aurais dû te dire qu'il était revenu à Bourg-le-Rouge. C'était pas un gars régulier...

Jordan l'interrompit :

— Il était saoul, j'aurais pas dû le corriger.

Ils parlèrent un moment du garde avec émotion.

— Ça risquait pas d'être un client pour moi, observa le tenancier, mais c'était un honnête gars.

Ils décidèrent d'enterrer les deux corps dès que les fosses seraient creusées.

— T'as une idée où on peut les mettre ?

Jordan hésita. Il regardait les couvertures recouvrant les dépouilles.

— Faudra bien un cimetière, fit-il.

— Partout où y a de la vie, faut un cimetière.

— Sur l'île, ça me paraît pas tellement indiqué.

— T'as raison. Je vais réfléchir à un emplacement. Je ferai creuser. T'inquiète pas.

Dès le début de la matinée, le musicien était de retour. Il avait changé de tenue. Un large chapeau de feutre noir remplaçait sa toque ; sous un imperméable de toile cirée également noire, il portait une veste de laine brune. Il avait traversé avec un homme qui l'attendait dans un canot, laissant sur l'autre rive une cinquantaine de personnes massées près du débarcadère. La pluie avait changé de caractère. Fine et serrée, elle allait son train paisible, sans aucun remous, installée pour des éternités sur le pays noyé. L'incendie avait laissé planer comme un léger brouillard qui puait la suie et l'ail. L'humidité le fixait au lac et aux forêts d'alentour.

Le bac sur lequel on embarqua les deux cercueils eut grand mal à se frayer un chemin entre les glaces. Quatre rameurs peinaient. A l'avant, deux hommes armés de crocs à long manche écartaient les plus gros blocs qui s'entrechoquaient pour verser parfois en montrant leur tranche irisée. Debout à côté des cercueils, tête nue sous l'averse, Jordan, Landry, l'ingénieur et tous les gars de Mont-Laurier.

Tandis que des hommes déchargeaient, d'autres descendaient de plusieurs canots qui repartaient aussitôt vers l'île où des mineurs attendaient.

— J'ai trouvé un emplacement pas mal, fit Bastringue. Au pied de la colline. Où c'est déjà déboisé. C'est assez loin, ça laisse de l'espace pour ceux qui voudraient construire.

Des hommes que Jordan et ses compagnons connaissaient à peine venaient leur serrer la main. Certains murmuraient maladroitement :

— C'était un bon gars.

L'aveugle était là avec les quatre prostituées sous deux grands parapluies bleus. Bastringue demanda à Jordan :

— Est-ce que tu diras la prière ?

— Je sais pas bien, moi.

— Alors je la dirai. J'ai pris mon livre.

Le cortège se forma sans attendre ceux qui n'avaient pas encore traversé. Les porteurs peinaient dans la boue glissante. Ce qui restait de neige plaquait sur la grisaille des taches insolentes que soulignait encore le noir des résineux. La file s'étira d'où montaient la vapeur des respirations et le bourdonnement des voix.

Les deux gars envoyés par Jonquet avaient creusé. Lorsque le cortège arriva au pied de la colline où s'ouvrait une large clairière, une fosse était terminée. Dans l'autre, un homme piochait en pestant contre un banc de roche friable qui retardait le travail. Son camarade était debout à côté de la terre remuée. Appuyé sur sa pelle, il quitta sa toque de laine trempée lorsqu'il vit arriver le cortège. On posa les cercueils. Le cercle se forma tout autour. Les femmes essuyaient leurs bottines boueuses aux herbes mouillées. Des hommes offrirent au fossoyeur de le reprendre.

— Ça achève, fit-il.

Il sortit de la fosse pour céder la place à son compagnon qui sauta, engagea sa pelle puis, arrêtant son geste, s'accroupit. Il se redressa avec un bout de roche dans sa main boueuse. Il la frotta contre la manche de sa veste, cracha dessus et frotta encore avant de lever la tête en criant :

— Merde, les gars ! De l'or... De l'or natif, nom de Dieu !

Sa voix s'étrangla. Déjà son camarade avait sauté à côté de lui ct s'agenouillait pour examiner la roche. Le premier fossoyeur se trémoussait, bégayant et poussant des cris. C'était un petit noiraud d'une quarantaine d'années. Une grappe humaine l'entourait, se cramponnait à lui.

— Fais voir ça, Lepage !

— Montre-moi. Je connais.

Les loupes sortaient des goussets.

— C'est pas de l'or.

— C'est de la pyrite de fer.

— En tout cas, c'est bien du quartz.

— Ça vaut une analyse.

Les quatre prostituées éclaboussées et bousculées reculaient en entraînant l'aveugle. Plusieurs hommes s'étalèrent dans la boue. Il y eut un début de bagarre. Perdant l'équilibre, un vieux bascula par-dessus un cercueil. Furieux, Bastringue s'égosillait en vain :

— Arrêtez ! C'est honteux. Pensez aux morts !

Les excités ne l'écoutaient pas. Les autres s'écartaient. Jordan, Landry et plusieurs draveurs tirèrent les cercueils en retrait. Dominant le tumulte, on entendait la voix vibrante de Lepage :

— De l'or. Nom de Dieu ! C'est à moi !

— C'est à nous deux, braillait son camarade.

— C'est à moi et à Simard ! Il a raison. A nous deux !

— On s'arrangera. On va piqueter un claim.

Bastringue renonça à les apaiser. Le tumulte grandissait. On se battait au bord de la fosse. Ayant rejoint ceux qui avaient tiré les deux longues caisses à présent boueuses, le musicien s'approcha de Jordan.

— Ça m'écœure.

— Laisse-les faire.

— C'est toujours pas là qu'on mettra le cimetière. Faut trouver une place où il n'y ait que de la terre. Pas de roche du tout. Ces deux-là n'ont plus besoin d'or.

33

La mort était de ce pays comme elle est de toutes les aventures, de toutes les fêtes et de tous les travaux.

Persévérante à l'infini, elle attendait dans la forêt, sur les lacs et les rivières ; au fond de la terre aussi.

Loin des leurs, loin de tout secours, désespérément seuls, prospecteurs et mineurs d'occasion jouaient beaucoup trop avec elle.

Trahis par des explosifs qu'ils croyaient connaître. Trop confiants en leur étoile, trop sûrs de leur force, certains s'enfonçaient sous terre sans savoir ce que sont les puits, les galeries, la puissance des roches et leurs traîtrises.

Mort soudaine de l'être fragile comme un insecte écrasé par la masse de l'éboulement. Agonie interminable, sans la moindre lueur d'espoir pour le piocheur solitaire prisonnier d'un effondrement. La tombe refermée avant la fin. La nuit définitive avant que ne commence la suffocation.

Combien d'heures, combien de journées, un homme peut-il lutter dans l'obscurité totale ?

Reprenant pour les exploiter d'anciens claims abandonnés, des piocheurs, soudain, se trouvaient face à ces têtes d'os. Des orbites sans regard les dévisageaient.

Souvent le chanceux qui venait de découvrir la roche de ses rêves buvait à tel point qu'il crevait comme une bête, asphyxié par les fumées de l'infernal alcool des trafiquants.

Sur ces terres sans pardon, sous ces ciels impitoyables, la mort devait choisir ses victimes dès l'arrivée des milliers d'êtres déçus par la civilisation et qui fuyaient vers le sauvage, avec, au fond du cœur, des certitudes de bonheur.

Elle pouvait les suivre longtemps, jouir de leur peine, leur laisser entrevoir la lumière. Puis, lorsque crevait sa colère, elle se mettait à frapper à coups d'orages, de tornades, d'inondations, de remous, de naufrages, de gel, de rixes, d'explosions.

La nature l'aidait à défendre ses trésors enfouis.

D'honnêtes travailleurs, des femmes et des hommes durs au mal et à la misère, se mêlaient aux aventuriers pour partager la même fin.

Pas plus que les autres, les victimes de l'or n'ont besoin d'emporter de richesse dans la tombe. Pauvres sous terre comme dessus, bon nombre reposaient sans linceul ni cercueil. La glaise froide moulait les corps et les visages. L'arbre vorace plongeait ses racines dans les poitrines évidées. L'épinette veillant sur ces sépultures oubliées charriait dans sa sève sirupeuse un peu de leur substance. Ainsi ces émigrés finissaient-ils par habiter vraiment le pays, nouant avec lui des liens intimes, définitifs.

Certains de ces pionniers reposaient à quelques pouces de la pépite fabuleuse qui eût métamorphosé leur existence. Dérision ! Unique chance qu'un peu de ce métal tant convoité dormît avec eux dans leur tombe. Rien à offrir aux forces mystérieuses de l'au-delà qu'une immense fatigue compagne de leur chemin.

Ni les coureurs de bois, ni les mineurs venus en

vain chercher fortune dans les déserts brûlants et les solitudes du Nord n'ont de trésors à proposer aux dieux pour acquitter le droit d'entrée en leur royaume.

Ceux qui avaient quitté leur pays pour échapper à l'étreinte oppressante de la faim mouraient le ventre creux.

Peut-être leur ultime instant se trouvait-il pourtant illuminé par ce qu'ils avaient vécu d'aventures, par ces fulgurances qui les avaient si souvent enivrés.

Au moins reposeraient-ils sans crainte des détrousseurs, préservés par leur pauvreté. Nul ne violerait jamais leur sépulture comme on viole celle des pharaons, des druides ou des empereurs incas.

Aussi perdus en leurs immensités que les noyés des océans, les naufragés de la forêt dorment pour les siècles des siècles sous la houle des arbres, sous l'éternel déferlement des nuées gonflées de vent qui s'en vont à la conquête de l'or éphémère des crépuscules.

34

Le visage de Maxime Jordan s'était fermé. Il menait sa besogne en bœuf buté, tirant droit devant sans souci des obstacles, ne prononçant que les mots indispensables. Il mangeait en silence. Le passage brutal de la mort sur son île semblait l'avoir marqué.

On parlait beaucoup de Lepage et Simard. Un mauvais plaisant avait baptisé leur découverte : claim De Profondis. On ne l'appelait plus que par ce nom. Des agents d'une compagnie américaine étaient accourus dès les premières semaines. Simard leur avait vendu sa part, puis s'était enfermé au bordel. En quatre jours et quatre nuits, il était plumé. Une bonne partie de son argent perdue aux dés face à un bootlegger avec qui il avait fini par s'aboucher. Le voyant mener le trafic d'alcool, les mineurs soupiraient :

— C'était pas un mauvais gars. L'or l'a foutu en l'air.

Jordan avait confié à Germain Landry la construction d'un nouveau local réservé aux explosifs. Loin des autres bâtisses, le trapu et deux bûcherons édifièrent une solide cabane bien fermée. Ils l'entourèrent d'un grillage très haut surmonté de fils de fer barbelés. Lorsque ce fut terminé, Jordan acheta deux énormes chiens-loups à un trappeur qui était souvent venu rendre visite à Raoul Herman du temps qu'il bâtissait le magasin. Seuls Landry et les gardes pouvaient approcher et soigner ces bêtes. Eux seuls avaient accès au local des explosifs.

On avait également fait venir de Montréal un jeune médecin pour qui on mit en chantier un bâtiment d'infirmerie.

Le trapu continuait aussi de construire sa maison. Venue installer et ouvrir son magasin, Catherine Robillard lui avait promis d'employer sa femme à la boutique et à la laverie.

Aussitôt la construction achevée, Raoul Herman avait repris le chemin du bois, persuadé qu'il finirait par y découvrir le plus beau gisement. Sa sœur affirmait :

— C'est pas l'or qu'il cherche, c'est l'espace. Des endroits où personne n'est allé avant lui. Le Nord, c'est son alcool, à ce cinglé-là !

Il y avait de la colère dans sa voix, mais aussi une nuance d'admiration ; peut-être d'envie. Cependant, elle gardait jalousement auprès d'elle son garçon. Stéphane ressemblait de plus en plus à son oncle et le regardait partir avec de gros soupirs.

Venant organiser sa boutique, Catherine avait amené un couple à son service, les Letourneur. Noël, un ancien ouvrier de la voie, s'occupait de la vente, sa femme lavait et reprisait pour le monde. C'était Landry qui leur fabriquait le bois destiné aux foyers des lessiveuses. On pouvait se procurer chez eux du gin et du whisky plus discrètement que chez les bootleggers. Ils en vendaient peu, toujours de bonne qualité, et seulement aux gens dont ils étaient sûrs. Maxime s'y rendait parfois avec du linge à laver. S'il désirait une bouteille et qu'il y eût des clients dans la boutique, il demandait son linge propre en ajoutant :

— J'ai plus de chaussettes à me mettre.

Dans son sac, entre les chemises et les caleçons, il découvrait ce qu'il lui fallait. L'ingénieur lui disait :

— T'as tort de picoler. Ça réglera rien. T'es en rogne contre toi. Y a aucune raison. T'es pas responsable.

Maxime ne semblait pas entendre.

Letourneur vint à manquer d'alcool. La police installée à Saint-Georges montait souvent jusqu'à Bourg-le-Rouge. Des bootleggers avaient été arrêtés. On prétendait que, parmi les oisifs, s'étaient infiltrés des mouchards.

Un soir, Jordan se rendit chez Bastringue. Une dizaine de consommateurs s'y trouvaient à bavarder en buvant avec les filles. Ce n'était pas encore l'heure de la musique. Le gros poêle ronflait, davantage pour tenter de sécher le plancher que pour donner de la chaleur, car il faisait un temps lourd qui sentait l'approche du printemps. Les premiers insectes sortaient d'entre les dernières glaces. Dès que Jordan entra, le musicien vint à lui et l'entraîna à la table du fond où l'aveugle se tenait en permanence.

— Je peux te servir que de la bière. Sans avoir l'air de rien, tu zieutes la table près du comptoir. Les deux qui jouent aux cartes, c'en est. Je te laisse avec Arthur.

Il s'éloigna, revint avec deux bouteilles de bière qu'il posa pour s'éloigner à nouveau. Ils burent en silence, puis l'aveugle se pencha vers Jordan et dit :

— Si tu veux autre chose, faut demander à Princesse. Dans sa piaule, elle a ce qu'il faut.

Jordan hésita un moment. Pierrette était attablée avec trois mineurs de chez lui. Il la fixa jusqu'à ce qu'elle tourne le regard vers lui. Là, il fit un petit signe de la tête. La fille se leva, louvoya lentement entre les tables et vint s'asseoir à côté de l'aveugle.

— Salut, fit-elle. On te croyait envolé.

Son regard brun avait quelque chose d'ironique que Jordan n'aimait pas. L'envie lui vint de se lever et de sortir. Il dit pourtant :

— Paraît que t'as du raide, chez toi.

La fille se mit à rire et souffla en direction d'Arthur.

— Du raide, t'entends ça, d'habitude, c'est les clients qui ont quelque chose de raide à me proposer.

Presque hargneux, Jordan lança :

— T'as à boire ou pas ?

— Moins fort, fit-elle entre ses dents. J'ai ce que tu cherches, mais le temps que je passerai à te servir, je ferai rien d'autre.

— Je te demande pas le prix, fit Jordan en se levant.

Au passage, la fille prit une serviette sur la pile posée au bout du comptoir. Ils entrèrent dans la chambre qu'éclairait une lampe à pétrole recouverte d'un abat-jour grenat et posée sur une petite table, contre la cloison. Il régnait là une chaleur plus intense encore que dans la grande salle. Un parfum lourd prenait à la gorge.

— Fait tiède, ici, grogna Jordan.

Pierrette se dirigea vers le fond et tira une ficelle qui fit basculer une planchette ouvrant au ras du plafond.

— C'est tout ce qu'on a comme air, dit-elle.

Jordan se laissa tomber sur un tabouret, le dos contre la cloison, l'avant-bras droit posé sur la table recouverte d'une petite nappe blanche brodée de fleurs et d'épis. Au bois des murs étaient épinglés des éventails chinois en papier, trois foulards largement déployés et quelques gravures découpées dans des catalogues de mode. Le lit étroit était recouvert d'une peau d'ours et de plusieurs peaux de martre.

Dans un angle se trouvaient un broc, une cuvette émaillée et un seau hygiénique à couvercle.

— T'as bien arrangé, fit Jordan.

— On n'a pas pu amener ce qu'on voulait. J'ai laissé pas mal de choses à Montréal, chez une copine.

Elle replia une écharpe de laine qui recouvrait une caisse à couvercle, fit pivoter un double fond et tira une bouteille de gin entamée et deux verres.

— Tu m'invites ?

Il haussa les épaules.

— Naturellement.

Elle versa en disant :

— T'es pas en forme. C'est la mort de ces gars ?

Il eut un ricanement.

— Ou le temps. Ou ce métier de taupe.

— Pourtant, tout le monde y croit vachement, à ta mine.

— Y a peut-être pas que ça qui compte. Rester dans ce foutu Nord de merde uniquement pour le fric...

— Pourquoi tu crois que j'y suis venue ?

Elle avait empli les verres puis, tenant le sien, elle était allée s'allonger à moitié sur le lit, le dos à la cloison. Il l'observa un moment avant de demander :

— Tu gagnes plus ici qu'en ville ?

— Quatre fois plus, au bas mot !

Ils burent tous les deux. Un long silence les sépara. Leurs regards se cherchaient ; dès qu'ils se rencontraient, c'était pour se fuir. Jordan vida son verre et demanda :

— Tu me vends une bouteille ?

— Pour emporter ?

— Oui.

— Impossible. Mais tu peux vider celle-là.

Il se versa un autre verre. La fille avait à peine touché au sien.

— Combien tu vas me prendre ?

— L'alcool, c'est au patron qu'on le paie.

— Et le reste ?

— Tu lui régleras aussi la serviette.

— Et toi ?

Elle laissa pendre ses jambes et posa ses pieds sur la descente de lit. Ainsi, elle lui faisait face.

D'une voix plus rauque, elle lança :

— Tu dois ce que tu consommes !

Elle se leva et marcha jusque vers les ustensiles de toilette. Un miroir à poignée était posé sur une caisse recouverte elle aussi d'un napperon blanc. Elle se regarda et remit du rouge à ses lèvres.

— C'est toi qui brodes ?

— J'en suis pas capable. C'est ma mère.

— Qu'est-ce qu'elle fait ?

— Plus rien. Doit pas en rester lourd, depuis dix ans qu'elle est enterrée.

— Qu'est-ce qui t'a amenée au tapin ?

Pierrette se leva, posa le miroir en riant et revint sur le lit.

— Ah non ! fit-elle. Tu vas pas me faire le coup du bon pépère qui s'intéresse au passé de la fille perdue. Ça se trouve en ville, pas ici. C'est incroyable le nombre de types qui te paieraient une passe et même une nuitée juste pour te faire raconter ta vie. Ça les excite, de savoir comment une fille en arrive à se faire putain.

— Je m'en fous. Je disais ça pour causer.

Il remplit de nouveau son verre. A côté, le brouhaha s'apaisa. L'aveugle s'était mis à chanter. Ils l'écoutèrent un moment, puis la fille dit :

— Moi, c'est tout ce qu'il y a de banal. J'étais

employée dans une banque. Un jour, le chef de service m'appelle dans son bureau. Y me fout la main au panier. Je lui ai balancé une baffe. Beau gars pourtant. Plus beau que la plupart de ceux que je me paie actuellement. J'ai pas attendu qu'on me lourde. J'ai même pas cherché ailleurs. J'avais vu des putes venir placer leur pognon, j'ai décidé de faire comme elles. Voilà. Tu vois, c'est même pas marrant.

L'aveugle chantait : « *Mon grand pays tout blanc / Terre de mon enfance / Pays de mes vingt ans / Ta neige danse danse...* »

Soudain, Pierrette eut un ricanement.

— Gueule-de-Raie, c'est autre chose. Elle était mariée, cette conne, elle trompait son jules avec le mari de sa meilleure copine. Un jour, le mari de la copine fout le camp avec une autre. Et la Mado, elle se sent aussi cocue que son amie. Elle était tellement en rogne qu'elle a fini par causer. Résultat, son jules l'a lourdée avec une bonne trempe.

Ils restèrent un long moment sans parler. Jordan en était à son cinquième verre.

— Ça va comme ça.

Il sortit une coupure de vingt dollars qu'il posa à côté du verre. Comme il se levait, Pierrette bondit, ramassa le billet, bouscula Jordan pour atteindre avant lui la porte où elle colla son dos. Froissant le billet, elle le lui jeta au visage en lançant :

— Je t'ai dit de payer le patron. Je suis pas bistrot, moi !

Il eut un ricanement :

— Pourtant, tu sers à boire.

— Je te dégoûte ou t'es pas un homme ?

Il y eut une brève empoignade de regards. Une hésitation entre le rire et la colère. Puis, la prenant à deux mains par la taille et la soulevant, Jordan la jeta sur le lit et se laissa tomber sur elle en grognant :

— Pas un homme ? Salope, tu vas voir... Tu peux crever pour que je te paie.

35

Le printemps brutal, lardé de giboulées et ruisselant de soleil, fit éclore en quelques jours des
myriades de moustiques, de mouches et de maringouins. Il y eut une période extrêmement pénible.
Les glaces encombraient encore le fleuve, aucune
barge ne pouvait effectuer la liaison entre le lac et
Saint-Georges. Les chemins défoncés étaient de
véritables rivières de boue. Les traîneaux ne pouvaient plus s'y engager, les tracteurs et les attelages
s'y embourbaient. Seuls les piétons parvenaient à se
déplacer à travers bois, passant les ruisseaux
comme ils pouvaient sur des troncs d'arbres. Les
marcheurs étaient nombreux, attirés par la mine De
Profondis dont personne ne pouvait dire ce qu'elle
représentait en réalité. Des nouveaux arrivaient qui
se bâtissaient en hâte des baraques dans le bourbier.

Les eaux étaient libres de glaces, lorsque le bruit
courut qu'un curé se trouvait en route pour fonder
une paroisse à Bourg-le-Rouge.

Durant l'hiver, ceux qui s'étaient rendus à Saint-
Georges avaient pu voir un charpentier nommé
Gouraud en train de construire une barge avec
laquelle il avait l'intention d'assurer un service
régulier. C'est sur cette embarcation que prit place
le curé.

On entendait de loin la cloche puis le bruit régulier des bielles et le battement des roues à aubes.

Curieux bateau à fond plat, à peine deux fois plus long que large, le nez aussi carré que le train arrière. Une bâtisse de planches, peinte en blanc crémeux, occupait près de la moitié du pont. Des fenêtres s'y ouvraient de chaque côté. Devant cette énorme cage à poules, une cabine de timonerie tout en hauteur. Au beau milieu, traversant le bâtiment et dépassant sa toiture de plus d'un mètre, une cheminée crachait noir. A l'arrière, sortaient de nombreux jets de vapeur. De chaque côté, collées aux flancs, les énormes roues à aubes brassaient l'écume et la lumière. Gouraud, qui s'était promu capitaine, n'avait pas encore eu le temps de fixer les portes. Il restait même à peindre une partie du haut et tous les intérieurs, mais l'arrivée de ce curé avait paru un signe du ciel à l'armateur improvisé qui avait sauté sur l'aubaine pour ouvrir la ligne. Quand les gens de Saint-Georges avaient vu la coque barbouillée d'un vilain brun pisseux, avant même que les superstructures ne soient achevées, ils avaient baptisé le navire : La Punaise à Gouraud. Le nom ayant obtenu un grand succès, le charpentier s'était empressé de l'inscrire en lettres blanches à l'avant et à l'arrière.

Pour son premier voyage, La Punaise comptait peu de passagers, mais une importante cargaison de colis, de caisses et de sacs. Bien des gens montés à pied par les sentiers défoncés avaient confié le plus gros de leur bagage au capitaine.

Tout le long du parcours, des hommes accouraient vers les rives pour saluer l'énorme animal crachant et soufflant. Sur l'île comme dans toutes les baraques de Bourg-le-Rouge, le bruit de l'arrivée du curé causait une certaine effervescence.

Partie avant l'aube de Saint-Georges, La Punaise déboucha sur le lac à la fin de l'après-midi. A la barre, Gouraud actionnait sa cloche. A l'avant, son apprenti, une grosse corde à la main, s'apprêtait à bondir sur la jetée de planches ; devant la chaudière, un ouvrier charpentier alimentait le feu en énormes bûches.

Tout ce qui ne se trouvait pas sous terre à Bourg-le-Rouge comme sur l'île Jordan se précipita. Le bateau contourna l'île par sa droite et vint se ranger le long du débarcadère, face à la baraque des gardes. Déjà de Bourg-le-Rouge, des canots partaient pour venir tourner autour.

— Y a le curé, y a le curé !

La nouvelle se répandit à la vitesse du feu suivant une traînée de poudre. Par les hommes des treuils, elle coula vers le fond. En moins de deux minutes elle atteignait Jordan et l'ingénieur occupés sur un chantier de pointe, à examiner des roches suintantes, à moitié pourries.

— Faut pas s'engager là-dedans pour le moment, conclut Maclin. On verra quand on aura des pompes plus fortes.

Jordan approuva. Ils revinrent en arrière, jusqu'à la roche saine, et donnèrent l'ordre de driller sur la droite, où semblait partir une veine de quartz. Lorsqu'ils arrivèrent à la surface, le prêtre avait déjà pris pied sur l'île. C'était un long personnage flottant dans une large soutane un peu courte. A travers des lunettes de métal à verres épais, son regard de myope semblait chercher la route du ciel. Son menton pointu remuait sans cesse, comme s'il eût rongé du bois. A cause de ce tic, alors qu'il n'était là que depuis quelques minutes, les hommes l'avaient déjà baptisé. Comme Jordan et Maclin s'avançaient, un mineur leur lança :

— Vous allez voir Mandibule !

Le prêtre était suivi d'un être sans âge, à visage de fille joufflue qui tirait par la bride un petit âne gris que les mouches rendaient fou.

— Faut le badigeonner, ton bourricot, on va te chercher ce qu'il faut.

Il y avait autour du groupe un air de fête. La curiosité volait comme une libellule, du curé à l'âne et de l'âne au bateau. Ayant quitté son casque, Jordan s'avança, salua le rongeur et se présenta :

— Je suis le patron de la mine.

— Moi, mon fils, je suis le père Mermet. Je viens ici parce qu'une ville est née qui n'a pas encore reçu la visite du Bon Dieu.

— Ici, mon père, c'est surtout la mine. Le village, ce serait plutôt Bourg-le-Rouge, là-bas.

Jordan tendit le bras en direction du lac où le soleil déclinant traçait un chemin de feu.

— Eh bien, c'est là-bas qu'il me faut aller.

Faisant demi-tour, le grand curé, toujours grignant des dents, fila vers le lac. Il y eut un vaste éclat de rire lorsqu'on se rendit compte qu'il cherchait une voie comme si le lac n'eût pas existé.

— Faut rembarquer, mon père, lança Gouraud. Vous êtes sur une île.

Jordan tendit son casque et sa lampe à l'ingénieur en soufflant :

— Je vais le conduire. Je veux pas que les autres lui foutent dans l'idée de s'installer chez nous.

Dès que les marchandises furent déchargées, La Punaise se remit à gronder et à clapoter.

— T'as réussi, dit Jordan au capitaine. Ton bateau est béni au premier voyage. Tu risques rien. Ça va marcher du feu de Dieu !

Gouraud qui avait une bonne bille rouge laissa aller un gros rire.

— Ça devrait gagner plus que la charpenterie, et c'est moins pénible.

Le prêtre qui s'était approché regardait tout autour de lui. Comme ébloui, il demanda :

— Vous êtes charpentier, mon garçon ?

— Oui mon père.

— Il m'en faudra un bon pour m'aider à bâtir mon église.

— Vous en trouverez ici. Moi, je suis de Saint-Georges.

— C'est égal, mon ami. Vous viendrez nous aider. Pour édifier la maison de Dieu, il n'y a pas d'étrangers à la paroisse.

— C'est sûr que je viendrai.

Gouraud eut en direction de Jordan un geste qui signifiait : « Tu peux toujours y compter, curé ! »

Le bateau accosta aussi doucement qu'il l'avait fait sur l'île.

— On dirait que t'as navigué toute ta vie, lança Jordan.

— Mon vieux, j'ai toujours rêvé d'être marin.

— Ça suffit pour apprendre ?

— Faut croire.

L'air épouvanté, le curé se planta face à Gouraud :

— Ne me dites pas que vous n'avez jamais piloté un bateau !

— Parole, mon père, c'est mon premier voyage.

Le prêtre se signa en murmurant le nom du Seigneur.

Déjà des gens de Bourg-le-Rouge montaient à bord pour procéder au déchargement des nombreux colis entassés sur le pont. Le petit homme à visage de fille tira son âne dont le bât en paille tressée soutenait deux énormes valises et un sac de marin lancé en travers. Depuis que les gens de l'île avaient

206

frotté d'onguent les flancs et le cou de la bête, les mouches l'agaçaient moins.

— Il faut tout de suite me dire où je vais pouvoir monter ma toile, dit le prêtre. J'y laisserai ce garçon avec mon bagage.

A Jordan qui se demandait si ce prêtre avait les moyens de s'offrir un domestique, Mandibule expliqua qu'il avait rencontré le jeune Emmanuel à Saint-Georges où il cherchait de l'embauche pour son âne et pour lui. Le prêtre lui avait seulement payé son passage sur La Punaise.

— Ça fera ici un parasite de plus, et je vous jure qu'il y en a, fit Jordan en montrant au conducteur de l'âne un emplacement débroussaillé entre le lac et les premières baraques.

Il poursuivit avec le prêtre qui voulait trouver un local où célébrer une messe dès le lendemain dimanche, ainsi qu'un terrain où bâtir une église. Ils s'engagèrent dans la rue qui s'était ouverte tout naturellement entre les bâtisses et qu'on avait déjà baptisée Première Avenue. Le curé levait le nez en continuant son mâchouillage. Il examinait chaque baraque comme s'il l'eût flairée sous toutes ses coutures. Les hommes l'observaient de loin. Certains se signaient en le voyant, d'autres riaient sous cape en s'empressant de faire circuler son surnom.

Lorsqu'ils se trouvèrent devant le bordel dont la lanterne rouge était allumée, le prêtre demanda :

— Qu'est-ce que c'est, cette belle maison ? Ça m'a l'air très grand.

Embarrassé, Jordan expliqua que c'était une salle où les hommes se réunissaient parfois.

— Ça m'intéresse.

— Attendez, mon père, c'est fermé. Je vais passer par-derrière.

Il courut cogner à la fenêtre où Bastringue parut

aussitôt, l'haleine empestant l'alcool. Jordan expliqua rapidement de quoi il s'agissait.

— Je l'occupe une demi-heure, démerde-toi pour que ta turne soit visible. Et que les filles soient planquées ! Y a pas d'autre endroit pour sa messe.

Tandis que Jordan repartait avec le prêtre, Bastringue s'en allait cogner à la porte des chambres occupées.

— Debout. Vite ! Habillez-vous !

A moitié nues Gertrude et Mado sortirent, suivies de deux mineurs qui se reboutonnaient.

— Y a-t-y le feu ?

Les autres filles et les clients de la salle se tordaient. La grosse ne portait qu'une courte liseuse. Ses seins énormes flottaient, ses chairs blanches tremblaient comme de la gelée.

Bastringue fit taire tout le monde. Dès qu'il eut expliqué ce qui se passait, ce fut la ruche. Enfilant à la hâte des robes de chambre ou des surtouts, les filles se mirent à nettoyer la salle, tandis que les clients s'éclipsaient. Les verres, les bouteilles, les jeux, les mégots, tout disparut. La grande Yolande se chargea d'épingler aux murs des nappes, des dessus-de-lit, des écharpes destinées à cacher les femmes nues et les inscriptions obscènes que les clients avaient barbouillées un peu partout. Comme le tissu manquait, elle déplia des journaux. Lorsqu'on cogna à la porte, Bastringue achevait de transporter les flacons vides tandis que Gertrude donnait un coup de balai.

— Continue, fit-il, j'ai bien le droit d'avoir de l'aide. Vous autres, allez vous planquer... Pas toi, Arthur. Reste là, un aveugle, ça impressionne.

Il alla ouvrir et s'exclama :

— C'est toi, Maxime, fallait entrer ! Tu sais

bien que c'est jamais fermé. La porte coince un peu.

— Je t'amène le père Mermet. Y va fonder une paroisse. En attendant d'avoir une église, y voudrait dire sa messe chez toi.

— Chez moi ? Mon Dieu, est-ce que ma pauvre demeure est digne de pareille...

Le musicien cherchait ses mots. Gertrude avait du mal à ne pas pouffer. Déjà le curé avançait dans la pénombre, flairant les murs, admirant la décoration.

— Mais c'est très beau, disait-il. C'est très beau.

Arrivé aux journaux, il s'y attarda.

— C'est pour que tout le monde puisse lire les nouvelles, expliqua Bastringue.

Le nez à deux doigts de la feuille, le prêtre observa :

— Elles ne sont pas d'aujourd'hui.

Se tournant vers Gertrude, il en fit le tour comme un paysan examinant une bête sur le foirail.

— On m'avait dit qu'aucune famille n'était encore arrivée.

— C'est ma nièce, dit Bastringue, elle est venue me rejoindre avec son frère qui est aveugle.

La voix profonde de l'ancien instituteur et son langage plus classique semblèrent impressionner le prêtre qui demanda :

— Etes-vous infirme de naissance ?

— Oui, mon père, fit l'aveugle pris de court.

— Alors, mon fils, sans doute portez-vous en votre cœur une lumière aussi belle que celle du jour et qui n'éclaire pas les aspects sordides de notre monde moderne.

Comme il allait vers les portes du fond en demandant si une pièce ne pourrait pas servir de sacristie, la grosse lui barra la route. Théâtrale, elle lança :

— On vous réservera une place, mon père. Laissez-moi le temps de faire le ménage. Pour l'heure, c'est tout en désordre.

La respirant de plus près, le curé lui dit qu'elle était une envoyée du ciel.

36

En ces contrées de lacs, de fleuves et de rivières, dans ces espaces sans limites où le canot avait si souvent permis l'exploration et le trafic, bien des hommes ingénieux se mirent à construire des bateaux. Quand une mine se creusait, quand une ville naissait sur un rivage, on voyait s'ouvrir des chantiers. Souvent, des mariniers qui avaient navigué ailleurs pour le transport du bois ou des voyageurs venaient s'installer là. Ils étudiaient les cours d'eau et dessinaient leur propre bateau. L'épinette était le matériau de base. On équarrissait à la hache, on sciait des plateaux épais de huit pouces, de gros feux s'allumaient sous d'énormes chaudières, les bois trempés étaient cintrés puis plongés dans des bains à base de créosote et de Crésyl où l'on mêlait des goudrons et des essences odorantes. Chacun avait son mélange secret pour la conservation. En plein vent, se montait la carcasse, la coque prenait forme. Parfaitement calfatée, elle était lancée sans cérémonie. Une fois à l'eau, elle recevait ses superstructures. A la fantaisie de chaque armateur ses timoneries, ses ensembles de cabines et de salles communes.

Sur certains lacs immenses reliés entre eux par des fleuves, les entrepreneurs voyaient grand. Leurs navires savamment profilés, longs parfois de quatre-vingts pieds, jaugeant jusqu'à soixante tonnes, étaient équipés et gréés pour les longs parcours. Le voyageur pouvait y dormir confortablement, y prendre de vrais repas cuisinés à bord. Les énormes chaudières de ces monstres-là exigeaient du charbon. Les hautes cheminées se mirent à cracher aussi noir que celles des locomotives du Transcontinental. Les fumées montaient vers le ciel où les vents se les disputaient, les pétrissaient pour les écraser sur l'eau et la forêt. Le pays en frémissait. Souillé jusque dans ses plus intimes recoins, il s'ébrouait sous cette pluie inconnue, sous cette puanteur du diable. Pour mieux fouiller les entrailles de la terre, les humains en bouleversaient une fois de plus la surface.

Certaines tribus animales qui s'étaient installées au bord d'une rivière ou d'un lac au moment où l'on avait ouvert la ligne du chemin de fer durent s'enfuir de nouveau et chercher plus loin un refuge.

Il fallait à cette navigation gloutonne des relais pour son combustible, des hangars, des équipes de mâchurés chargeant à la brouette le charbon poussiéreux. Où tant de canoës avaient passé en bonne intelligence avec la nature, une plaie s'ouvrait.

Les énormes roues à aubes remuaient les fonds, brassaient la vase, arrachaient les algues. Les saisons même s'en trouvaient modifiées. Quand arrivaient les premiers froids, on fixait à la proue des navires une espèce de charrue en métal qui leur permettait de poursuivre leur route, de briser les glaces pour s'ouvrir un chemin.

Les mariniers pleins de fierté livraient au froid un terrible combat. Il arrivait que les coques demeurent prisonnières. On déchargeait alors sur la glace. On se battait à coups de pic. On délivrait la bête qui crachait de rage plus noir que jamais, ainsi jusqu'à ramener à son port chaque unité qui allait hiverner de novembre à mai pour reprendre son combat dès les premiers craquements et hâter par son sillage la débâcle des glaces.

Durant l'été, c'était la lutte contre les orages, les tempêtes soudaines sur les lacs, les brouillards qui vous enveloppent d'un coup, les crues violentes.

Les vapeurs emportaient vers les grandes cités, sous la surveillance des policiers, les briques d'or sorties des mines. Ils donnaient au pays un nouveau visage. Ils transportaient le monde.

37

L'abbé Mermet prit l'habitude de célébrer, cha-que dimanche à neuf heures, une messe dans la maison de René Jonquet. Invariablement, dans son sermon, il s'élevait contre le vice, insistant sur la nécessité, pour les travailleurs isolés du reste du monde, de vivre hors du péché.

— Je crois savoir, disait-il parfois, qu'au cours des réunions que vous tenez ici même, il vous arrive de vous livrer au jeu. De parier de l'argent. Pensez à vos familles lointaines. Construisez. Profitez de vos loisirs pour bâtir des campes solides où vos femmes et vos enfants pourront vous rejoindre. Un univers sans femmes n'est pas un vrai monde.

Il y avait toujours, dans l'assistance, des toux et des éternuements cachant les rires.

De bons chrétiens lui construisirent une petite baraque moitié en bois rond moitié en planches, sur le chemin conduisant à la colline où l'on avait enterré les morts. Un bel emplacement déboisé s'offrait, depuis que le claim De Profundis avait été abandonné. C'est là qu'il avait décidé de bâtir son église, adroitement aiguillé par Bastringue vers ce lopin fort éloigné de la maison à lanterne rouge.

Le prêtre se réjouissait d'avoir amené avec lui le petit Emmanuel qu'il trouvait « doux comme une fille », et dont bien des travailleurs disaient qu'il prenait moins cher que les pensionnaires de Bastringue.

Le jeune homme s'était installé sans rien demander à personne, à côté du principal point d'eau potable de l'endroit. Une petite cascade sortait d'un repli de terrain pour se jeter en chantant dans un étang bordé de saules et d'aulnes noirs. Tout seul, cet être un peu fluet, au regard plein de candeur, abattit des épinettes, les ébrancha et commença de monter un logis en deux parties, une pour lui, l'autre pour son âne.

Un solide gaillard partageait sa couche, s'en allait sur un claim une partie du jour, et venait l'aider après son travail. En son absence, Emmanuel Zolaire recevait quelques visites.

Une fois la maison terminée, le garçon se procura deux fûts à bière qu'il ouvrit en haut assez largement pour qu'on pût y puiser au seau. Il en chargea son âne, les emplit à la source et s'en fut à travers Bourg-le-Rouge en criant :

— Qui veut de l'eau ? Bonneau — Bonneau — Bonneau !

Les hommes qui, jusqu'à présent, allaient eux-mêmes puiser aux différentes sources trouvèrent commode de lui acheter l'eau à un sou la chaudière. Et son cri s'inscrivit dans l'existence de la cité, comme s'y étaient insérés les travaux, la messe, les jeux et la débauche. Le dimanche suivant, il y eut des rires mal contenus lorsque le prêtre, dans son sermon, cita Emmanuel en exemple :

— Que chacun sache apporter à notre paroisse autant que ce garçon, et notre vie à tous sera plus aisée et plus ensoleillée.

Comme la demeure à Bastringue, la source Emmanuel devint un lieu où l'on se retrouvait le soir.

Aux offices, l'aveugle chantait des cantiques que tous reprenaient en chœur accompagnés à l'accordéon par le maître des lieux. La grosse Gertrude faisait la quête ; ses trois camarades de travail assistaient de loin, certaines de n'être jamais remarquées par Mandibule que sa myopie protégeait de tout.

La vie s'était métamorphosée pour Jordan qui passait bien des nuits avec Pierrette. Il arrivait là vers une heure du matin, après être descendu voir comment allait le travail au fond. Il buvait une bière avec l'aveugle en attendant que s'en aillent les derniers clients. Il aidait souvent Bastringue à pousser dehors deux ou trois ivrognes écroulés dans des coins, puis il revenait s'asseoir, assistant à la comptée des serviettes. Chaque fille allait chercher les siennes dans sa chambre et en faisait une pile sur la table. Bastringue vérifiait, puis il encaissait les deux dollars par passe que lui ristournaient ses pensionnaires pour le logement et la nourriture. Lorsque des hommes venaient pour la nuit, ils assistaient eux aussi à ce travail. L'aveugle partageait la chambre de celle qui n'avait pas de couché ; si toutes étaient occupées, il passait la nuit sur une fourrure, par terre, dans un coin de la grande salle.

Depuis qu'elle connaissait Jordan, Pierrette n'acceptait pas souvent des clients pour la nuit. Cela ne faisait pas l'affaire de Bastringue qui finit par s'en plaindre :

— Prends-la à ton compte. J'en ferai venir une autre. De toute manière, ma tante va monter pour m'aider, elle amènera une fille. Sans nuitées, pour moi, c'est pas rentable.

Jordan préférait dédommager le tenancier à qui il finit par céder une action de la mine. Parce qu'il ne voulait rien devoir à personne, il en offrit une à Pierrette en disant :

— On n'en est pas à distribuer des dividendes.

Comme la prostituée en parlait à Bastringue, celui-ci la regarda un moment, l'air absorbé.

— Tu sais, finit-il par dire, ça m'emmerderait de perdre une fille comme toi... pourtant...

Elle l'interrompit :

— Te fatigue pas, tonton. T'es un bon gars. Je sais que tu serais capable de me donner ta bénédiction. Mais le Max est pas un type à s'encombrer d'une souris... Et puis moi, je veux pas. Je mettrai peut-être du temps à faire mon beurre, seulement, quand j'aurai ce qu'il faut, je me ferai une vie à moi. Si y a un homme dedans, je lui devrai rien !

Le gros frotta l'une contre l'autre ses mains potelées, il fit une moue et son nez rouge s'écrasa légèrement.

— T'as sûrement raison. Toi et Maxime, vous êtes trop pareils. Ça marcherait pas trois semaines avant qu'on entende voltiger les assiettes.

Sans doute la prostituée préférait-elle cette étrange liberté qui consistait à rester cloîtrée dans une baraque enfumée. Car les « nièces » à Bastringue ne sortaient qu'une ou deux heures par jour, en compagnie de l'ancien instituteur.

— Surveillées par un aveugle, ironisaient-elles, faut le faire !

L'église n'était pas encore achevée, lorsque plusieurs femmes de mineurs vinrent rejoindre leurs époux. Avec elles, arriva la fiancée de Germain Landry. Le trapu avait depuis longtemps prévenu le curé qui se réjouissait de célébrer leur union.

Plus grande que Germain d'une demi-tête, Justine Fournel était une solide brune à l'œil rieur. Son large visage respirait la franchise. Ses mains sentaient bon le travail propre.

Un peu gêné, Germain vint demander à son ami de l'accompagner auprès du curé pour une démarche qu'il avait repoussée jusqu'au dernier moment.

— Tu comprends, je peux pas la marier dans un boxon. Ça me dégoûte... Puis elle voudrait pas.

— T'es pas obligé de lui dire.

— Je veux pas qu'on commence sur un mensonge. (Il hésita.) De toute manière, elle finirait par le savoir... Y a que le curé pour pas voir ça.

Ils se regardèrent un moment. L'ingénieur, penché sur ses calculs à son bureau collé à la fenêtre, se retourna pour lancer :

— Vous jouez à quoi ?

Ils se regardèrent encore. Maclin se leva et vint vers eux.

— Vous êtes les premiers arrivés. Cette mine, c'est vous qui l'avez faite. On essaierait de toucher un de vous deux, l'autre serait capable de tout. Et vous êtes pas foutus de vous parler... Merde alors. C'est sur l'île qu'il doit se marier. Le curé sera pas surpris.

— J'y ai pensé, fit Jordan. Seulement après, si d'autres veulent le faire...

Irrité, l'ingénieur l'interrompit :

— Sois tranquille, à ce moment-là, l'église sera finie.

Le trapu encore incertain se tourna vers Jordan. Son œil clair interrogeait. Ses boucles châtain tremblaient sur son front bas.

— Le mieux, fit Jordan, ce sera dans la salle de cantine.

L'ingénieur se mit à rire :

— Un samedi soir, fit-il. Et c'est toi qui paies le gueuleton... Enfin, toi, Mersch et le vieux Samuel. Les vrais patrons, c'est vous autres... C'est normal...

Le trapu hésitait encore. Mais Jordan se mit à rire. Il y avait longtemps que les autres ne l'avaient pas vu rire ainsi.

Alors Landry lui appliqua sur l'épaule une claque à assommer un orignal.

— T'es un bon gars, Jordan. Je l'ai toujours su... Je vais vite le dire à Justine.

Il partit en courant, fit dix pas dans la cour puis, revenant jusqu'au seuil, le visage de nouveau inquiet, il demanda :

— Tu viendras avec moi, pour demander au curé ?

— Merde ! lança Max. Est-ce qu'il faudra aussi que j'emmène ta femme au lit !

38

Le mariage de Justine Fournel et de Germain Landry fut un événement considérable. Les deux équipes de fond et tous les hommes de surface travaillant sur l'île Jordan participèrent à la décoration de la salle du grand restaurant. C'était le début de juillet. Il faisait chaud, les mouches s'abattaient partout en tourbillons serrés, mais tous les hommes allèrent dans les bois cueillir des fleurs et des feuillages. Justine, qui les voyait passer depuis le magasin général où elle travaillait déjà, confia au trapu :

— Sais-tu que ça me remue tout l'intérieur, de voir ces gars-là tresser des tiges et ficeler des petits bouquets avec leurs grosses pattes ?

Germain regarda ses énormes poignes toutes couturées de griffures et de brûlures. L'air penaud, il avoua :

— Je voulais en faire ma part. Ils m'ont dit : Tout costaud que t'es, si on te voit y toucher, on te fout au lac. Y veulent même pas que les femmes leur aident.

Justine faisait semblant de ne pas remarquer les hommes qui venaient au magasin, cherchaient parmi les babioles, les parfums, les eaux de Cologne, les ustensiles de cuisine. Ils l'observaient à la dérobée, s'adressaient à Noël Letourneur ou à sa femme pour demander un cadeau, une feuille de papier avec de la ficelle. La jeune fille tournait le dos ou s'en allait vers la réserve.

Tout n'était pas acheté là. Trois mineurs étaient partis pour Saint-Georges à bord d'un canot avec une liste et des enveloppes d'argent confiées par leurs camarades.

Mersch et le vieux Samuel arrivèrent la veille. L'escogriffe, transpirant dans son beau costume, pestait contre la vermine piquante et bourdonnante. Comme toujours, Samuel passait son temps à l'injurier. Il le faisait sans élever la voix. C'était devenu une partie de sa vie. Mersch portait un grand sac gris dans lequel on devinait des boîtes rectangulaires que Landry rougissant fit mine de ne pas remarquer.

Les Robillard avaient fermé leur magasin. Le cordonnier, dont l'état s'améliorait de jour en jour, avait échangé ses béquilles contre deux cannes. Catherine portait une toilette de grande dame avec de la dentelle au col, aux manches et en bas. Elle était coiffée d'un chapeau si large que le moindre souffle d'air l'obligeait à y poser la main. Steph qui venait de se fiancer avait revêtu son complet bleu, sa promise et sa sœur portaient des robes à godets. Même Raoul, le fou du Nord, était venu, pas mieux vêtu que pour courir les bois. Ils arrivèrent sur La Punaise en compagnie du curé de Saint-Georges tout fier d'avoir déjà uni plusieurs couples et qui tenait à concélébrer avec Mandibule.

De Bourg-le-Rouge, seuls avaient été invités quelques amis de Jordan ainsi que l'aveugle et Bastringue chargé de son fourbi à musique. La « tante » du tenancier venue le rejoindre depuis peu gardait l'établissement qu'on ne pouvait fermer un samedi soir.

L'ingénieur avait eu une véritable idée de mineur.

Il avait retardé le dynamitage, laissant seulement au fond les boutefeux. Ainsi les mineurs disposèrent-ils d'une bonne heure pour se laver avant la cérémonie.

Tout le monde était dans la salle, excepté les hommes des treuils, ceux de la sécurité et les boutefeux. Il faisait encore une belle lumière dorée et une chaleur que ne parvenaient pas à bousculer quelques souffles de la forêt.

Un autel avait été dressé tout au fond de la salle, devant les guichets de la cuisine obstrués par des draps. Partout des fleurs et des feuillages, de longs rubans et plusieurs linges blancs où l'on avait écrit « Vive les mariés ». Les cuisiniers avaient cloué deux par deux, entre les guirlandes, des pains en forme de cœur.

Peu à peu, le silence se fit. Les deux prêtres en étole attendaient, les fiancés attendaient, les mineurs attendaient.

Enfin, plus présente que jamais en raison du silence, la déflagration fit trembler le sol et vibrer les fenêtres. Aussitôt les cloches d'alarme se mirent en branle. Elles ne sonnaient pas pour la mort, mais pour la joie et la vie.

Les boutefeux et les treuilleurs firent leur entrée. La cérémonie commença.

Lorsque l'aveugle se mit à chanter de sa voix profonde, Justine chercha à voir son visage. S'inclinant vers elle, Germain souffla :

— Il a voulu se tuer... Une fille qu'il aimait, elle l'a laissé...

Justine enfonça ses ongles dans l'énorme paume du trapu et se tourna vers lui au moment où il écrasait une larme sur sa joue hâlée.

La distribution des cadeaux se fit dehors, après l'office, pour laisser aux cantiniers le temps de remettre en place les tables pour le repas. Un émerveillement. Un bazar. Un vaste marché avec des cris, d'énormes rires, des embrassades et des instants d'émotion.

Puis ce fut le repas. Interminable. Sans cesse interrompu par des chants. Les Ukrainiens, les Polonais, un Espagnol à la voix envoûtante et Bastringue à la fin, pour la danse.

Le bal durait encore lorsque les jeunes mariés quittèrent la salle tellement enfumée qu'on se voyait à peine.

Les vapeurs du lac pétrissaient les premières lueurs de l'aube. On les voyait s'étirer entre les arbres comme des voiles. Justine et Germain marchèrent un moment côte à côte. Le courtaud portait une veste noire un peu trop serrée que Mersch lui avait achetée à Québec, la jeune femme une robe blanche sans traîne que lui avait confectionnée Octavie Letourneur avec du tissu offert par Catherine Robillard.

Lorsqu'ils furent devant leur maison, Landry s'arrêta.

— Laisse faire, dit-il.

Enlevant sa femme dans ses bras, il franchit le seuil. Il y eut un craquement inquiétant.

— Qu'est-ce que c'est ? demanda-t-elle.

La mine contrite, il posa doucement Justine sur le sol et se retourna lentement. Sa veste toute neuve venait de s'ouvrir du col aux reins.

Il y eut un silence, avec le rire moqueur d'une chouette.

39

Le curé avait célébré l'union de Justine et Germain en saluant les couples déjà installés dans le village minier de l'île. Il leur avait souhaité à tous de nombreux enfants. Bien entendu, il avait parlé de sa paroisse en demandant au ciel d'en faire une grande cité toute pleine de vie.

Et le ciel d'été l'avait entendu.

Durant les mois qui suivirent, Bourg-le-Rouge doubla d'importance. La Punaise, de nombreux canots et quelques grosses barges équipées de moteurs pétaradants n'arrêtaient plus leurs allées et venues. Sur l'île aussi la population augmentait. Le long de rues tirées au cordeau, les maisons de bois toutes pareilles, montées selon le plan dressé par Nicolas Maclin, s'alignaient. A présent, ce n'était plus seulement les mineurs qui construisaient durant leur temps de repos, mais également une équipe de charpentiers de métier. L'ingénieur eut bientôt sa demeure, Jordan aussi qui réserva une chambre pour le grand Mersch. L'escogriffe passait à peu près autant de temps ici qu'en ville. Les chiffres étaient son affaire. Le vieux Samuel venait les vérifier et flairer de près ce minerai dont la seule vue suffisait à le faire saliver.

Vers la fin du mois d'août, survint un gros

problème : inexplicablement, le rendement ne correspondait plus aux prévisions du laboratoire. Il y eut des doutes, des enquêtes, des empoignades sérieuses, jusqu'au moment où l'ingénieur eut l'idée de faire démonter le carter du moulin à barres. A l'intérieur, collées au métal, on découvrit une multitude de pépites. La joie revint. On modifia la machinerie et la production reprit de plus belle. Mersch et Jordan triomphaient : ils avaient eu raison de refuser les fonds des grandes compagnies. A présent, eux seuls, avec le vieux Samuel et quelques petits actionnaires, empocheraient les bénéfices. Bien d'autres prospecteurs les enviaient qui avaient vendu leur découverte ou n'étaient plus que gérants de leur mine. Tous les autres claims de la région, qui n'avaient pas été délaissés, donnaient naissance à des exploitations financées et dirigées de loin par ces puissances invisibles nichées au cœur des grandes cités.

L'Etat aussi avait fait son apparition. Un officier de police et trois hommes s'étaient installés à Bourg-le-Rouge à mi-distance de l'église et de la maison close. Un conseil communal avait été désigné. Un marchand de bois le présidait ; René Jonquet, des employés de mine et quelques commerçants le composaient. Car des boutiques s'étaient ouvertes dont certaines concurrençaient les magasins des Robillard. On racontait beaucoup que la ville se construisait avec de l'or volé. Il est de fait qu'on pouvait se demander d'où venaient tous ces fonds.

Jordan qui voulait rester maître sur son domaine fit tout pour éviter un conseil communal. L'île était en principe un quartier de Bourg-le-Rouge, mais totalement clos et autonome. Jordan préférait payer des gardes plutôt que de voir s'installer chez lui des policiers du gouvernement, qu'on soupçonnait de couvrir bien des trafics et de toucher des pots-de-vin. Le grand Mersch chargé du recrutement avait d'ailleurs des principes bien arrêtés et un flair étonnant.

— Le meilleur moyen d'être bien avec les fédéraux, sans les avoir sur le dos, c'est d'embaucher des anciens flics. Tu peux les foutre dehors si t'es pas content. C'est étonnant comme ça les fait devenir honnêtes d'un seul coup.

Les mineurs étaient libres d'habiter l'île ou Bourg-le-Rouge. Ceux qui préféraient la ville devaient, durant l'été, payer pour passer le bac.

Chez Bastringue aussi on avait embauché. Une grande bringue osseuse et moustachue était arrivée. Ajoutant encore à sa dégaine de hussard, elle conservait un curieux souvenir d'une bagarre. Un mauvais coup de botte au visage lui avait ouvert la joue droite et déplacé la mâchoire vers la gauche. Elle parlait curieusement, la bouche tordue.

Des clients sans pitié l'avaient baptisée Pompe-en-biais. Son prénom était Flora. Elle buvait sec et, bien qu'elle fût encore plus laide que la petite Mado, elle gagnait énormément d'argent.

— C'est une mine, clamait Bastringue, tout heureux de la présence de sa « tante » qui s'y entendait dans la surveillance.

Tante Elsa était un être court et maigrichon, très remuant, avec une voix faite pour aboyer des ordres. Elle n'avait plus que trois incisives, ce qui faisait de son sourire une grimace à faire peur.

Le vice suscite des besoins d'argent. On continuait de voler de l'or partout, à la mine Jordan comme ailleurs.

— Tu te laisses posséder, disait Maclin. C'est peut-être très peu pour le moment, mais si tu n'y mets pas un frein, ils n'ont aucune raison de se gêner.

L'ingénieur avait commencé par faire procéder à chaque remontée à la fouille des boîtes à lunch. On instaura ensuite le déshabillage et la douche obligatoires. Rien n'y fit. Les petits fondeurs clandestins installés aux limites de la cité continuaient leur travail, les trafiquants aussi. De temps à autre, la police en arrêtait un, mais aucun ne savait jamais de quelle mine était sorti le métal ni par quel moyen.

L'ingénieur enrageait. Il avait parcouru des kilomètres pour rencontrer à plusieurs reprises ses collègues des autres mines. Tous étaient comme lui, aucune surveillance ne donnait de résultats.

Depuis qu'un médecin était installé à Bourg-le-Rouge et qu'il assurait le contrôle sanitaire des prostituées, Maclin se rendait assez souvent chez Bastringue. Un jour, l'ingénieur triomphant annonça que la petite Mado connaissait les voleurs.

Elle ne voulait vendre son renseignement qu'à Jordan.

— Je mange pas de ce pain-là, fit Maxime. Si elle a vraiment un tuyau, les flics la feront parler.

— Tu sais pas ce que tu veux. T'as jamais toléré d'autre police que la tienne. Alors, donne pas aux fédéraux une raison de venir ici.

— Je suis pas seul intéressé.

— Elle veut parler qu'à toi.

Les deux hommes s'accrochèrent assez violemment.

Jordan finit par céder. L'après-midi même il se rendit chez Bastringue où la rouquine l'entraîna aussitôt dans sa chambre. Elle s'assit sur son lit et demanda :

— Qu'est-ce que tu bois ?

— Je suis pas venu pour boire.

— Oh ! dis donc, si t'es pas plus aimable, je garde mon tuyau et tu gardes ton fric.

— Je suis prêt à payer, mais j'ai pas soif.

Il était resté debout. Elle se leva, le regarda dans les yeux avec ironie et lança :

— Deux cents dollars !

— C'est pas rien.

— C'est le prix.

Il sortit une liasse de billets de sa poche et se mit à compter.

— Je vois que tu avais prévu plus que ça.

Jordan ne répondit pas. Posant les billets sur la table, il laissa sa main dessus.

— Si ton truc est bidon, je reprends tout.

— Il est bon. Tu vas même tomber des nues.

— Parle.

— Dans la mine, quand les types changent des traverses de rails, ils les remontent ?

— Naturellement.

— Et y peuvent les emporter pour brûler ?

— Oui.

— Eh bien, c'est là-dedans qu'ils sortent l'or. Y font un trou, ils le bourrent, ils le rebouchent avec une cheville. Et le gars Jordan l'a dans l'os.

Il ne put se retenir de lancer :

— Merde alors !

— C'est un type de chez toi, saoul comme une bourrique qui m'a tout raconté. Un nommé Chollet.

— Chollet ? J'aurais jamais cru.

— Toute son équipe le fait, qu'il m'a dit.

Jordan respira profondément. Sa main s'éloigna des billets. Il semblait avoir oublié la présence de la fille. Il se tournait lentement vers la porte lorsque Mado demanda :

— Alors, t'es content ?

Il lui fit face. Il paraissait revenir de très loin. Avec un sourire sur lequel elle dut se méprendre, il demanda :

— Pour ce prix, j'ai peut-être droit à un petit supplément ?

Elle approcha, rayonnante. D'une voix tendre, elle murmura :

— Y a longtemps que t'aurais pu l'avoir.

Il la repoussa.

— Salope. C'est pas de ça que je parle. Donner les types qui te font vivre, poufiasse ! Pour deux cents piastres, j'ai le droit de te cracher sur la gueule.

Un crachat partit qu'elle reçut au visage. Elle répliqua aussitôt, mais Jordan s'y attendait. Il esquiva. La salive de la fille alla contre un foulard placardé au mur et la main dure de Jordan lui arriva en pleine face. Perdant l'équilibre, elle tomba sur son lit, à moitié assommée, le regard blanc, le sang perlant déjà de sa lèvre fendue.

— Gueule-de-Raie, lança Jordan, ça te va vraiment bien.

Et il sortit tranquillement.

De retour à la mine, il se rendit tout de suite au bureau où il retrouva Maclin à qui il révéla ce qu'il venait d'apprendre. Le regard de l'ingénieur s'alluma. Son menton pointu s'allongea d'au moins deux pouces. Se frottant les mains, il se mit à arpenter la pièce.

— Astucieux ! Très malin. Faut faire venir ce Chollet. Ça tombe bien, son équipe est de nuit. Ils doivent tous être en train de bâtir leurs campes. On va foutre tout ce beau monde dehors. C'est pas la main-d'œuvre qui manque par ici.

Jordan le laissa aller. Quand il se tut, il dit calmement :

— C'est moi qui vais lui parler.

— Lui parler ? On ne parle pas aux voleurs. On les livre à la justice.

Faisant un effort considérable pour garder son calme, Jordan alla se planter devant Maclin qu'il dominait d'une tête. Avec colère, mais sans crier, il dit :

— C'est moi qui règle ça. Tu fous le camp une heure. En passant, tu demandes qu'on m'envoie Chollet.

Maclin voulut protester encore, mais Jordan, sans brutalité, le poussa dehors.

Furieux, Maclin s'éloigna en maugréant et en menaçant de quitter la mine.

Chollet arriva très vite. Petit homme solide d'une trentaine d'années, il n'était à la mine que depuis trois mois. Il avait commencé de bâtir sur l'île pour faire venir sa femme et ses deux enfants. Il entra, mi-sourire mi-inquiétude.

— L'ingénieur dit que tu veux me voir. Il a l'air en rogne.

— Ça lui passera... Tu me dois deux cents dollars.

Le mineur eut un haut-le-corps. Son visage hésita entre le rire et la colère. Il fronça ses épais sourcils et demanda :

— Tu rigoles ou quoi ?

— Pas du tout. Et je ne parle pas de l'or volé. Ça, on peut difficilement le chiffrer. Les deux cents piastres, c'est seulement ce que j'ai payé pour apprendre comment tu le sors.

Instantanément, le visage de Chollet s'était vidé de son sang. Imperturbable, Jordan ajoutait :

— Pas mal, le coup des traverses. Seulement, quand on fait ça, faut pas se saouler la gueule. Faut pas se mettre dans le cas de parler à n'importe qui.

Le garçon était au bord des larmes. D'une petite voix d'enfant, il implorait :

— Bon Dieu, Jordan ! Je te paierai. Je te jure que je le ferai plus. J'ai commencé à bâtir... J'avais des dettes... Si je les réglais pas, ma femme pouvait pas venir.

— Quand on a des dettes, on va pas au bordel.

L'homme fut comme si on venait de le brûler au fer rouge.

— Au bordel ! J'y suis allé qu'une fois.

— Une fois de trop.

Il y eut un silence. Le front barré de rides profondes, le mineur faisait un gros effort de réflexion.

— Paraît que toute ton équipe sort de l'or ?

Chollet se ferma.

— Je sais pas.

— C'est toi qui as inventé le coup des traverses ?

— J'en avais entendu parler par des gars de Noranda. Fous-moi dehors si tu veux, Jordan. Je sais rien sur les autres. Rien de rien.

Il était toujours très pâle. Jordan se dirigea vers un petit placard d'où il sortit une bouteille de gin et un verre.

— Tiens, avale ça. Et assieds-toi.

L'homme obéit. Insensiblement, les couleurs revinrent à son visage.

— Je déteste les mouchards, fit Jordan. Puis, j'aime pas changer de personnel. Seulement, je veux pas de vols dans ma mine. Alors, tu vas t'arranger avec tes copains... les deux cents piastres, à ta place, je ferais pas une collecte pour les récupérer. J'aimerais mieux aller les chercher chez la morue qui vient de les empocher.

— Bonsoir, ragea le mineur en serrant les poings. J'avais peine à croire... La vache !

Empreint de colère, son visage mobile s'illumina soudain. Se levant, il vint se planter devant Jordan. Hésitant encore, il demanda :

— Tu me gardes ? Je peux finir mon campe ? Je peux faire venir ma femme ?

— Le plus tôt sera le mieux. Elle t'empêchera de faire des conneries.

— T'es un homme, Jordan... T'es un homme, toi.

Sa voix tremblait. Ses yeux étaient mouillés. Il sortit en courant. Sur le seuil, il se retourna pour crier :

— Je vas te chercher ton pognon. J'y vas tout de suite !

— Cogne pas trop, lança Jordan. Je l'ai déjà mouchée un petit coup !

Le mineur partit en courant en direction de l'embarcadère. Il faisait un beau soleil. De la droite de l'île venaient les bruits du chantier. Les camarades de Chollet bâtissaient les maisons où leurs familles les rejoindraient avant la saison des neiges.

40

L'or volé ne restait pas sur place. Une partie servait à édifier les cités minières. Les maisons demeuraient, le métal s'en allait. Des chemins parallèles à la route officielle se traçaient partout. Parfois, avant même que le moindre lingot ne quitte la fonderie, des pépites s'étaient déjà liquéfiées dans des creusets clandestins.

De petits fondeurs s'abouchaient avec des passeurs. Certains policiers les traquaient. Pour un qu'ils arrêtaient, dix déjouaient les pièges. D'autres flics avaient partie liée avec ces réseaux dont les ramifications plongeaient jusque dans les caves des grandes banques. De la nuit de la terre à l'obscurité des coffres, du marcheur isolé à la barque de pêche, du transatlantique à l'avion, du traîneau à chiens à l'automobile en passant par la caravane de chameaux, l'or marchait. Passant d'une main à l'autre, il changeait de nom.

Venu des terres glaciales du Grand Nord ou des canyons écrasés de soleil, l'or se confondait dans la même course folle. Il trouvait partout des gens ingénieux pour lui donner forme nouvelle, le dissimuler, le travestir, l'escamoter.

De la botte du cavalier à la valise du diplomate, il transitait par la soutane, le corset d'une jolie femme et le ceinturon du général. Sa domination s'étendait sur la planète entière. N'importe qui pouvait un jour se faire contrebandier.

Aux alchimistes barbus penchés sur des cornues avaient succédé quelques savants qui s'obstinaient à vouloir le fabriquer. Des astronomes observaient les planètes lointaines avec le secret espoir qu'un jour, on pourrait y ramasser quelques pépites.

Au terme de son mystérieux périple, l'or volé, l'or des labyrinthes obscurs et de la pègre n'était ni plus sale ni plus propre que l'autre. Circulant avec ou sans la complicité des douaniers, il finissait par rejoindre dans les banques les lingots estampillés.

Les hommes de cet or-là aimaient à rêver de fortune impossible. Chacun d'eux avait à conter quelque fabuleuse découverte, quelque course éperdue, quelque poursuite sans fin. L'or qu'ils avaient transporté au risque de leur vie perdait son parfum, mais sur eux continuait de souffler le vent enfiévré de l'aventure.

Sur terre comme sur l'eau, sans cesse poursuivi par les représentants de la loi et convoité par les pirates, il arrivait que l'or fût jeté par-dessus bord. Ainsi retournait-il aux profondeurs.

41

Depuis qu'il était marié, Landry ne prenait plus ses repas à la cantine. Il mangeait chez lui, avec sa femme qui éprouvait du plaisir à cuisiner. Les jours où elle trouvait le temps de faire mijoter à petit feu un morceau de porc avec des fèves, Germain le savait en poussant la porte. La bonne odeur témoignait. Elle vous emplissait la bouche de salive. Alors, le trapu entrait en clamant qu'il avait déniché la meilleure cuisinière du Québec. Ceux qu'il invitait parfois l'approuvaient. Lorsque le vieux Samuel venait, il ne voulait manger que chez Germain. Mais, pour un repas qu'il prenait, il apportait de quoi nourrir le couple une bonne semaine. Le grand Mersch et Jordan se régalaient eux aussi.

Même Mandibule vantait les talents de Justine qu'il se mit à regarder de ses gros yeux de myope, avec une sorte de vénération, dès qu'il apprit qu'elle était enceinte.

— Avec toi, dit Jordan au trapu, c'est la première goutte qui compte.

Le curé trouva une autre formule :

— Le ciel a mis beaucoup de hâte à bénir votre union, et j'y vois un signe de bonheur.

Le trapu était aux petits soins pour sa femme, répétant comme un enfant :

— Attention de pas te cogner le ventre. C'est trop petit, cette maison.

C'était lui qui heurtait constamment l'évier ou le fourneau dans la minuscule cuisine où ils s'installaient pour manger, à la table dont une extrémité touchait le mur de planches sous la fenêtre. De leur place, ils découvraient le lac entre les troncs d'un rideau de peupliers baumiers que Jordan avait tenu à conserver. C'était un spectacle sans cesse renouvelé. Le ciel changeant basculait par-dessus la forêt. L'eau était souvent un éblouissement.

— Faudra que je fasse des piquets pour un petit enclos, dit un jour Germain.

— Un enclos, s'étonna sa femme, t'as peur des voleurs ?

— Que non ! Seulement, j'ai pas envie que mon garçon aille se foutre à l'eau.

Justine partit d'un grand rire :

— Ben mon vieux, t'as le temps d'en tailler, des piquets, avant que ton garnement se mette à courir.

— Rigole bien, ça va assez vite.

Ils étaient heureux. Ils travaillaient beaucoup. Le village vivait comme eux dans le labeur et dans la joie.

Un midi de septembre, alors qu'ils achevaient leur repas, un bruit insolite leur fit froncer les sourcils et s'interroger du regard. Le ciel était clair. Un léger vent d'ouest faisait frissonner les feuillages. Le chant de la mine était tellement inscrit dans le déroulement du temps qu'on avait depuis longtemps cessé d'y prêter attention. Mais ce ronflement était nouveau. Ce n'était ni une machine d'extraction ou de broyage ni La Punaise, pas plus qu'un moteur de barge. Ils se levèrent. Le trapu se dirigea vers la porte en bousculant deux chaises et en disant :

— Cours pas. Attention à ton ventre.

Dehors, on criait. On sortait de toutes les maisons. Un enfant passa devant eux comme le vent en hurlant :

— Avion ! Avion ! Avion !

Une flèche étincelante venait de descendre derrière les peupliers. Elle glissa un moment au-dessus de son ombre dont elle se rapprochait. Elle la rejoignit dans un éclaboussement de lumière, puis l'hydravion fila sur l'eau en continuant de ronronner. Landry avait empoigné sa femme par le bras pour l'empêcher de courir avec les gens du village qui se précipitaient en direction de la rive.

— C'est pas la peine d'approcher trop. On sait jamais, fit-il.

— Qu'est-ce que tu veux qui nous arrive, y va pas nous voler dessus.

— On sait pas, je te dis. Y a des femmes qui vont pas à terme simplement pour avoir eu peur.

Il ne plaisantait pas. Sa grosse patte velue serrait le bras de Justine qui haussa les épaules, résignée.

Le grand oiseau blanc et rouge décrivit une courbe et vint s'arrêter au bout du long ponton de bois que Landry avait monté avec les Polonais. A présent, la digue faite des déchets de la mine allait plus loin que le ponton. Jordan arrivait en courant et en criant :

— Pas là-dessus, ça va s'écrouler !

Les gamins puis les adultes s'étaient précipités sur la construction dont les longerons ployaient sous le poids. Ils refluèrent.

— Sur la digue, vous verrez encore mieux, cria Jordan.

Des gens y étaient déjà.

— On est aussi bien ici, répéta Landry. Laisse-les se bousculer.

A peine l'appareil était-il immobilisé à deux

brasses de la pointe du ponton que la porte s'ouvrit sous l'aile. Le moteur libéra un dernier jet de fumée bleue au moment où le grand Mersch descendait sur le flotteur.

— Ça m'étonne pas ! s'exclama Landry à la fois réprobateur et admiratif.

— Envoie une amarre ! criait l'escogriffe.

Jordan avança et lui lança une corde. Tirant doucement, il fit venir l'appareil contre les planches. Mersch bondit. Derrière lui apparut un inconnu en blouson de cuir fauve, en culotte de cheval et en bottes de cuir, qui prit la corde et l'attacha solidement à la béquille du flotteur. Mersch se retourna :

— Viens !

Avant de sauter sur les planches, le pilote demanda :

— Est-ce qu'il y a quelqu'un pour garder ?

Il avait une voix tranchante comme son visage osseux barré d'une lame de moustache noire. Ses cheveux gominés partagés par une raie au beau milieu du crâne étaient noirs aussi, comme les yeux très vifs.

— Y aura quelqu'un, fit Jordan qui appela un des gardes venus en curieux.

Mersch expliqua :

— C'est Gilles Grandmaison. Il est pilote.

Jordan se mit à rire.

— Je me doute que c'est pas toi qui conduis.

— Imbécile, fit l'échalas. Je te dis qu'il est pilote, et l'avion est à lui. Y fait l'avion-taxi. C'est un as, tu sais. Il a fait la guerre. Sept Boches, il a descendus.

Jordan s'était mis à marcher. S'arrêtant soudain, il demanda :

— T'as gagné au black jack, pour te payer des taxis de ce genre ?

Ce fut le pilote qui répondit :

238

— J'avais des géologues américains à poser au lac Malartic, c'est moi qui ai proposé à Edouard de le laisser ici en rentrant.

Ils avaient atteint la terre ferme. Timidement, les enfants puis les adultes s'avançaient, formant demi-cercle autour d'eux. Le pilote en fit le tour de son œil sévère, puis, revenant à Jordan :

— Je voulais te connaître, Max. On parle pas mal de toi à Montréal. J'aime bien les phénomènes.

Sans répondre, Jordan se dirigea vers sa maison. Les curieux retournèrent sur la jetée pour examiner à l'aise l'hydravion silencieux. Même ceux qui avaient combattu en Europe n'avaient jamais vu ça. Une longue caisse luisante, avec des vitres comme une maison. De larges ailes et des flotteurs pareils à de petits canots bien clos.

Une fois chez Jordan, le pilote tira de sa poche une petite bouteille plate enfermée jusqu'au goulot dans une élégante armure d'argent ciselé.

— J'ai ce qu'il faut, fit Jordan.

— J'en doute pas. Mais je veux te faire goûter ça.

Ils burent et parlèrent des alcools. Jordan dévisageait Grandmaison dont la joue gauche portait une longue cicatrice violette allant de la mâchoire inférieure à la naissance des cheveux. L'homme précisa :

— Eclat d'obus. Une bricole.

Mersch expliqua ce qu'il avait vu depuis l'avion.

— Trois heures pour venir au lieu de trois jours, tu te rends compte !

Ils parlèrent longtemps. Ce que l'homme voulait, c'était se trouver le premier à desservir le Nord. Etablir un service. Avoir plusieurs avions. Jordan l'écoutait en silence. Lorsque Grandmaison eut exposé tout son plan, Jordan admit :

— Y a pas de doute, c'est l'avenir.

— Tu veux faire un tour en l'air ? demanda le pilote.

Jordan sourit. Avec un geste vers le soleil déclinant, il dit :

— Pour moi, ça va être l'heure de faire un tour là-dessous. Un jour que ça pourra s'arranger, je ferai un petit voyage avec toi à Montréal.

— Je suis sûr qu'on va s'entendre, fit le pilote en se levant.

Ils l'accompagnèrent jusqu'au bout du débarcadère et le regardèrent décoller dans la lumière, éclaboussant d'or les eaux calmes du lac.

.

TROISIÈME PARTIE

LES FLEURS NOIRES

42

L'or aidait le pays. Tout était là pour que le Royaume du Nord et le reste du continent vivent dans l'abondance et le bonheur. Le ciel lui-même était favorable à la richesse. Les saisons se faisaient à merveille et les années se tiraient l'une l'autre sans secousse, pareilles à de beaux fruits gonflés de suc sortant d'une corne d'abondance. Les terres donnaient. L'agriculture se mécanisait peu à peu et les vastes plaines voyaient monter dans l'été les nuages noirs et blonds des batteuses à vapeur. L'industrie, les mines, les scieries et toute l'exploitation forestière rivalisaient avec les pêcheries et le commerce dcs peaux pour entasser les devises dans les caves des banques.

Le pays vivait comme s'il n'avait compté que des riches. Une fièvre de travail et de gain habitait les villes et les campagnes.

Dans les contrées du Nord où la vie s'alimentait à la fois du sous-sol et de la forêt, ceux qui s'étaient installés les premiers étaient rois. Non seulement ils détenaient les droits d'exploitation des richesses, mais aussi les transports et le commerce. Même les émigrants démunis de tout et qui arrivaient pour louer leurs bras devaient passer par eux.

L'avion marquait la différence entre les moins nantis et les plus riches. Tandis que les uns continuaient de s'aventurer dans la boue et la neige, les autres empruntaient les liaisons établies par les pilotes de brousse qui semblaient avoir pactisé avec les pires tornades.

Les directeurs et les ingénieurs des mines ou des usines, les agents des compagnies, certains prospecteurs, les prostituées les plus débrouillardes, les commerçants qui avaient le mieux réussi se rendaient ainsi d'une place à l'autre, poussant des pointes jusqu'aux grandes cités d'où s'en venaient des hommes à serviette.

Très tôt, le grand Mersch avait entraîné Maxime vers Montréal à bord de l'appareil piloté par Gilles.

Dans la grande cité, Jordan avait tout d'abord éprouvé une sensation d'étouffement. Il lui semblait que tout était devenu étroit et crasseux.

Ayant traversé la place où de Maisonneuve a sa statue, Jordan avait hésité avant de suivre son associé dans la banque. Cet édifice de marbre rose et vert en imposait avec ses lourdes colonnes luisantes, ses murs brillants et ses plafonds où le mauve s'alliait aux dorures. Derrière ses comptoirs lustrés, on devinait des gens penchés sur des dossiers, attentifs à ne pas rompre le silence. Sur le seuil, Maxime s'était retourné pour désigner Notre-Dame.

— La cathédrale, c'est pas là-bas, c'est ici !

Puis il était entré.

Accueilli avec déférence par les directeurs de ce temple où aboutissait le fruit de sa mine, il avait commencé de mesurer sa puissance.

Sans qu'il eût jamais pris le temps d'y penser, son travail, allié à l'adresse de Mersch et au flair du vieux Samuel, avait fait de lui un phénomène. Tous les regards se posaient avec curiosité et envie sur le seul prospecteur de ce pays qui ait su s'accrocher à sa mine. Elle demeurait sa propriété en dépit de toutes les convoitises. Mersch l'appelait parfois Big Boss.

Il avait suffi de travailler avec les mineurs, de savoir les payer convenablement pour toujours garder les meilleurs, et de répondre non à tous les démons tentateurs qui offraient d'acheter des actions.

Mersch aussi avait commencé de s'enrichir. Beaucoup moins que Jordan qui demeurait largement majoritaire, mais tout de même ! Le fil de fer s'était habitué peu à peu à l'aisance. Il avait su y entrer sans trébucher sur le seuil. Cependant, on ne savait par quel tour de passe-passe, ses costumes étaient vieux et râpés dès qu'il les endossait pour la première fois. Il mangeait comme quatre mais donnait l'impression de mourir de faim. Il ne fumait jamais une cigarette, passant sa vie à rallumer sans cesse le même mégot dégoulinant de salive.

Grandmaison était à présent propriétaire de quatre appareils sillonnant le pays. Ceux qui empruntent les mêmes voies pour réussir s'assemblent généralement et s'entendent assez bien. Continuant de voler autant que ses pilotes, Gilles venait souvent au lac Ouanaka. Il avait fait amitié avec Jordan. Tous deux fréquentaient régulièrement la boîte à Bastringue. Celui-ci connaissait la réussite et même une certaine gloire. Sa passion pour le théâtre l'avait poussé à agrandir son établissement. Sur le flanc gauche devenu le fond, il avait monté une estrade où il produisait un spectacle à cuisses et à plumes qui faisait fureur. Trois musiciens, trois danseuses avec une bonne dizaine de prostituées baptisées entraîneuses.

Dans son église neuve, le curé myope continuait de prêcher contre le vice et le jeu, appelant les fidèles à bâtir un pays où le Bon Dieu se trouverait partout chez lui.

Dans chaque nouvelle paroisse, un prêtre à l'âme de pionnier aidait à défricher en croyant au miracle de la terre et à la multiplication des grains dans les printemps futurs.

A mesure que se creusaient certaines mines et que d'autres se fermaient à peine amorcées, sur l'île Jordan s'organisait un monde de travail.

Le village minier vivait en bonne entente. Ceux qui l'habitaient, conscients de la chance qu'ils avaient de bien gagner leur vie même si la besogne était pénible, s'enfermaient parfois sur leur bien-être. Des veillées paisibles s'organisaient. On se rendait visite d'une maison à l'autre.

De tous ceux qui avaient assisté aux débuts de la mine, Landry était peut-être le plus comblé. Non pas tellement à cause des dividendes qu'il encaissait, mais parce que son épouse lui avait donné, dès le dixième mois de leur union, un gros garçon baptisé Maxime, comme son parrain. La marraine était Catherine Robillard. Elle aussi se réjouissait d'avoir fait confiance à Jordan. Ses actions comme le magasin ouvert sur l'île étaient d'un excellent rendement. Il n'empêche que cette femme dure et autoritaire continuait d'entretenir avec Mersch et son associé des rapports tendus.

Grandmaison avait pour les Landry cette admiration qu'ont parfois les élégants pour les rustres. Il disait en parlant du couple :

— Ces deux-là, ça fait une sacrée paire de bœufs. Y a beau avoir le mâle et la femelle, c'est tout de même des bœufs et c'est la première fois qu'on voit des bœufs faire des petits.

Il est vrai que Justine, avec son large visage rieur et ses épaules de déménageur, en imposait. Elle respirait à la fois la bonté et la force avec une espèce de beauté animale à laquelle bien des hommes se montraient sensibles. Elle se souciait peu des regards d'envie qui voletaient autour de sa poitrine. Régnant à la fois sur son ménage et sur la laverie, elle traînait partout une odeur de propreté.

Son garçon avait déjà cinq ans lorsqu'elle mit au monde une fille.

— A présent, décida le trapu, tu quittes la laverie. Je gagne assez et on a de l'avance.

La femme d'un Polonais prit la place de Justine à qui Catherine Robillard demanda tout de même de surveiller.

— En quelque sorte, ironisait Jordan, vous êtes tous les deux des directeurs. Vous finirez par gagner plus que moi !

C'était vrai que les Landry étaient devenus des gens importants. Peut-être parce qu'ils ne quittaient pratiquement jamais l'île alors que Jordan s'envolait parfois pour Montréal ou Toronto, on les tenait un peu pour responsables de bien des choses dans ce domaine clos qu'était devenue la mine.

Leur deuxième enfant s'appelait Etiennette. Elle avait été tenue sur les fonts baptismaux de l'église de Bourg-le-Rouge par Adélaïde et Ambroise Primont, les voisins les plus proches des Landry.

Les femmes au regard attendri et les mineurs embarrassés de leurs grosses mains rêches venaient se pencher sur le berceau de bois où dormait ce bébé blond et joufflu. Ceux qui avaient connu le petit Max à sa naissance disaient :

— Elle a tellement la tête de son frère qu'on croirait bien que c'est un gars.

Justine était heureuse d'avoir une fille.

— Celle-là au moins, son père la fera pas se maquiller au cambouis !

Germain ne disait rien. Il hochait la tête, plissant un peu ses grosses lèvres. Mais à Jordan, il confiait :

— Si mon fils aime les moteurs autant que moi, je me saignerai aux quatre veines pour en faire un savant dans la mécanique.

D'année en année, la routine s'était installée, du même train que se creusaient les puits et les galeries.

Une bonne vie s'accrochait sur cette île où tout était organisé pour durer aussi longtemps que la terre voudrait bien donner de l'or.

Au fil des saisons, sur tout le Royaume du Nord, des mondes se faisaient puis se défaisaient aussi vite que peuvent naître et mourir les oiseaux. Mais au lac Jordan, à Bourg-le-Rouge comme à Saint-Georges-d'Harricana, les racines semblaient s'enfoncer et trouver ce bon terreau qui fait grandir les arbres et leur donne la force de résister aux vents.

43

Arrivé au bout de la galerie principale, Jordan vit Ambroise Primont, son fils Louis et deux autres mineurs assis sur une pile de traverses. Les hommes se levèrent d'un air las et Primont dit avec colère :

— On perd des sous.

L'ingénieur qui accompagnait Jordan lança :

— Je vous ai dit que votre bonus vous sera compté au maximum.

Avec un rire qui sonnait aigre, Jordan ajouta :

— On le retiendra sur la paie de l'ingénieur.

— Je préfère ça à un accident.

La voix de Maclin sentait la colère mal contenue. Comme les hommes leur emboîtaient le pas, il se tourna vers eux. D'un ton tranchant, il ordonna :

— Restez là. Primont seulement avec nous.

Les mineurs haussèrent les épaules et reprirent place sur les traverses, suivant du regard les trois qui s'enfonçaient dans un boyau plus étroit et moins haut dont la gueule d'ombre ouvrait à vingt pas de l'endroit où ils se trouvaient.

Quittant la galerie éclairée par quelques ampoules qui faisaient luire les rails et les flaques d'eau, Jordan et ses deux compagnons allumèrent leurs lampes. Les bottes clapotaient dans la boue, l'eau dégouttait de la voûte et ruisselait sur les parois verdâtres où couraient des reflets.

— Un vrai fleuve, grogna Maclin. Rien que ça, c'est inquiétant.

Ambroise Primont, qui était un petit homme sec de quarante-cinq ans, émit un ricanement.

— On dirait quasiment que c'est votre première mine, m'sieur Maclin.

— Non, mais je connais mon métier.

— Moi aussi.

— Tu n'as jamais miné sous un lac.

— Taisez-vous, fit Jordan. On va voir, c'est tout.

Le silence se fit avec le clapotement des pas et le chant continu des gouttes sur le sol, sur les casques et les vêtements de caoutchouc des hommes.

A mesure que la galerie montait, les boisages de plus en plus bas obligeaient les marcheurs à ralentir et à se courber. Ils atteignirent bientôt la fin des rails pour marcher sur d'épaisses tôles posées à même le sol et qui sonnaient sourdement sous les semelles. Le front de taille était là, avec ses cassures et ses veines blanchâtres, ses reflets, son ruissellement. Le mineur qui avait pris sa barre se mit à cogner en disant :

— On n'a pas fini d'écailler...

L'ingénieur l'interrompit. Levant la tête pour éclairer le plafond, il dit :

— C'est lousse comme j'ai jamais vu.

Ramassant une barre de fer, Jordan se mit à sonder un peu partout, écoutant bien la résonance de chaque coup. Ce n'était pas l'ingénieur qu'il interrogeait du regard, mais le vieux mineur au visage maigre tout ruisselant de sueur.

— Vingt-six ans de mine, Maxime. J'ai jamais vu arrêter un chantier pour ça. La chanson de la roche, je la connais, tu peux me croire, celle-là n'a pas du tout mauvaise voix.

Martelant ses mots, l'ingénieur lança :

— On arrête immédiatement. Je ne veux pas avoir de morts sur la conscience...

Jordan l'interrompit :

— C'est bon. On arrête pour le moment. Je veux revoir les plans.

Se tournant vers le mineur qui hochait la tête avec des grimaces en direction de Maclin, Jordan ordonna :

— Va voir le contremaître, y t'occupera ailleurs avec tes gars jusqu'à la fin de ce shift. Après, on avisera.

Jordan s'engagea le premier dans la galerie. Derrière lui, venait l'ingénieur puis, fermant la marche, le vieux mineur qui ne cessait de maugréer. Il ne s'en prenait pas directement à Maclin, il parlait comme pour lui, comme s'il eût dévidé une phrase sans fin :

— De la roche, j'en ai sorti des tonnes. Et même de la roche pourrie comme du fumier... Quand t'as vingt-six ans en dessous, la roche, t'as plus besoin de la sonder, tu la sens à trente pieds. Quand t'as ton gamin avec toi dans la mine et trois autres à la surface, tu vas pas t'amuser à faire le malin...

On sentait qu'il pouvait aller ainsi des heures durant.

Une fois dans la grande galerie, avant de laisser s'éloigner Maclin et Jordan, il changea de ton pour demander :

— Le matériel, qu'est-ce qu'on fait ?

— Vaudrait mieux...

Jordan interrompit l'ingénieur :

— Laissez tout sur place.

Maclin pivota et fila. Jordan le suivit sans chercher à le rattraper. Ils se retrouvèrent pourtant face à face dans la cage qui les remontait à la surface. Ils se regardèrent un moment en silence, puis, son long visage pointu plein de tristesse, sans colère, Maclin dit :

— Tout de même, ce serait trop con.

Jordan soupira.

— On va voir, fit-il. Mais je suis certain que tu te trompes.

Entre eux, il semblait que quelque chose de nouveau existait. Quelque chose d'encore mal défini mais qui les séparait déjà.

44

Ils entrèrent rapidement et Jordan poussa fort pour claquer la porte au nez de la bourrasque. Une neige fine volait très haut, tourbillonnant entre le hangar abritant les treuils et le bâtiment de bureau tout neuf.

Le couloir sentait encore la peinture. Ils tapèrent leurs bottes sur le sol recouvert d'un linoléum jaune à chevrons bruns. Derrière une cloison, une machine à écrire crépitait. Ils firent quatre pas et entrèrent dans le bureau de Maclin. Une table à dessin était devant la fenêtre donnant sur les grillages de clôture. Par-delà, entre les tourbillons de neige, on devinait les maisons du village minier.

A une autre table, était assis un garçon de vingt-cinq ans, Roger Dureau, un Français diplômé des mines et géologue, recruté depuis dix-huit mois par le grand Mersch. Il se leva et se tourna vers eux. Solide, un beau visage encore poupin, ce fils d'ouvrier s'entendait bien avec les mineurs qui, dans l'ensemble, le préféraient à Maclin beaucoup plus distant.

Jordan et Maclin se dirigèrent tout de suite vers la table à dessin où se trouvait étalée une coupe de la mine. Tout était indiqué en bleu, noir et rouge. Le puits, les monteries de ventilation, les rampes, les galeries de chantier ou d'exploration, les piliers, les travers-bancs et même les chambres-réfectoires de chaque niveau.

Tout de suite, l'ingénieur pointa son crayon sur un trait tout proche d'une courbe marquant le fond du lac.

— On est là, fit-il.

Sa voix vibrait. Son crayon tremblait légèrement. Le jeune Français qui s'était planté à côté de Jordan tendit le bras et pointa un porte-plume deux pouces plus bas en déclarant calmement :

— On est ici. Je viens de refaire tous les calculs.

Il alla prendre sur sa table une feuille de papier entièrement couverte de chiffres. Il la posa devant Jordan qui l'écarta aussitôt :

— Vos chiffres... bon.

Il se plongea un moment dans la contemplation du dessin.

— Moi, finit-il par dire, je vois deux choses : on est dans une veine qui s'enrichit à mesure qu'elle monte. Les plus vieux mineurs sont certains de leur affaire. Ils auraient le moindre doute, je me poserais des questions. Mais là...

— Tu déconnes, Jordan. Tu vois que la forte teneur. Ça t'éblouit...

Jordan pivote sur ses talons et fait face à Maclin qui a un léger mouvement de recul. Ils s'empoignent à pleins regards, se tiennent un moment puis, posément, l'ingénieur reprend :

— Ecoute-moi, Jordan. On va pas se bouffer le nez. Je comprends que tu veuilles continuer. Je sais que cette veine peut devenir très bonne. Voilà ce que je propose : on arrête les chantiers qui sont à proximité, on termine cette monterie de secours et on laisse juste deux volontaires pour continuer cette veine. Je resterai avec eux.

252

Il n'avait pas hésité à prononcer ces derniers mots.

Sa pomme d'Adam très saillante fit un curieux va-et-vient, comme pour laisser passer un caillou.

Le Français se mit à rire.

— Y a rien à stopper, dit-il. Moi, je suis prêt à rester au fond même si on fait du dynamitage secondaire.

— Ça, il n'en est pas question !

Maclin avait haussé le ton.

Jordan se tourna de nouveau vers la table à dessin, mais c'était dehors qu'il regardait. Sans doute très loin. Par-delà cette poudrerie qui noyait à présent le lac gelé, les peupliers et les maisons des mineurs dont les fenêtres commençaient à s'éclairer.

S'étant calmé, Maclin reprit :

— La mine est en rendement depuis plus de trois ans, Jordan. T'as des réserves énormes. Tous les sondages le prouvent. Noyée, ta mine serait foutue... Tu vas pas risquer de tout perdre... Risquer la vie des hommes...

— Fous-moi la paix. Je suis chez moi. Je fais ce que je veux. Avec moi, les hommes descendront.

— T'en trouveras pas dix...

Comme s'il ne l'eût pas entendu, sans élever le ton, Jordan poursuivit :

— Je donnerai une surprime. Toi, tu resteras le cul sur ta chaise.

Le visage tendu de l'ingénieur avait pâli, en un éclair il devint écarlate. Sa voix monta se percher vers des aigus voisins de la rupture. Tremblant des mains et du visage, il hurla :

— Je ne resterai pas une minute de plus sur un navire qu'un homme complètement maboul mène tout droit sur les récifs. Si tu ne décides pas immédiatement de faire bétonner cette galerie, je fous le camp. Y a bien des gars qui vont se tirer avec moi. Je vais les avertir !

— Pas besoin de toi, Maclin ! C'est moi qui vais leur parler. Ceux qui voudront pas descendre peuvent partir. C'est pas la main-d'œuvre qui manque.

L'ingénieur était hors de lui. Prêt à bondir sur Jordan. Bégayant, il lança :

— Pour trois piastres, tu ferais crever des mineurs... Des gars qui t'admirent... T'es plus le même homme...

Se contenant encore, Jordan avança lentement.

— Fous le camp. Passe à la caisse... Je suis pas un salaud, Nicolas. Quand t'auras réfléchi, tu reviendras si tu veux. On oubliera ça.

Maclin fit demi-tour, fila jusqu'à la porte, puis, se retournant, il lança au géologue :

— Tu peux être fier de tes calculs. (Il eut un ricanement.) Si je me suis trompé, tu prendras ma place...

Jordan ébaucha un mouvement en avant et l'ingénieur referma la porte. Son pas s'éloigna sur le lino du couloir. Ni Jordan ni Dureau ne s'étaient aperçus que la machine à écrire avait cessé de taper dans le bureau voisin. Son crépitement reprit. Jordan soupira :

— Dommage, c'est pas un mauvais cheval !

45

Jordan profita de l'heure qui précédait le repas du soir pour parler aux hommes. Ceux de l'équipe de jour, prévenus de la réunion alors qu'ils sortaient de la douche, avaient attendu l'arrivée des autres. Ceux qui habitaient le village et mangeaient chez eux avaient été avisés par les gardes, les autres venaient pour le repas. Ils étaient tous là, dans la salle du restaurant, depuis le cadet des apprentis jusqu'au plus vieux des chefs d'équipe. Ils se tenaient assis ou debout, adossés aux murs, à cheval sur les bancs ou une fesse sur un rebord de table.

Tournant le dos aux guichets d'où les observaient les cuisiniers, Maxime Jordan, Germain Landry, Ambroise Primont et le jeune ingénieur demeuraient immobiles. Déjà l'air enfumé de la salle était épais comme un brouillard de septembre. Les portes refermées, le boss fit des yeux une rapide inspection. Il regardait tous ces visages pour la plupart marqués par le travail. Même les plus jeunes avaient quelque chose de grave qu'on ne trouve pas souvent chez les adolescents.

Portant deux doigts à ses lèvres, Jordan siffla un grand coup.

Le silence se fit, avec des raclements de semelles et des toux étouffées.

— Je pense que tout le monde est là.

Plusieurs voix répondirent oui.

Jordan se donna le temps de préparer ses mots, il frotta l'une contre l'autre ses larges mains dures, puis, d'une voix ferme, il commença :

— Voilà : tout à l'heure, un avion de la compagnie Grandmaison a décollé. Il emmenait Maclin.

Il marqua un temps. Il semblait que tout le monde fût déjà au courant. Du fond, une voix forte lança :

— Te fatigue pas. Dis tout de suite où tu veux en venir.

Jordan avait reconnu Hubert Joly, un de ses plus anciens si l'on exceptait les premiers Polonais.

— Je tiens à expliquer, fit-il.

Il raconta ce qui s'était passé. Il parla des calculs de Dureau en opposition avec ceux de Maclin, puis il ajouta :

— Si j'arrête la production, les actionnaires vont se figurer qu'on est au bout du rouleau. On va se trouver dans la merde en moins de deux. Seulement, je veux obliger personne à prendre des risques. Ambroise Primont et son équipe sont d'accord pour continuer. Landry descendra avec eux. Ils feront le jour. Bien entendu, y aura pas de dynamitage secondaire. Dureau remplacera Maclin. Y sera souvent en dessous. Moi, je ferai le shift de nuit avec une autre équipe...

Plusieurs mains se levèrent et des voix crièrent :

— Moi ! Moi !

Fendant la foule, Wladek Boreski s'avança.

— C'est mon équipe !

Il ajouta quelque chose en polonais. L'interprète le rejoignit et traduisit :

— Il dit que c'était son équipe qui était là. Il a la priorité.

Tout le monde s'inclina. Fièrement, le vieux Wladki se planta à côté de Primont.

— Très bien, fit Jordan. On aura donc comme chefs d'équipe deux vieilles taupes qui voient plus clair sous terre qu'en surface.

Il y eut des rires. Une voix lança :

— En haut, y boivent trop !

Jordan répliqua :

— Je peux vous dire qu'on a rien bu, avec Ambroise, quand on a sondé le plafond. Y a pas de taverne dans ce quartier-là.

— Faut demander à Bastringue d'en ouvrir une !

Ils étaient partis à plaisanter et Jordan ne s'en plaignait pas. Il les laissa bavarder un moment entre eux, puis, ayant rétabli le silence, il ajouta :

— Vous savez que je suis pas homme à vous faire descendre si je crois au risque.

Comme il hésitait, un mineur du premier rang lança :

— Le risque, y en a toujours. On le sait, sinon, y aurait pas de bonus !

— Ceux qui ne veulent pas descendre peuvent arrêter. Ils reprendront quand ils voudront. Aux autres, on augmentera le bonus jusqu'à ce que la veine en question s'arrête de monter.

Quelques applaudissements claquèrent. Certains dirent qu'ils souhaitaient qu'elle monte jusqu'à la rive du lac.

Il y eut un moment de confusion durant lequel le jeune ingénieur lança des chiffres et des considérations techniques avec des termes savants bien faits pour rassurer. Des mineurs commençaient à dire que Maclin s'était toujours montré timoré. Il leur avait souvent fait perdre leur temps par ses hésitations, ses calculs dix fois refaits et dix fois vérifiés.

Tant qu'il était resté là, personne ne semblait

jamais avoir eu à se plaindre de lui. A présent, cet homme calme, travailleur et humain, n'avait plus que des défauts. Un peu irrité, Jordan sortit. Il gagna les bureaux en compagnie de Roger Dureau et se fit remettre les derniers rapports d'analyses.

— On a fait des sondages de surface plus loin vers l'est, expliqua le géologue. Comme vous aviez demandé, en tirant le gros drille à diamant sur la glace.

— J'ai vu. Alors ?

— Ça a bien marché. Les carottes avaient une bonne gueule.

Jordan examina encore des chiffres de production, puis ordonna :

— Va te coucher, mon petit.

Le garçon sortit. Tranquillement, Jordan se rendit dans son propre bureau où il ôta ses vêtements pour endosser un bleu de travail. Puis, enfilant une veste de cuir, il quitta le bâtiment à présent désert. Il laissa allumée la seule lampe de l'entrée, ferma à double tour et glissa la clé dans la poche de son bleu. Il prit ensuite la direction de la cantine où, déjà, les équipes de nuit attendaient devant les guichets. Jordan prit place à son tour, dans la file étirée sur toute la longueur de la cantine. Un jeune mineur qui se trouvait devant lui se retourna, hésita un moment avant de dire :

— C'est chouette, m'sieur Jordan, de descendre avec nous.

— C'est pas moi qui vais avec vous, fit-il, c'est vous autres qui descendez avec moi.

Un mineur d'une quarantaine d'années qui venait d'arriver derrière Jordan lança au jeune :

— Quand t'auras descendu autant que lui, tu t'étonneras plus de rien.

— Salut, Victor. Où es-tu, en ce moment ?

L'homme expliqua :

— On sera voisins, je suis juste en dessous de toi. Si le courant t'emporte, je te verrai arriver par la monterie de ventilation.

Un autre mineur, derrière Victor, salua aussi Jordan et demanda :

— Sais-tu à quoi ça m'a fait penser, quand tu nous causais tout à l'heure ?

— Non.

— A la guerre, quand un officier nous disait qu'on allait attaquer.

— Y a moins de risques.

— Du côté de Vimy, on bouffait moins bien et le bonus, c'était une croix de bois si on retrouvait ton corps.

D'autres anciens combattants se mirent à évoquer le front. Jordan les écoutait sans prêter vraiment attention à leurs récits. Il avait devant les yeux le schéma de la mine avec, plus nette que le reste, la pointe de cette veine montant vers le fond du lac. Un instant s'imposa à lui la vision des eaux s'engouffrant avec la vase gluante dans les galeries. Il s'ébroua. Stupide ! On ne crève pas comme ça un toit de mine. En admettant qu'une drille vienne à le percer, ça giclerait gros comme le bras. Des eaux souterraines, on en rencontrait souvent. Les pompes étaient là pour en venir à bout.

Jordan prit la boîte à lunch et la gourde de thé que lui tendait un cuisinier, puis, avec les autres, il se dirigea vers le bâtiment où grondait le moteur du treuil. De grosses lampes électriques éclairaient la cour où tourbillonnaient quelques flocons étincelants. A cause des bâtiments, le vent venait de partout à la fois. Derrière le treuil, ronflaient les générateurs actionnant la ventilation, fournissant l'air comprimé aux marteaux-piqueurs, l'énergie des drilles et la lumière. Tout était comme d'habitude, fait pour donner confiance.

Devant ces éléments parfaitement ordonnés, Jordan revit un instant Maclin en train de tout organiser, puis il l'imagina dans les rues de Montréal où il devait être arrivé, où il devait se trouver seul, en un monde qu'il n'aimait pas plus que lui.

46

Jordan détacha la cordelette fixée au piton marqué à son nom. Sa combinaison de toile imperméable descendit du plafond. Il l'enfila, la ferma puis chaussa ses grosses bottes. Ayant testé les batteries, il fixa sa lampe à son casque.

Un peu plus loin, le vieux Wladki s'habillait en bavardant avec d'autres Polonais. Un mineur d'une quarantaine d'années s'avança, suivi de son frère beaucoup plus jeune.

— Salut, Jordan.

— Salut, Joannes.

— Ça me rappelle les débuts, quand on a coulé le collet en béton pour le puits. Cent douze heures à trois équipes de quatre. Se relayer sans débander pour que ça fasse pas de fissure dans le ciment.

— J'avais les pattes en sang, fit Jordan.

— Tout le monde... Pourtant, personne a lâché.

Avec un mouvement de tête en direction de son frère, il lança :

— Quand je lui raconte, y rigole.

— Sûr que je me marre, fit le cadet. On dirait que t'as bâti une cathédrale !

Ils se dirigèrent vers la sortie du vestiaire.

— Les jeunes, fit encore Joannes, ça respecte rien.

Ils se retrouvèrent tous dans la benne de descente

où une vingtaine d'hommes tenaient à l'aise. Jordan, ses Polonais et deux autres équipes sortirent au premier niveau avec quatre manœuvres et deux charpentiers. Au moment où la cage reprenait sa descente, une voix leur cria :

— Nous pissez pas dessus !

Jordan chercha le regard de Joannes :

— Tout de même, ils ont tous dans l'idée que ça pourrait lâcher.

Le mineur haussa les épaules.

— L'essentiel, c'est qu'ils descendent.

Les hommes entrèrent dans une petite cabane en tôle où se trouvaient deux bancs et une table. Ils posèrent là leurs boîtes à lunch.

— On se retrouve pour bouffer ? demanda Joannes.

Jordan interrogea Wladki en faisant le geste de porter quelque chose à sa bouche :

— Minuit, ça ira ?

— C'est bon, fit le vieil homme.

Ils marchèrent dans la galerie où stagnait encore un relent aillé de dynamite. La température était normale, mais la forte teneur en humidité fit que les visages des hommes se couvrirent très rapidement de transpiration. Le terrain montait légèrement. La voûte était haute et large, soutenue assez souvent par de solides boisages. Les rails et les tuyaux couraient sur le sol trempé où les ampoules électriques plaquaient de longs reflets.

De petites galeries s'ouvraient à droite et à gauche où s'enfonçaient un mineur et son aide. La dernière équipe à disparaître fut celle formée par Joannes et son jeune frère.

Jordan continua seul avec ses deux Polonais. A l'entrée de leur chantier, ils préparèrent leur matériel. Des pointes de drille, les pics et les barres. L'assistant de Wladki s'occupait des tuyaux. Il avait encore moins que lui appris le français. Son visage anguleux était sans expression. Comme Jordan le regardait travailler, Wladki essaya d'expliquer :

— Bon helper. Jamais autre chose. Lui veut rester helper... Toujours avec moi... Pas beaucoup là (il montra la tête), beaucoup là (il montra ses biceps).

Ils allumèrent leurs lampes avant de s'engager dans la galerie d'abattage. Ici, le ronflement des ventilateurs était à peine perceptible. L'air plus épais. L'humidité plus dense encore. Arrivés devant le front de taille, ils s'arrêtèrent et promenèrent un peu partout les faisceaux lumineux, insistant sur le plafond.

— Toujours pareil, fit Wladki en riant.

Montrant le tas de roche brisée sur les plaques de feuillard, il observa :

— Pas beaucoup de minerai. Trois trous. Trois.

Il montrait trois doigts de sa main droite, rappelant ainsi que l'ingénieur les avait arrêtés la veille alors qu'ils n'avaient foré que trois trous de dynamitage.

— T'auras ton bonus tout de même, fit Jordan.

Déjà le second s'était mis à arroser la caillasse pour abattre l'odeur de dynamite qui prenait à la gorge et entêtait très vite. Lorsqu'il eut terminé, ils avancèrent une berline. Comme ils n'avaient pas la place de se mettre trois pour pelleter, Jordan décida d'aller inspecter les autres chantiers du niveau. Partout, les hommes menaient leur besogne comme de coutume, déblayant ce qui avait été dynamité par les mineurs de jour, poussant les wagonnets, avançant les tôles de pelletage, transportant des traverses et des longueurs de rail, raccordant des tuyaux, préparant les drilles à diamant et les pics.

Et partout les mineurs lui souriaient.

Un garçon récemment embauché lui dit :

— On m'avait promis qu'il y avait du poisson dans cette mine, pas encore vu la queue d'un !

A minuit, tous ceux du niveau se retrouvèrent dans la baraque de tôle dont le toit sonnait sous les gouttes. Ils mangèrent. Les Polonais croquaient leurs gousses d'ail et l'air empestait comme après le dynamitage. Ils burent leur thé, ils fumèrent leurs cigarettes mal roulées ou leur pipe à l'odeur âcre. Nul ne souffla mot du risque. Ce fut un moment que Jordan aima. Il calcula qu'il y avait plus de trois années qu'il n'avait pas pris ainsi un repas au fond. Trois années qu'il avait cessé de venir là en mineur pour ne plus descendre qu'en patron. Un coude sur la table, son mégot fumant entre ses doigts boueux, il éprouva un instant la sensation floue d'entrer dans l'infini, et qu'ils allaient tous demeurer ainsi pour des éternités de bonheur tranquille.

47

Le dynamitage du matin avait toujours lieu vers quatre heures et demie. Il ébranlait l'île au moment où la plupart des mineurs de nuit rentraient chez eux. Les autres dormaient. Ces grondements sourds ne les réveillaient plus depuis longtemps. Certains les sentaient dans leur sommeil, confusément.

Travaillant habituellement, et depuis des mois, à la surface, Germain Landry suivait d'autres horaires, souvent à cheval sur ceux de jour et de nuit. Appelé à organiser des transports, capable de rester quinze heures d'affilée penché sur un moteur en panne avec les mécaniciens d'entretien, à vrai dire, il n'avait pas d'horaire.

Ce matin-là, il fut tiré de son sommeil par Justine qui se leva bien avant l'heure.

— Qu'est-ce qu'il y a ? demanda Germain.

Aussitôt, le bébé se mit à pleurer.

— Le blast.

— Et alors ?

— Je veux pas que tu descendes, Germain. C'est pas ton travail. T'as plus à être en d'ssous !

Il se leva à son tour dans l'obscurité et craqua une allumette contre le fer du lit. Justine lui passa la lampe, gardant le verre dans sa main qui tremblait.

Lorsqu'il eut réglé la flamme, il remit le verre en place en grognant :

— Sacré Jordan, y dit toujours qu'y va faire venir un autre générateur pour qu'on ait l'électricité dans le village. Avec lui, c'est tout pour la mine.

Justine avait pris sa fille qui, trouvant tout de suite son gros sein blanc sous sa chemise à dentelle, s'était mise à téter.

— Qu'est-ce qu'y t'a pris ? fit Landry. On a tout le temps. Je descends à huit heures.

Il posa la lampe sur la table de chevet pour enfiler son pantalon. D'une voix qu'elle contenait pour ne pas troubler le nourrisson et réveiller son aîné, Justine répéta :

— C'est pas ta place en dessous !

— Mais qu'est-ce que t'as ? On dirait que je suis jamais allé au fond.

La petite, dont ce n'était pas l'heure, s'était déjà rendormie, lâchant le tétin au bout duquel perlait une goutte blanchâtre. Justine recoucha l'enfant dans son berceau, au pied de leur lit, la couvrit soigneusement, puis, passant une grosse veste de laine noire sur sa chemise de nuit, elle recouvrit les épaules du garçon qui dormait dans un lit bâti par son père, contre la cloison. Elle suivit son homme à la cuisine. La porte refermée, elle insista :

— Germain, je veux pas que tu descendes. J'ai mes raisons.

— Tais-toi donc.

Il était occupé à tisonner le feu. Plantée derrière lui, Justine se tenait immobile, ses deux mains rondes croisant sur sa poitrine les côtés de sa veste. Elle attendit qu'il se retourne. Lâchant le vêtement qui s'entrouvrit, elle empoigna son homme par les bras et serra fort. Sa voix se fit implorante :

— Faut pas te moquer, Germain. J'ai eu un mauvais rêve.

— Qu'est-ce que t'as rêvé ?

— Je sais pas... Peux pas raconter... Un mauvais présage. Avec une bête noire qui traversait la route devant toi...

Sa voix se brisa. Secouée par les pleurs, elle se jeta contre la poitrine du trapu qui la serra fort en grognant :

— Toi, tu peux dire que t'es vraiment maboule.

— Affreux... Moi toute seule avec mes petits.

Il la secoua un peu.

— Ben alors, si toutes les femmes de mineurs étaient comme toi, y aurait bientôt plus de mine !

Elle sanglotait toujours. L'énorme patte velue de Germain caressait ses cheveux bruns défaits.

Justine murmura encore :

— Je veux pas que tu descendes. Je veux pas.

Mais déjà elle s'était résignée. S'écartant de lui doucement, elle releva un pan de sa chemise pour s'essuyer les yeux. Puis, secouée de frissons, elle alla emplir le moulin à café, revint s'asseoir pour le prendre entre ses cuisses et tourner la manivelle. Le trapu, qui venait de mettre une bûche dans le feu et de régler le tirage, s'approcha.

— Donne ça.

Tenant le moulin de bois d'une main, sans même s'asseoir, il tourna. Le crépitement emplit un moment la pièce. Lorsqu'il s'arrêta, le chant de l'eau dans la bouilloire prit sa place.

Sortant le petit tiroir pour verser la poudre odorante dans le filtre de terre brune, Justine demanda d'une voix qui ne semblait pas lui appartenir :

— Avec qui tu seras ?

— Je te l'ai dit : Ambroise Primont et son gamin. Tu penses pas que l'Ambroise ferait marcher son Loulet si y sentait du risque.

Justine avait commencé de mettre sur la table deux grands bols blancs, deux couteaux, le lait, du sucre et un pot de marmelade.

— T'as bien fait de me réveiller. Ça me laissera le temps d'aller voir un peu la surface avant de descendre. Si je dis pas bonjour aux moteurs, y me manque quelque chose.

Ils mangèrent sans parler, Justine du bout des dents, le trapu toujours avec son surprenant appétit. Puis, bien avant que le jour ne se lève, elle le regarda s'en aller sur la neige gelée où la clarté tombant des fenêtres étirait des reflets de métal. Dans d'autres maisons, des hommes se levaient qui allaient eux aussi s'apprêter à descendre.

48

La peur habite chaque recoin de la mine. Le fond et la surface. Elle guette à l'entrée des puits, au détour des galeries. Même si elle ne se montre pas vraiment, même si ceux qu'elle attend lui tournent le dos et refusent de la voir, elle sait se glisser derrière eux et les suivre à la trace. Eternelle compagne des mineurs, elle habite leur vie et ne les quitte guère.

Les femmes vont leur train de ménage, de lessive, de labeur comme si elles étaient seules. Elles ne le sont jamais. Dès que leur homme les quitte, dès que s'éteint son pas au bout de l'allée, l'angoisse tapie au fond des cœurs se réveille. La peur s'installe. Elle prend le quart. Elle va suivre comme un chien fidèle la ménagère depuis l'heure du départ des hommes jusqu'à l'instant où la terre tremblera, secouée par le souffle puissant des explosifs trouant de leur feu la solitude des galeries.

Le blast est rassurant.

Même si elles n'osent l'avouer, les femmes le pensent. Dès lors que la dynamite a parlé, c'est que tout le monde est remonté.

Ainsi se rythme cette existence des mineurs ; ainsi se rythme la vie de la peur.

Les seuls moments où elle se terre sont ceux du

silence entre l'explosion du soir et la descente des hommes de nuit, entre l'explosion du matin et la descente des hommes de jour. Durant ces quelques heures, l'animal s'assoupit. Toujours présent, il ferme à demi les yeux, attendant l'instant de reprendre sa tâche.

Les grosses paies, le bonus qu'on ne veut plus lâcher dès qu'on y a goûté, sont plus forts que les transes. Les hommes savent rassurer leurs femmes en répétant sans cesse qu'on ne court pas davantage de risque à travailler sous terre qu'à abattre des arbres, conduire des camions ou des attelages sur les routes, naviguer ou pêcher en mer.

Aux plus jeunes dont l'appréhension se lit parfois dans les regards, les anciens tiennent le même langage. Ils évoquent ce sixième sens qui vient après des mois passés au fond et donne la prescience du danger.

Si après tout cela subsiste l'anxiété, le fatalisme finira par en venir à bout : que tu sois dessus ou dessous, si ton heure a sonné... !

Tous n'ont pas choisi ce métier, mais ceux qui ne cèdent pas dès les débuts à la terreur qu'engendre parfois la nuit en viennent très vite à mener avec passion leur combat contre la roche. Chacun est fier de sa spécialité. Creuseurs de puits, foreurs de monteries, boiseurs, boutefeux, tous s'attachent à cette besogne harassante. Tous finiront peut-être par nourrir quelque affection pour la vieille peur qui s'est liée à leurs pas, pour cette inlassable bête rampante, pour ce félin silencieux et sournois qui les suivra jusqu'à l'heure de la retraite. Si la mort ne les a pas rejoints avant.

La même bête suivra le fils. Car le fils a décidé de continuer le métier du père.

49

Remonté à quatre heures du matin, Jordan dormit peu. Dès sept heures il passait au bureau. En compagnie du jeune ingénieur, il descendit rendre visite aux hommes de jour.

L'œil réjoui, Landry, qui travaillait autant que Primont, lui lança :

— Ta putain de veine, elle replonge déjà.

Le vieux mineur ajouta :

— Ça aura fait bien du bruit pour rien. Germain peut remonter.

Jordan examina la roche que les hommes avaient déjà écaillée. Il la tâta à coups de barre.

— Pour l'heure, on continue tout doux. Pas de blastage secondaire.

— Ça m'étonnerait qu'on en ait besoin, fit Ambroise, c'est toujours pas du bien dur.

Se tournant vers Landry, il ajouta :

— Puis le costaud, avec une masse, y vaut des kilos de poudre !

Jordan remonta, tandis que le jeune ingénieur descendait vers les niveaux inférieurs. Après avoir bu du thé à la cantine et mangé quelques crêpes au sirop d'érable, il alla au bureau demander à la secrétaire de le faire appeler à midi s'il n'était pas réveillé.

Comme il entrait chez lui, Justine sortit sur le pas de sa porte et cria :

— Viens voir !

Sa voix trahissait une grande émotion.

Jordan hâta le pas.

— Qu'est-ce qu'il y a ? La petite est malade ?

Elle parut étonnée.

— Pourquoi ?

— Je sais pas. T'as l'air toute retournée.

— Y a de quoi.

Jordan entra. Aussitôt, le garçonnet se précipita contre lui en criant :

— Grimpe-moi !

Jordan l'empoigna et le fit basculer sur son épaule comme un paquet. L'enfant riait.

Justine avait tiré le berceau dans la cuisine. Couché et emmailloté jusque sous les bras, le bébé souriait en bavant.

Jordan s'en approcha. Il lui fit les marionnettes de sa main libre et parla comme les hommes qui ne savent quelle attitude adopter avec les tout-petits.

— Eux, fit Justine, y se doutent de rien.

Elle se tenait devant un modeste bahut de bois blanc à deux portes, dont le haut était occupé par un tiroir ouvert à moitié. S'effaçant un peu, elle dit :

— Regarde.

Son index boudiné et rougi par une lessive interrompue pointait en direction d'une grosse montre avec sa chaîne posée dans un coin du tiroir.

Machinalement, Jordan tira sa propre montre, vérifia l'heure.

— Ben quoi, elle marche.

— Seigneur ! Tu comprends donc rien ? Si Germain a laissé sa montre, c'est qu'il craint de pas remonter. Ça lui arrive jamais. Même quand il était en d'ssous, il la prenait toujours.

— Ton Germain, je viens de le voir. Rassure-toi, y sera là à quatre heures.

Il expliqua ce qu'il venait de constater. Justine soupira en repoussant le tiroir :

— Tout de même, y avait bien du risque !

— Je sais pas si y avait du risque, mais ce que je peux te dire, c'est qu'il y avait à déblayer. Ton costaud, tu peux lui préparer du solide pour se caler l'estomac !

Jordan alla dormir jusqu'à midi. Comme il regagnait la mine, il entendit arriver un avion qu'il vit descendre derrière le rideau de peupliers dénudés. Il faisait très froid mais le vent s'était calmé. Le ciel violent voiturait du gris, du blanc et du bleu. Il mêlait déjà des éclats de printemps à un hiver accroché de toutes ses serres.

Jordan venait de rejoindre le jeune ingénieur au bureau, lorsque Gilles Grandmaison entra. Il portait son blouson d'hiver à col de mouton noir et une toque de fourrure très élégante. Dès l'abord, il lança :

— Alors, paraît que tu joues les chefs d'escadrille ?

— Qu'est-ce que tu déconnes ?

Il s'approcha et serra les mains. Plus grave, il dit :

— J'ai pris la place d'un de mes pilotes. Celui qui a emmené Maclin m'a inquiété.

Jordan expliqua rapidement ce qui s'était passé. L'aviateur parut soulagé.

— Ce tordu d'ingénieur est en train de raconter que tu vas tout droit à la catastrophe. J'espère que t'auras pas la presse sur le dos.

— Laisse-les se déranger. Ça fera travailler l'aviation.

Ils laissèrent Roger Dureau et s'en allèrent à la cantine où des hommes du moulin, des mécaniciens, des électriciens et des gens du bureau prenaient leur repas. Ils mangèrent aussi. Jordan écoutait son ami mais prêtait l'oreille aux propos qui s'échangeaient d'une table à l'autre. Une secrétaire racontait son dimanche, des ouvriers parlaient d'un trappeur que la police avait arrêté après une bagarre dans une taverne. Pas un mot de la mine. Pas trace d'inquiétude.

— Je reste là ce soir, dit Grandmaison. On va chez Bastringue.

— Pas possible. Je redescends pour la nuit.

— Mais puisqu'y a plus de risque ?

— Je fais encore deux nuits. Si cette veine continue à plonger, c'est bon.

L'aviateur n'insista pas. Ce n'était pas la première fois qu'il passait la nuit chez Bastringue. Si on avait besoin de lui, on savait où le trouver.

A quatre heures de l'après-midi, lorsque les équipes de jour remontèrent, Jordan se rendit au vestiaire. Les hommes se dévêtaient pour la douche, d'autres en sortaient déjà.

Le trapu le renseigna d'un mot :

— C'est tout bon.

— Tant mieux, lança Jordan. Mais demain, espèce de rigolo, n'oublie pas ta montre. Le tic-tac donne du trouble à Justine. Ça va lui faire tourner son lait !

50

Après une deuxième nuit dans la mine, lorsque Jordan rentra chez lui, la lampe était allumée dans la chambre où il logeait ses visiteurs. Grandmaison, déchaussé mais encore en culotte de cheval, chemise blanche à col et poignets amidonnés, était allongé sur le lit, fumant un énorme cigare. Des journaux à côté de lui. Sur la table de chevet, une bouteille de vrai scotch et un verre. Le feu ronflait. Il régnait une bonne chaleur.

— Qu'est-ce qu'il t'arrive ?

L'aviateur se souleva, s'adossa à la tête du lit où il avait empilé des coussins.

— Un scandale ! On pourra bientôt plus aller chez Bastringue. C'est bourré de types infects, à moitié fauchés. Ça s'engueule sans arrêt. Je suis revenu vers minuit.

Jordan s'était assis pour retirer ses bottes. Son ami laissa filer entre ses lèvres minces un trait de fumée qui monta droit pour se vriller avant d'atteindre les planches du plafond.

— Ecoute, fit-il. J'ai réfléchi. Tu commences à avoir du fric, moi aussi. On va ouvrir une vraie boîte. Quelque chose où on sélectionnera la clientèle.

Jordan eut un ricanement :

— Y aura toi et moi!

— Ridicule! J'ai connu des boîtes, à Paris, pendant la guerre...

Jordan l'interrompit :

— Excuse-moi, Gilles, je voudrais roupiller quelques heures.

S'allongeant de nouveau, le pilote demanda :

— A propos, ta galerie ?

— Ça va. Si elle continue à s'enfoncer, plus de problème.

Grandmaison écrasa son cigare dans une soucoupe où se trouvaient bon nombre de mégots imprégnés de salive, témoins d'une visite récente de Mersch, puis il commença de se dévêtir. Avant de refermer la porte, Jordan demanda :

— A quelle heure tu décolles ?

— Midi. J'ai quatre prospecteurs pour Ottawa et deux putes pour Montréal.

Jordan gagna sa chambre. Il était plus de cinq heures.

Entre les maisons du village et tout autour des bâtiments de la mine, un vent d'ouest assez violent menait sa vie. Les moteurs des treuils étaient arrêtés. Deux mécaniciens les graissaient. Un électricien veillait sur la ventilation qui continuait de ronronner entre les tranches de travail pour évacuer les gaz d'explosion.

C'était l'heure où, habituellement, presque tout le village dormait. Cette nuit, depuis longtemps, Justine se tenait immobile, collée au corps épais de son homme dont elle enserrait la poitrine de son bras nu. Germain respirait fort, comme une grosse machine au mouvement parfait. Sa femme luttait contre le sommeil par crainte que son mauvais rêve ne la reprît. Elle préférait le repousser sans cesse. Le lorgner de loin sans jamais le laisser avancer. Elle se demandait si les femmes dont les époux descendaient tous les jours portaient la même inquiétude. La veille, elle en avait rencontré plusieurs sans rien oser leur demander. Leur homme se trouvait sous terre en même temps que le sien, elles ne semblaient pas se faire plus de souci que d'habitude. La grosse Charlotte Pinguet dont le mari avait dix ans de mine en Ontario ; Louise Boucher aimable comme toujours ; Marie Simard sans cesse à se demander si son Léandre aimerait ce qu'elle lui préparait à manger.

Justine serrait le corps musculeux de Germain contre sa poitrine, se répétant qu'elle ne serait jamais une vraie femme de mineur. Son homme allait descendre aujourd'hui encore, après, ce serait fini. Il reprendrait à la surface son travail qui le passionnait. Elle le voyait, le soir, penché sur des dessins compliqués de moteurs. Il se tenait la tête à deux mains. Il fronçait les sourcils. Il peinait à comprendre, mais il aimait ça.

Bien avant huit heures, le trapu s'en alla s'assurer que tout allait bien du côté des pompes et des ventilateurs avant de descendre en compagnie des deux Primont. Loulet, qui avait à peine seize ans et que l'on appelait parfois Maringouin en raison de sa maigreur, était en admiration devant la force de Landry. Le trapu lui répétait souvent :

— Te faut manger beaucoup de soupe. Puis des grosses tourtières. Tu deviendras comme moi.

Lorsque les trois hommes arrivèrent sur leur chantier, un énorme bloc de roche avait roulé au moment de l'explosion. L'examinant, Ambroise Primont observa :

— A la main, on en a pour un bout de temps, avec celui-là ! Moi, je lui foutrais juste une petite charge au milieu pour le...

Landry l'interrompit :

— Rien à faire. Maxime l'a encore dit tout à l'heure.

Le vieux mineur haussa les épaules.

— Comme tu veux. Je suis certain que ça risque rien.

Il se mit à écailler le front de taille tandis que le trapu, empoignant la masse, commençait à cogner sur cet énorme caillou, plus dur que le reste du terrain. Le petit Loulet, avançant une berline, entreprenait un premier chargement. Ils travaillaient sans parler, allant chacun sa besogne. Seul le garçon s'arrêtait parfois de pelleter pour observer Landry dont les coups de masse avaient la puissance et la régularité d'un marteau-pilon.

Ils œuvraient ainsi depuis près d'une heure. Le père tirait les pierres qu'il venait d'arracher à la paroi lorsque le garçon, levant les yeux, resta un instant bouche bée, le souffle coupé. Puis, de sa gorge, un cri jaillit.

— Là ! Là ! Là !

C'était rauque. Il leva la main. A ras du front de taille, une dalle du plafond glissait lentement sur une autre. De la boue luisante commençait à couler.

A peine les deux hommes avaient-ils levé la tête que le mouvement s'accélérait. L'énorme masse de roc amorçait un mouvement de bascule vers le bas et la boue jaillissait.

— Vite, nom de Dieu !

Empoignant le gamin par le bras et le soulevant presque de terre, Landry le pousse vers la galerie. Comme Ambroise hésite, il le pousse à son tour. S'engageant derrière eux sans lâcher sa masse, comme un fou, il cogne à la base des étais de bois qu'il fait voler.

— Foutez le camp ! Donnez l'alerte !

Déjà le père et le fils hurlent dans la grande galerie.

Soudain, il y a un craquement, puis un roulement sourd. Un souffle froid enveloppe Landry. Le flot arrive, charriant des roches, renversant le wagonnet, écartant les étais que l'homme vient de faire sauter en espérant obstruer le tunnel. Alors, lâchant sa masse inutile, il se met à courir.

Dans la grande galerie, des mineurs qui ont entendu hurler débouchent et foncent en direction du puits de sortie.

Mais à présent, le courant n'est plus ralenti par la boue, tout ce qui obstruait le tunnel a été balayé et l'eau rugit avec une force incroyable. Le poids énorme du lac Ouanaka pèse sur ce trou béant. Des montagnes d'eau veulent s'engouffrer là.

Landry a vite rejoint Ambroise Primont qu'une vieille blessure au genou fait boitiller. Son garçon essaie de l'aider. Le père crie :

— Fous le camp ! Fous le camp !

Sa voix se tord. L'eau est à dix pas. Elle gronde, elle est là. Une traverse roule, poussée par le flot glacé. Les trois hommes tombent. Landry se relève. Il tient le gamin dans ses bras. Le père se débat, essaie de se remettre debout. Il est renversé. Il se relève. Il tombe à nouveau.

De l'eau aux genoux, puis à la ceinture, Landry court. Il ne lâche pas le gamin qui hurle. Soudain quelque chose craque et les lampes de la galerie s'éteignent. Là-bas, loin devant eux, de petites lueurs sautillent. Des étoiles dansent sur les casques des mineurs qui courent comme des fous et se retournent parfois pour voir si le torrent arrive.

Dans les bras du trapu qui lutte pour rester debout, le gamin hurle :

— Papa ! Papa !

Le vieux mineur a disparu. Il doit être en avant d'eux, roulé comme les piliers et les poutres arrachés aux boisages.

Une traverse heurte la jambe de Landry. Leurs lampes de casque se sont éteintes lorsqu'ils sont tombés, ils n'ont plus en point de mire que la suite sautillante des autres, là-bas, et de maigres reflets.

Des hommes débouchent d'une galerie. Voyant l'eau, ils hésitent. Landry leur crie :

— La monterie !

Il les voit filer vers la monterie de secours. Ils doivent avoir au moins cent pas d'avance sur le flot.

D'autres hommes ont reflué dans leurs trous.

Landry a de l'eau à la taille. Une eau glaciale et pourtant, il transpire. Il fixe ces petits halos de lumière qui s'éloignent en dansant. Il croit courir, il marche à peine. Il dépense toute son énergie, toute sa force énorme à se battre contre le fleuve qui voudrait le renverser, le coucher sous lui pour l'écraser.

Le hurlement du gamin qui se cramponne à lui est devenu strident. Il perce les oreilles. Il domine le roulement de l'eau. Les halos lumineux ont disparu. Plus rien. Le noir absolu. Une seule chose pour se guider : le sens du courant. La force de ce torrent qui pousse vers le gouffre. D'un coup, la vision du puits est là. Est-ce que la cage monte encore ? Faut-il y courir ou s'accrocher ici ? Chercher une galerie médiane ? La monterie de secours ? Le noir. Le noir absolu.

Landry serre le gosse contre lui en criant de toute sa poitrine.

— Holà !... Ici... A moi !

Le choc est terrible. Une poutre charriée par le flot vient de toucher le trapu aux reins. Il plonge. Ses pattes s'accrochent aux vêtements du gamin dont le cri s'est tu. Bâillonné de boue. Impossible de lutter. Une bousculade d'images plus rapides que ce torrent qui l'emporte traverse le cerveau de Landry. Toute sa vie dans le temps d'un éclair. Avec des dominantes d'une luminosité étrange. Sa mère. Le port de Québec. Justine. Leur mariage et leur retour dans la maison. Petit Max, dont il rêvait de faire un ingénieur. Son costaud. Taillé comme lui. Puis, peut-être plus aiguë que les autres, Etiennette : gros visage joufflu aux boucles blondes.

La tête de Landry émerge encore à trois reprises. L'apprenti lui a glissé entre les bras. D'instinct il essaie de nager, de lutter contre le courant mais le flot est le maître. La nuit de la roche invisible plonge Germain dans la nuit glaciale et l'eau boueuse. La force énorme et dérisoire de l'homme n'est plus qu'une succession de convulsions que le froid paralyse. Roulé parmi les poutres, il cesse de lutter.

51

A cause des fils arrachés, la lumière s'est éteinte partout en même temps. Le fleuve limoneux charrie les wagonnets de métal et de bois comme des boîtes d'allumettes. Son bruit s'amplifie d'instant en instant et couvre les hurlements des hommes. Il avance ses tourbillons et pousse devant lui son haleine glaciale qui sent la mort.

Des boisages s'écroulent, des parties de voûte s'effondrent mais rien n'est suffisant pour créer un barrage ou seulement ralentir la marche des eaux.

En entendant l'alerte, les hommes des niveaux inférieurs se sont précipités les uns vers la cage, les autres vers les monteries de secours. Certains parviendront à sortir. La cage surchargée monte lentement. Elle est encore à plus de cent pieds en dessous du niveau supérieur lorsque les premières vagues atteignent le puits. L'eau cascade. Les mineurs entassés là se mettent à hurler. Des blocs de roche et des billes de bois pleuvent comme des bombes. La lourde cage monte encore, ralentit, puis s'arrête. A l'intérieur, c'est la panique. L'impuissance.

Les câbles s'étirent. La cage de métal et sa cargaison de chair hurlante se coincent en biais. L'eau aussitôt étouffe les cris.

En haut, autour des hangars abritant le treuil

bloqué, il neige, le vent froid qui joue avec les flocons emporte et disperse l'appel lugubre de la sirène et des cloches d'alarme. Au village de la mine comme à Bourg-le-Rouge, les maisons s'ouvrent. On s'interroge. On se chausse et on s'habille en grande hâte. Sur la glace du lac comme dans les rues au sol gelé, c'est la ruée. Il est à peine dix heures. Les mineurs de nuit sont tirés de leur premier sommeil.

Jordan bondit hors du lit. Grandmaison entre à la cuisine en même temps que lui. Ils se regardent sans un mot. Jordan se hâte d'enfiler ses bottes. Le pilote dit :

— T'affole pas... C'est peut-être une bricole.

— Tiens ton avion prêt, peut y avoir des blessés à évacuer.

Le pilote s'habille. Jordan sort. Il court dans la rue où des femmes et des hommes courent aussi. Des gamins également qui vont plus vite que les grands. La femme de Landry, quand il la dépasse, gémit :

— Seigneur !... Seigneur ! Je le savais...

Les dents serrées sur une espèce de rage qui lui glace l'intérieur, Jordan fonce. Il ne répond à aucun appel. Il ne voit personne.

Les gardes sont déjà aux portes des bâtiments. Ils empêchent les curieux de Bourg-le-Rouge et les femmes d'entrer. Seuls les mineurs peuvent pénétrer près des treuils dont les moteurs grondent toujours.

— Arrêtez les sirènes !

Ce bruit va rendre fou tout le pays. Les conducteurs du treuil renseignent tout de suite Jordan : à part sept mineurs qui ont pu atteindre les monteries de secours, personne n'est sorti.

Il suffit d'écouter la cascade du flot dans le puits pour comprendre que tout secours est impossible. Le lac entier, le lac inépuisable, alimenté par plusieurs rivières, se déverse dans la mine. Il cessera lorsque le niveau sera étale.

Jordan le comprend en quelques instants.

Un vieux mineur dit calmement :

— Y a sûrement des gars prisonniers dans des poches. L'air se comprime. Ça empêche l'eau de monter. Y peuvent tenir un moment.

— Où est Dureau ? demande Jordan.

— Venait juste de descendre.

Un mineur lance :

— Celui-là, il était sûr de lui.

Un autre répond :

— Personne pouvait prévoir. Personne.

Ceux qui ont pu s'échapper par la monterie sont encore livides. On leur donne de l'alcool. L'un d'eux a été tiré du torrent par ses camarades. Il est couvert de boue et secoué d'un rire nerveux.

— Y a des blessés ? demande Jordan.

— Personne.

Le vieux mineur répète :

— Sûrement des gars dans des poches d'air. Faudrait savoir où, driller...

— Faut voir les plans, dit Jordan.

Il sort. Il porte en lui le sentiment d'avoir surtout voulu échapper à ce poids de fatalité qui semble écraser tout le monde. Devant lui, la foule s'ouvre. Des femmes s'accrochent un instant :

— M'sieur Jordan ! Qu'est-ce qu'il se passe ?

— On va organiser les secours.

— Vous allez les sortir ?

— Bien sûr.

— C'était à prévoir.

— Je voulais pas que le mien descende.

Derrière les larmes, on sent de la colère. Deux gardes accompagnent Jordan qui ordonne :

— Empêchez qu'on entre au bureau.

Il s'y précipite. La chaleur le prend. Une secré-

taire est là. Debout dans l'entrée, toute menue.
Elle demande :

— Qu'est-ce qu'il faut faire ?

Jordan hésite. Il se sent absolument seul.

Le visage de Maclin s'impose. Et puis Landry.

— Bon Dieu ! C'est pas possible !

A la secrétaire, il dit :

— Je regarde les plans.

Il s'enferme dans le bureau de l'ingénieur où le
poêle ronfle. Il fait chaud. Ce serait bon de travailler. La coupe de la mine et les plans sont sur la
table à dessin de Maclin. Jordan les fixe sans les
voir. Les traits dansent devant ses yeux. Son
regard se porte sur le tableau des effectifs. Il
voudrait compter combien d'hommes étaient en
bas. Il devrait le savoir. Il le sait mais il ne le
retrouve pas.

Dehors, on commence à lancer des menaces. La
foule gronde. Des cris stridents de femmes domi-
nent.

La porte s'ouvre. Jordan a presque peur. Le
visage tendu, Grandmaison est là qui s'avance et
ordonne sans hésiter :

— Faut te tirer, Maxime. C'est foutu.

— Foutu ?

— Tout. La mine. Les types. Tout. Ça gueule.
J'ai eu du mal à arriver là. Le moteur chauffe,
Jordan. Faut te tirer.

— T'es cinglé. Les laisser...

Le pilote l'empoigne par le bras et le secoue.

— Réveille-toi. Tête de con ! Y vont t'étriper. Te
foutre en pièces. Qu'est-ce que ça leur donnera ?
Tu peux rien, Jordan. T'as plus de mine !

Une vitre de l'entrée vient de voler en éclats. On
entend hurler les gardes, hurler les gens.

Sans sortir jusque dans le couloir, Jordan
s'avance. Par la vitre cassée il aperçoit la foule.

Des poings se tendent. Tous les regards sont chargés de détresse et de haine.

— Prends ton fric ! lance le pilote.

Jordan ne réfléchit plus. Passant dans son bureau, d'une main qui tremble à peine il tire ses clés de sa poche et ouvre un gros coffre en métal. Il sort des liasses de billets qu'il enfouit dans ses poches. Deux petites briques d'or sont là. Il les prend également. Grandmaison a déjà ouvert la fenêtre qui donne derrière. Il l'enjambe.

— Grouille-toi. Y a pas un chat de ce côté.

Jordan bondit à son tour. Sa tête est vide mais ses muscles fonctionnent. La peur a fait de lui une bête qui obéit.

Dans la neige qui craque sous leurs pieds, ils longent le bureau, puis le bâtiment du restaurant. La neige tombe plus dru. Elle les dissimule.

Ils doivent traverser la voie qui mène à l'atelier de mécanique pour gagner la sortie. Des gens passent, mais personne ne prête attention à eux. Il n'y a plus de gardes au portail. Tous protègent le bureau où ils croient leur patron enfermé. Les cris de la foule sont de plus en plus forts. Les chiens gardant le local des explosifs aboient comme des fous. Par instants, une rafale apporte le ronflement de la soufflerie. Comme si on pouvait encore espérer qu'un homme respire au fond de la boue !

La neige redouble. Lourde et mouillée. Elle forme une sorte de croûte blanche qui se solidifie au contact du sol gelé.

Ils sont sur la glace. La silhouette de l'avion les guide. Ils s'avancent.

— Tu vas pouvoir décoller ?

— Le tout, ce sera de monter au-dessus de cette merde.

Avec sa housse de protection sur le nez, l'appareil a l'air d'un gros animal à la corne unique dressée vers le ciel. Leste comme un félin, Grandmaison bondit et tire la bâche à grands gestes. Il crie :

— Eloigne la chaufferette !

Jordan écarte le réchaud à pétrole que le pilote avait allumé sous la housse pour réchauffer son moteur.

— On laisse tout ça ! hurle Gilles dans la bourrasque.

La bâche est par terre à côté du réchaud. Le pilote s'est déjà hissé dans la cabine dont la porte de tôle bat. Tandis qu'il s'assied aux commandes, Jordan empoigne l'énorme manivelle plantée à droite dans le flanc du capot. D'un grand effort, il tourne. Le moteur tousse. Une odeur forte passe dans le vent. Un autre hoquet, puis c'est la pétarade. L'hélice commence à tourner et, aussitôt, les longs patins crissent sur la glace. L'avion avance lentement. Empoignant les haubans, Jordan monte dans la cabine où il lance la manivelle. Le moteur rugit plus fort.

On ne voit pas à vingt pas, mais Grandmaison connaît le pays. Il sait qu'il a devant lui toute l'étendue du lac.

52

Le moteur grondait comme un diable captif. Toute la carcasse du monoplan vibrait. Le balai de l'essuie-glace peinait à chasser la neige sur la vitre inclinée où le vent de la course la poussait par vagues.

Les mains crispées aux côtés du siège, Jordan fixait la toque de fourrure du pilote et ce monde en mouvement, cette course folle. En même temps que la neige, il voyait un autre fleuve déferlant au fond des galeries, un fleuve qui emportait des êtres vivants mêlés à des poutres et à des cadavres vers le puits plongé dans la nuit.

L'avion avait eu peine à s'enlever. Il volait au ras des cimes.

— La température baisse, cria le pilote. On va ramasser le paquet.

Jordan savait ce que signifiait le givrage. Les ailes et le fuselage surchargés, ce pouvait être la chute. Un instant, il fut traversé par l'idée de sa fin. Il en éprouva comme une détente. Il respira plus librement.

— Crever et que ce soit fini !

Grandmaison, les traits tendus, se penchait sur son siège pour tenter de regarder sous lui le défilé des cimes d'épinettes et de sapins. Quelques pieds seulement les séparaient des plus grands arbres. Le vent secouait rudement l'appareil. Le pilote cria :

— Cramponne-toi !

Agissant en même temps des pieds et des mains sur le palonnier et sur le manche, il tenta de battre des ailes pour secouer la neige mouillée qui gelait.

— Rien à faire... Faut se poser.

— T'es fou !

L'avion s'inclina légèrement sur la gauche, puis sur la droite. Des trous dans la tourmente permettaient de plonger un regard. Le bois était partout. La cendre grise des arbres semblait se rapprocher. La glace ayant bloqué le balai, le pilote ne pouvait plus regarder que par la vitre latérale.

— Monte, nom de Dieu ! hurla Jordan.

— Va pousser au cul !

Soudain, ce fut comme si une main énorme s'abattait sur la carlingue de toile pour la plaquer au sol. L'avion descendit. Il effectua une longue glissade presque silencieuse. Dessous comme sur les côtés, le blanc filait follement.

Il y eut un choc plus rude que celui des atterrissages habituels, mais l'appareil s'arrêta sans autre heurt, légèrement incliné vers la gauche. Calmement, Gilles coupa les gaz et dit :

— J'ai dû fausser une béquille... Pas grave, c'est le poids.

Il ouvrit la porte, et sauta sur la glace. Jordan le suivit. Ils contournèrent l'appareil. La jambe de force qui maintenait le ski à l'avant gauche était légèrement ployée.

— De la veine qu'elle ait pas cassé, froide comme elle est... Ça nous empêchera pas de repartir.

La neige à présent tombait très fin. Ou plutôt, elle courait à l'horizontale comme si elle eût volé sur le pays sans jamais vouloir s'y poser.

Grandmaison se haussa et donna un coup de

poing contre le bord d'attaque de l'aile. Une longue écorce de glace tomba en se brisant.

— Premier coup de soleil, ça dégringole et on se tire.

Jordan ne parlait pas. Tout ce qu'il voyait ou entendait là ne constituait qu'un second plan de sa vision.

Le noir de la mine dominait la blancheur mobile.

Il suivit le pilote qui le fit remonter dans l'avion. Seul le vent miaulait, secouant l'appareil à grands coups d'épaule.

Plus proche que le visage calme de Gilles, Jordan voyait celui de Justine. Le gros Max tout joufflu se confondait avec sa petite sœur.

Avant de s'enfuir, lorsqu'il avait traversé la foule pour gagner le bureau, avait-il vu Justine ? Parmi les voix anxieuses qui lui demandaient ce qu'il allait faire, y avait-il celle de Justine ? Et les autres ? Combien de femmes ? Combien d'enfants ?... Combien de mineurs au fond ?

Avec Germain, c'était Ambroise Primont. Ambroise et son gamin qu'on appelait Maringouin. Ceux-là n'étaient pas remontés. Il le savait. Il revit un instant le visage des rescapés de l'enfer.

— Y a sûrement des gars bloqués dans des poches d'air.

La voix était là. Et puis une autre :

— Faudrait driller... Mais où ?

Grandmaison s'ébroua, secoua son manteau, tira de sa poche sa jolie bouteille plate enrobée d'argent ciselé. Il dévissa le bouchon et la tendit à Jordan :

— Bois, t'es pâle comme un macchabée.

Jordan but une longue goulée d'alcool. La bonne brûlure descendit en lui. Il rendit la bouteille en soupirant :

— Pas possible, bon Dieu !... Pas possible...

— Malchance, fit le pilote avant de boire à son tour.

— Je leur avais interdit de faire péter des charges dans ce coin-là. Peut-être qu'ils l'ont fait... Y veulent toujours être plus malins...

Un coup de vent violent prit l'avion par le travers et le fit tourner légèrement sur la glace. Le pilote s'approcha du tableau de bord, s'inclina et dit :

— Ça tourne au sud. La température remonte déjà... Reste là.

Il rouvrit la porte, descendit et referma.

Resté seul, l'œil perdu vers cette vitre inclinée où des pans de glace et de neige mêlées commençaient à glisser, Jordan ne voyait plus que des corps basculant dans des gouffres sans fond. Un lac cent fois plus vaste que l'Ouanaka se déversait pour l'éternité dans des puits de mine d'où montaient des hurlements atroces.

Les mineurs n'avaient ni nom ni visage précis. Ils étaient des condamnés qui ne voulaient pas mourir. Des emmurés qui appelaient désespérément. Des morts aux poumons emplis de boue et qui continuaient pourtant de pousser des hurlements à vous arracher les entrailles.

53

— On peut repartir.

Comme arraché soudain à un profond sommeil, Jordan regarde dehors. Le soleil a nettoyé les vitres. La surface enneigée du petit lac éblouit.

Jordan demeure un instant figé, puis, d'une voix curieuse, il dit :

— Faut retourner.

— Quoi ?

— Retourne à la mine.

Le pilote qui s'installe à son siège émet un ricanement. L'index à sa tempe, il lance :

— Ça va pas, non !

Le visage de Maxime exprime une grande détermination. Sa voix s'affermit :

— Ramène-moi à la mine. Je suis parti comme un salaud.

— T'en es un. Tu les as fait descendre à coups de primes. Y a plus qu'une chose qui compte : sauver ta peau. Le reste, tu t'en arrangeras. Tu te foutras dans la tête que tes cons de mineurs ont dynamité où tu avais interdit de le faire ! Tu finiras bien par te prouver que tu y es pour rien !

Il n'a cessé de ricaner en parlant. Ce rire blesse Jordan comme une lame. Vibrant de colère, il crie :

— Ramène-moi à la mine !

— T'as plus de mine !

— M'en fous. Je te dis de me ramener !

— Imbécile, t'as jamais vu une foule en colère ? T'as jamais vu des femmes sortir leurs griffes ?

Jordan se lève. D'un geste nerveux il enfonce sa toque et ferme son manteau.

— Si tu veux pas m'y mener, j'irai à pied, on est pas loin.

Le pilote a bondi. Il se plaque le dos à la porte. Sa main plonge à l'intérieur de son vêtement d'où elle sort un gros revolver à barillet. Il l'arme d'un geste qui indique l'habitude. Le chien claque. Le canon est braqué vers le bas. D'une voix de métal, il dit :

— J'aime mieux te casser une patte et te conduire à l'hôpital.

Son œil est glacial. Ses lèvres plus pincées que jamais sous la petite moustache.

— Laisse-moi passer, Gilles. Tu m'as déjà fait faire une connerie en me poussant à me tirer. Je suis pas un lâche...

— Non, t'es un con. Je t'ai sauvé la peau. Je suis prêt à te faire péter un genou pour te sauver une autre fois.

— Laisse-moi sortir, je te dis !

Jordan a crié. Il tremble.

— T'es le plus fort, Jordan, mais pas avec la poudre !

Jordan ébauche un geste. Une détonation claque. La balle traverse la pelisse à moins d'un pouce de la cuisse. Le pan du manteau a volé mais le projectile est allé crever la toile raide de l'avion. Le geste de Jordan s'est accéléré. Avant que Grand-maison ait pu relever le chien, le poing de son camarade l'atteint au creux de l'estomac. Sa bouche s'ouvre pour appeler l'air. Ses yeux s'ouvrent et un « han » arraché de sa poitrine est comme l'écho lointain du coup de feu. Il lâche son arme. Le pied de Jordan se pose dessus.

Inutilement.

Derrière le pilote dont les mains se sont portées à son ventre et dont le corps s'est cassé, la porte cède. L'homme tombe en arrière, la nuque la première. Un choc.

Plus rien. Jordan s'avance. Il bondit sur la glace où le pilote est couché sur le flanc droit, les genoux repliés, le menton sur la poitrine.

— Gilles ! Gilles ! Bon Dieu !

Il le tire à quelques pas du hauban où son crâne a buté dans la chute, et le tourne sur le dos. Un bras claque sur le sol. Les yeux sont ouverts, pleins d'effroi. Parfaitement immobiles.

— Gilles ! Gilles !

Le cri se perd dans la course du vent.

Jordan gifle le pilote, puis il le fouille et trouve sa gourde d'alcool. Il l'ouvre d'une main qui tremble terriblement. Il soulève le buste, mais la tête roule en avant. Il le repose et essaie de verser de l'alcool entre les lèvres.

L'homme est mort.

Jordan laisse tomber la gourde ouverte qui se vide sur la neige. Il demeure là un moment, figé dans le vent qui fait vivre encore les cheveux du pilote. Il le regarde. Il voit aussi les mineurs morts.

Tous ces morts...

Un instant, l'idée lui vient du revolver. Il hésite. Sans qu'il pense à rien, ses mains plongent dans ses poches et le contact des billets et des deux briques d'or le fait frémir comme s'il venait de toucher du feu, ou un reptile. Il fixe cet homme étendu à ses pieds, mais déjà il a cessé de le voir.

S'orientant d'instinct, il se met à marcher vers le nord.

Derrière lui, le vent furieux fait battre la porte de

l'avion. La neige fine court sur toute l'étendue du lac où décline la lumière. Elle s'amoncelle doucement contre le corps immobile de Grandmaison. A cause des poils du manteau qui se hérissent, il semble que l'homme soit encore, de temps en temps, parcouru de frissons.

54

Chaque hiver des pilotes mouraient dans la neige. Ces hommes-là, venus pour la plupart de la guerre, tiraient fierté de leur mépris du danger. Rien ne les effrayait. Celui qui eût refusé de prendre l'air par crainte d'intempéries se serait cru déshonoré à jamais.

Pour de l'argent, pour sauver un blessé, transporter d'urgence un enfant malade vers un hôpital, pour la gloire ou même pour rien, le plaisir, ceux qu'on appelait les *bush pilots*, pilotes de brousse, jouaient leur vie.

Lorsqu'ils portaient le courrier et qu'il leur était impossible de se poser, ils larguaient les sacs attachés à des parachutes. L'horaire était sacré. La lettre d'affaires, le message d'amour, les échantillons de roche destinés au laboratoire, l'analyse attendue par un prospecteur ou le médicament espéré par un médecin, tout méritait qu'on prît des risques.

Les premiers avions ne valaient pas cher. Ferrailles tordues et toiles crevées, on se demandait comment ils pouvaient tenir l'air. Très vite, parce qu'il devenait nécessaire de transporter des passagers, les créateurs de ce premier réseau du Nord avaient acheté des appareils fermés. Plus résistants et plus confortables, avec des moteurs Wasp de quatre cent dix chevaux, ces monoplans pouvaient charger quatorze mille livres, voler à cent trente milles à l'heure et monter jusqu'à quinze mille pieds pour dominer la poudrerie. Chaque vol n'en demeurait pas moins une aventure dans ce Nord où le ciel change d'humeur vingt fois par jour.

Sur l'Ontario, le Témiscamingue, l'Abitibi et le Labrador, ce fut bientôt le règne du moteur et de l'hélice. Au service de ceux qui tiraient les métaux des profondeurs, ces hommes de l'espace, ces fous volants. Leur arrivée attirait les enfants qui rêvaient d'embarquer sur ces oiseaux étranges que certains baptisaient cercueils du ciel.

Il s'en perdait parfois avec leurs équipages et leurs passagers. Les colères du nordet, la force rageuse des grands souffles de l'ouest, les tourbillons géants courant sur la forêt, les tornades d'automne autant que les sautes brutales de température guettaient les aviateurs. Entre ces hommes sans peur et le ciel, c'était un pari permanent avec la vie pour enjeu.

Les appareils minuscules se perdaient en forêt comme le font les navires de pêche en plein océan. D'autres avions partaient à leur recherche. Des pilotes volaient des journées entières, s'usant les yeux à scruter les moindres replis du sol avec l'espoir que leurs camarades vivaient encore. Dès qu'ils apercevaient une fumée montant d'un bois, ils allaient voir. La plupart du temps, ils survolaient la tente d'un trappeur ou le camp de quelques Indiens.

Chaque printemps découvrait des épaves où étaient morts de faim et de froid un pilote blessé, des prospecteurs aux membres brisés. Parce que le ciel avait trahi le grand oiseau, ces gens-là ne parcouraient plus la forêt.

Mais l'avion se perfectionnait, les pilotes se familiarisaient avec le climat terrible du Royaume du Nord.

Plus personne ne sortait en courant lorsque ronflait un moteur. Les enfants tendaient l'oreille. La plupart des garçons étaient capables de reconnaître chaque type d'appareil. Avec l'avion naissait un autre monde, qu'allait peut-être peupler une nouvelle race d'hommes.

55

Jordan marcha un long moment comme une bête. Son instinct et son sens du pays le guidaient droit sur la mine.

Le soleil déclinant allongeait sur le lac couvert de neige les ombres violettes du bois. Tant qu'il allait sur la glace, Jordan savait qu'il marcherait vite. La couche était trop mince pour ralentir son pas. Dès qu'il pénétra dans le bois, il se mit à peiner. La neige fondue, puis gelée, puis recouverte de poudreuse que les vents avaient amassée et dressée en congères, rendait la progression extrêmement pénible.

Jordan avait gardé les bottes de caoutchouc enfilées au moment de l'alarme, croyant descendre dans la mine. Il transpirait des cheveux aux orteils, mais, très vite, il sentit ses pieds attaqués par le froid. Dès que le sol le permettait, il courait.

Même entre les arbres, même lorsqu'une congère trop épaisse l'obligeait à un détour, il savait qu'il tirait droit sur le nord.

Devant lui, progressant à la vitesse de son pas, résistant à tous les obstacles, traversées sans être déformées par les arbres, des images se succédaient, se chassaient l'une l'autre, se superposaient parfois.

La mine dominait.

La mine vivante. La mine à l'agonie.

Germain Landry peinant avec lui dans le bois pour gagner l'île.

Un instant, il fut habité par la certitude que s'il se retournait, il allait voir le trapu derrière lui, tirant sa traîne chargée de matériel et de vivres. La vision s'imposa si intensément qu'il finit par se retourner.

Une trace dans la neige. Son pas d'homme seul.

Quelque chose de tranquille l'accompagna un moment : la certitude de sa fin et le sentiment profond, serein, que rien n'avait d'importance. Il était venu dans ce pays pour mourir et tous les autres avec lui. La mort était fatalement au terme de l'aventure. Nul ne pouvait rien y changer.

Même la petite Etiennette joufflue et suçant ses doigts potelés allait déjà vers ce but.

Jordan eut un instant envie de se laisser tomber dans la neige et d'attendre la nuit.

Cette idée le conduisit à calculer qu'il lui restait à peu près trois heures de jour. La nuit signifie le gel pour le marcheur qui s'arrête. Sans doute se trouvait-il à plus de quatre heures du lac Ouanaka.

Ouanaka ! Il avait porté ce nom en lui, dans le secret de lui durant des années.

Ouanaka-la-fortune !

Le soleil disparut soudain. Une averse de neige mêlée de grésil crépita. Tête baissée, à demi aveuglé, Jordan ralentit à peine sa marche. Il releva et ferma son col. Il n'avait pas de moufles. Pas même des gants. Plongeant ses mains dans ses poches, il y retrouva les billets et les deux briques d'or.

Il se perdit malgré lui dans d'incroyables calculs. Combien de mineurs morts ? Combien de veuves et d'orphelins ? Combien d'argent pour faire vivre ces gens ?

La mine ? Irrécupérable. Noyée pour toujours.

C'était le plus dur à admettre. Il en avait pourtant

la certitude. On ne vide pas tout un réseau de puits et de galeries lorsqu'il existe, au-dessus, un lac inépuisable qui le remplit à mesure.

A présent, la pluie se mêlait à la neige. Puis, d'un coup, ce fut l'éblouissement. Un trou de lumière crue entre deux nuées épaisses. Le scintillement partout.

Jordan cherchait désespérément des noms. Seuls se présentaient des visages. Les Polonais, les Ukrainiens, les anciens draveurs de Mont-Laurier qui jouaient à la courte mèche.

Il dévala une pente. Il ne sentait plus ses pieds. Simplement, au fond de ses bottes, deux blocs de douleur sur lesquels il marchait.

Un petit lac était là. Il le reconnut pour y être passé cent fois en prospectant.

Avant de s'y engager, il s'assit sur une roche dénudée et retira ses bottes. Enlevant ses chaussettes et prenant la neige à pleines mains il se frotta les pieds. Sa douleur se métamorphosa. Elle devint brûlure. Bonne brûlure. Il put de nouveau remuer ses orteils. S'étant essuyé avec le bas de sa pelisse, il se chaussa de nouveau et piqua droit pour traverser le lac. De sa gauche, arrivait une énorme nuée basse, grise et ventrue, traînant son poil sur la forêt. Elle fut sur lui d'un coup. Le grésil tombait si dru, si serré que Jordan en éprouva presque une impression d'étouffement. La tête dans les épaules et le front bas, il continua, essayant surtout d'offrir son dos à ce vent porteur de lames. Une légère accalmie lui permit de constater qu'il avait décrit une courbe vers la droite. Il repartit dans la bonne direction.

L'eau boueuse était devant lui, sur lui, tout autour. Elle arrivait de partout à la fois. Le visage de Landry, torturé, déformé par un hurlement ne le quittait plus. Même lorsque d'autres visions défilaient, le trapu demeurait présent, avec son regard noyé d'amour pour ses petits, avec sa bonne grosse gueule de naïf. A la fois souriant et horrible. Heureux et métamorphosé par la douleur.

Avaient-ils eu le temps d'avoir peur ? Comment l'éboulement avait-il pu se produire ? Est-ce que, en dépit des ordres donnés, Ambroise avait dynamité ?

Le ricanement du pilote revint :

— Tu finiras par te persuader que tu y es pour rien !

D'averses en coups de soleil, Jordan poursuivait sa marche. Ses pieds étaient redevenus des blocs de souffrance. Une terrible douleur sur laquelle il appuyait avec une espèce de joie féroce. Il marchait, s'éloignant d'un ami qu'il avait tué, pour s'en aller vers d'autres qu'il avait fait mourir.

56

Lorsque les gens massés entre le bâtiment abritant le treuil et la baraque des bureaux avaient entendu décoller l'avion, une rumeur vite muée en clameur avait couru :

— C'est lui ! C'est lui !

Rapidement, quelques hommes avaient fait le tour de la bâtisse. La fenêtre ouverte les avait renseignés. Des poings s'étaient tendus vers le ciel invisible où mourait le vrombissement.

— Assassin !

Les gardes débordés avaient cédé. Insensibles à la neige et au vent glacé, tandis que les plus furieux envahissaient les bureaux et commençaient à briser les meubles, d'autres retournaient vers les super-structures du puits.

Le fait que toute la pègre de Bourg-le-Rouge se fût mêlée aux gens de la mine modifiait le visage de cette grande douleur.

Alors que bien des femmes en pleurs se laissaient tomber à genoux pour implorer le ciel, des gens hurlaient pour hurler. On voulait une vengeance. On cherchait en vain des responsables à châtier.

Jordan s'était envolé avec la caisse, les autres se trouvaient parmi les ensevelis.

Bousculées, poussées d'un groupe à l'autre, fermées à toute atteinte extérieure, des femmes figées, le regard vide, fixaient ces bâtiments où tournaient encore des moteurs. Elles regardaient cet assemblage de poutres et de tôles d'où elles espéraient peut-être encore voir surgir leur homme, ruisselant de boue, blessé, les membres brisés, transi et suffocant mais vivant.

Le curé myope battait de la soutane et de la gueule, essayant d'apaiser les uns, invitant les autres à prier, parlant en même temps du Bon Dieu et de la lumière éternelle, ne reconnaissant personne mais s'adressant à tout le monde.

Le docteur et sa femme infirmière suivirent des hommes emportant vers le restaurant une jeune femme enceinte qui venait de perdre connaissance.

Tous les mineurs qui ne se trouvaient pas au fond étaient là en vêtements de travail, volontaires pour descendre secourir leurs camarades. La plupart s'étaient portés vers le puits dont les moteurs débrayés tournaient. Un contremaître ordonna au machiniste :

— Essaie voir d'embrayer doucement.

L'homme empoigna le bras du levier et serra lentement la poignée à ressort. Il poussa d'un geste régulier, contenant sa force. Le moteur grogna, se mit à rugir plus fort. Tous les hommes présents étaient tendus. Tous imaginaient la cage bourrée de mineurs sans doute déjà noyés. Le câble couina, le tambour de sécurité dégagea de la fumée bleue et une forte odeur de graisse calcinée.

— Force ! cria le contremaître.

L'homme accéléra. Il y eut un craquement, l'énorme câble se détendit autour de la bobine comme un serpent mort.

— Stop !

Le moteur qui s'était emballé ralentit, puis s'arrêta complètement.

Et le silence parut énorme. Pesant comme une chape de plomb.

Dans ce silence, un seul bruit persistait qui sembla trouver sa place : les pompes.

Fonctionnant toutes à leur vitesse maximale, elles tiraient l'eau boueuse que les tuyaux crachaient dans le déversoir. Un gros ruisseau dévalait vers le lac. L'eau jaunâtre s'étalait sur la glace où elle gelait peu à peu.

Nul n'osait prendre l'initiative d'arrêter cette chanson lancinante du métal à laquelle se raccrochait une illusion de vie.

Plusieurs disaient :

— C'est le lac qu'y faudrait vider.

— Le lac puis l'Harricana et tout.

Certains parlaient toujours de forer avec le gros drille à diamant dans l'espoir de toucher une poche où des hommes se seraient réfugiés. Une équipe tirait déjà l'énorme machine hors de sa remise. Les femmes elles-mêmes poussaient. Des enfants gênaient en voulant aider. Une vieille tomba et la roue énorme portant des tonnes de métal s'arrêta à deux pouces de sa tête.

Des ordres et des contrordres partaient de partout. Après l'angoisse, ç'avait été l'explosion de haine. La haine s'avérant sans objet, c'était l'affolement en vue de secours dont chacun savait qu'ils étaient vains.

Les femmes de ceux qui n'étaient pas remontés continuaient de dévisager les mineurs avec le fol espoir de voir paraître le visage de celui qu'elles attendaient encore. En cheveux dans le froid et sous les bourrasques, pieds nus dans des sabots ou des caoutchoucs, certaines couraient parmi ces hommes tous vêtus de la même combinaison et coiffés du même casque en répétant inlassablement un prénom.

D'autres s'accrochaient aux contremaîtres en implorant :

— Faut me le remonter, mon Robert.

— Vous allez le chercher, mon homme. Le Paul Vernier, vous le connaissez.

— Il est pas mort, le mien... Je le sais. Je le sens. Il appelle. Je l'entends là-dedans...

Elle se frappait la poitrine. Elle allait peut-être l'entendre longtemps.

Justine Landry était parmi elles. Une voisine dont l'homme était sauf s'en était allée lui garder ses petits. Justine Landry ne portait point de colère. Sa voix incolore ne savait que répéter :

— Je voulais pas qu'y descende... Je voulais pas... C'était pas sa place.

Presque sans forces, grelottant sous un mauvais châle, elle finit par se laisser emmener par Octavie Letourneur qui lui serinait d'une voix douce :

— Ça sert à rien... Tes petits ont besoin de toi. La Tiennette a besoin de ton lait... Mon Noël reste là. Quand y aura du nouveau, y viendra nous aviser... Viens...

La grosse Octavie dévida le long du chemin un chapelet de mots tout juste faits pour en empêcher d'autres de monter à l'esprit.

Autour des machines, les hommes continuaient eux aussi d'égrener des propos dont ils savaient avec certitude qu'ils ne menaient nulle part.

— Si les étançons tiennent, doit y avoir des gars réfugiés dans les chambres d'abattage.

— Y peuvent tenir des jours.

Les obstinés avaient retrouvé les plans et les coupes de la mine dans les décombres du bureau. Ils les déchiraient en voulant les regarder. Aucun contremaître ne parvenait à se faire entendre. Chacun voulait driller en un point différent. On avançait la machine, puis on la reculait.

Une équipe avait déjà allumé le foyer de la chaudière destinée à fournir la vapeur à ce monstre dont seul Maclin avait l'habitude de diriger la manœuvre.

— Ce fumier d'ingénieur, y s'est tiré.

— Non. Y nous a avertis.

— Y voulait pas qu'on descende.

— Il avait pas le droit d'abandonner.

— Qu'est-ce qu'il pouvait contre l'autre forcené ?

— Tout ça pour quelques briques d'or.

— C'est ça qui nous mène.

Ils ne savaient plus contre qui tourner leur rogne. La colère était là pour chasser de leur vision les profondeurs obscures où flottaient les cadavres déjà froids de leurs camarades.

Chacun d'eux se disait : « J'aurais pu en être. Ça aurait aussi bien pu tomber sur le shift de nuit. » Et voyant un visage ami, ils ne pouvaient chasser de leur esprit l'idée que le destin avait eu un choix à faire, et qu'ils avaient eu de la chance.

Arrivée dans la maison de bois que Germain avait montée pièce à pièce avec tant d'amour, Justine s'était laissée tomber à côté du berceau où dormait le bébé joufflu. Petit Max s'était blotti contre elle. Silencieux. Inquiet sans savoir de quoi. Gagné sans doute par la gravité des femmes.

Octavie et une Polonaise qui venait d'arriver et ne parlait pas un mot de français se tenaient roides, avec de rapides échanges de regards.

Justine palpa l'épaule de son petit Max qui serait costaud comme son père. Puis, en silence, elle se mit à pleurer. Le visage d'Etiennette devint flou. Les lèvres de Justine remuèrent. Sans entamer vraiment le silence elle murmura :

— Si j'avais pu descendre à sa place... Si j'avais pu...

Entre ses yeux et la bouille ronde du nourrisson, demeurait le visage de Germain. Un visage qui ne voulait pas mourir.

57

Le crépuscule étire des écheveaux de pourpre et de soufre derrière la forêt. Le vent a fraîchi d'un coup en prenant de la gueule. Les nuées de plus en plus serrées se déchirent aux épinettes et aux sapins en démence. La neige monte haut pour retomber en gifles lourdes, glaciales, plus acérées que du sable.

Jordan ne marche plus, il court. Il a sur ses talons la nuit naissante où luit par éclairs le regard plein d'étonnement du pilote.

Il court cent pas, puis il s'arrête une minute, hors d'haleine. Il marche cent pas puis se remet à courir. Il trébuche.

La nuit l'enveloppe d'un brusque mouvement tournant. Une nuée vient de s'accrocher à la terre comme un tramail au fond d'un fleuve. Elle écrase le reste de jour. Elle efface d'une chiquenaude les dernières rougeurs.

Jordan s'arrête. Il est sur un lac. C'est le quatrième. Peut-être le cinquième qu'il traverse depuis qu'il a quitté l'avion. En l'abordant dans ce reste de jour, il a cru le reconnaître. Il doit y avoir, sur la gauche, un petit campe de chasse où il trouverait du bois sec, un poêle et même quelques provisions.

Sa tête tourne. Ivre. Vide. Pleine à craquer.

Cette fois, c'est une véritable neige froide et ténue

qui tombe. La progression devient de plus en plus pénible. Il faut pousser contre le vent comme sur une charge énorme.

Jordan est dans un bain de transpiration. S'il s'arrête, toute cette sueur va se bloquer sur lui d'un coup et l'envelopper d'un cocon de glace.

La température a dû baisser d'au moins six ou sept degrés à l'instant où la nuit a muselé le jour. Une fois cette nuée passée, si la lune se lève, il ira plus aisément. Il gagnera du temps car le sol durci portera mieux.

Lorsqu'il arrivera à la mine on lui coupera les pieds.

Jordan s'est porté sur sa gauche d'instinct pour bénéficier un peu du rempart hurlant de la forêt. A la rive, il bute contre une roche. De ses orteils qu'il croyait insensibles une douleur monte jusque dans son ventre et lui arrache un hurlement de bête.

Il est tombé mais c'est seulement lorsque se tait la souffrance de son pied qu'il sent celle de sa tête et de ses bras. Il se relève. Une minute à peine d'immobilité que déjà la sueur le baigne de glace.

La tornade redouble. Il n'a même plus la ressource de s'orienter en fonction du vent qui tourbillonne et l'assaille de tous les côtés. Quitte à tourner en rond, il doit marcher. Il le sait comme les bêtes savent les choses de la forêt. Un instant, le souvenir de l'aveugle du bordel lui vient. Cette vision amène le visage souriant de Pierrette.

Le pistolet tombé dans l'avion.

Ce n'est pas en tirant dans la tempe qu'on se tue à coup sûr, c'est dans la bouche.

Le froid du canon de métal est contre son palais. Une toute petite pression de l'index sur la détente et c'est fini.

Mais l'arme de Grandmaison est loin. Là-bas, près de lui. Inutile.

Pas besoin d'arme pour tuer. Pas besoin d'arme pour mourir.

Le visage de Jordan est de plus en plus douloureux.

Nuit opaque, aussi épaisse que celle des galeries lorsque s'éteignaient les lampes à carbure.

Et en haut ? Est-ce qu'on réclame toujours sa tête ?

Ses mains plongent dans ses poches. La droite sent à peine les billets. La gauche se crispe sur les briques d'or.

Sauver les gens de la mine avec ça : une goutte d'eau dans la mer. Mais lui peut s'en tirer. Aller ailleurs. Recommencer.

S'il oblique sur sa droite, il évitera la mine. Il rejoindra la voie ferrée. Il peut prendre un train. Filer vers l'ouest.

Son cerveau embrumé qui n'évalue plus les distances est un instant comme inondé de soleil. Il essaie de réfléchir. En trois journées de marche il doit pouvoir atteindre la voie.

Il oblique vers la droite. Aussitôt, il s'arrête. Marcher trois jours ainsi : impossible. L'avion n'est pas loin. Dans l'avion, il trouvera les vivres de secours. Une couverture. Peut-être des bottes. Il hésite. Les bottes fourrées de Gilles. Le pilote n'a plus besoin de rien.

Changeant de direction, une fois de plus, il a heurté un obstacle. Il tombe. Quand il se relève, il ne sait plus dans quel sens il doit marcher. Là, ça grogne. Ça craque. Ça casse du bois. Il y va. Il tâtonne du pied. Le sol monte. La forêt l'entoure. Son concert est un instant comme une musique de paradis. Les buissons l'agrippent.

Les emmurés, les prisonniers des eaux qui vivent encore dans les poches d'air sont-ils déjà à court de lumière ? Pour eux, c'est le silence. L'espace d'un éclair Jordan est heureux d'entendre le vent.

Ici, la forêt doit être épaisse. Elle protège. Jordan essaie de réfléchir. S'il s'égare, il meurt de froid. S'il parvient à allumer un feu, il tiendra. Mais il n'a plus sur lui, comme au temps où il prospectait, sa boîte de fer avec ses allumettes et sa petite fiole de pétrole. Il n'a qu'un briquet.

De ses mains maladroites, il essaie de casser les branches basses des épinettes. Il sort de sa poche son couteau qu'il perd avant même d'avoir réussi à l'ouvrir. Ses doigts sont si gourds que son briquet lui échappe aussi. Il jure. Il insulte le vent et la nuit et la mort qu'il sent là, toute proche, avec ses sales pattes glacées et griffues.

Soudain, Jordan s'immobilise. Des lueurs scintillent là-bas, très loin. Il a atteint la rive de son lac. C'est son île qu'il voit. Il se remet à marcher, se cogne contre un arbre. Les lampes ont changé de place. Elles sont à droite. Non, c'est lui qui a fait un quart de tour. Il marche. Trois pas et les lueurs sont à gauche. Elles se mettent à danser entre les troncs. Deviennent floues puis très nettes. Quelque chose les poursuit, les recouvre, les enveloppe. Un flot de boue vient de rattraper dans leur fuite éperdue les lampes des mineurs.

Jordan pousse un cri qui s'achève par un éclat de rire. Il s'adosse à un tronc. Il ferme les yeux. Les lueurs renaissent. Fixes. Minuscules. Immuables. Ce sont des paillettes d'or dans la roche. La lampe que Jordan porte sur son casque vient de les tirer de la nuit éternelle.

Jordan se secoue. Une douleur inconnue lui traverse la poitrine. Il s'ébroue comme un ours sortant de l'eau.

Le vent s'est apaisé. Il n'y a plus dans la nuit que la chape immobile du froid. L'air s'épaissit. Comme de l'eau que saisit le gel.

Les membres du marcheur s'y engluent. Il a quitté la forêt pour un espace dénudé. Son corps a du mal à se mouvoir, mais son esprit redevient lucide. Cette fois, il n'est le jouet d'aucune illusion. Ce sont bien des lumières qu'il voit là-bas. Son île. Légèrement sur la gauche, Bourg-le-Rouge. Il ne peut pas se tromper. Il voudrait courir dans cette direction mais son élan se brise contre le vide comme sur une falaise.

Très loin, au fond de sa poitrine, il va chercher un cri :

— Ho ! Ho !

Dérisoire, son appel passe à peine ses lèvres alors qu'il croit l'entendre rouler sur les immensités.

Il fait quelques pas. Sortant soudain de la glace, de longues aiguilles de feu transpercent ses semelles et montent à travers ses muscles et ses entrailles jusque dans sa poitrine.

Il tombe à genoux. Il veut encore crier, mais ce n'est qu'un soupir qui monte en lui.

Mille mains griffues s'abattent sur lui. On le renverse. On le piétine. La nuit glacée est une foule en furie qui l'écrase.

Furie silencieuse. Aveugle. Muette.

Jordan essaie de se relever. Il regarde en direction des lumières. Ses yeux que le gel commence à prendre voient encore. Il est certain de ne pas se tromper. Jamais il ne s'est senti aussi lucide.

Pourtant, la foule continue de l'écraser. Il retombe face en avant. Il verse sur le côté et se recroqueville.

— Arrêtez ! Je vous apporte de l'or !

Ses mains à moitié gelées plongent dans ses poches. Elles en sortent, l'une crispée sur une poignée de billets, l'autre tenant deux petites briques de métal précieux.

Au loin, les lueurs s'éteignent. La main gauche de

Jordan reste fermée sur les petits blocs de métal. La droite s'ouvre à demi. Un souffle de nordet lui arrache les billets qui volent sur la glace. De la neige très fine vient couler entre son col et la naissance de son dos.

Jordan a cessé de sentir le froid.

Le vent se hausse d'un coup, déborde la forêt, monte déchirer un nuage pour planter trois pépites scintillantes dans le quartz du ciel.

Saint-Télesphore, 1978
Morges, 7 octobre 1983

Littérature

Cette collection est d'abord marquée par sa diversité : classiques, grands romans contemporains ou même des livres d'auteurs réputés plus difficiles, comme Borges, Soupault. En fait, c'est tout le roman qui est proposé ici, Henri Troyat, Bernard Clavel, Guy des Cars, Frison-Roche, Djian mais aussi des écrivains étrangers tels que Colleen McCullough ou Konsalik.

Les classiques tels que Stendhal, Maupassant, Flaubert, Zola, Balzac, etc. sont publiés en texte intégral au prix le plus bas de toute l'édition. Chaque volume est complété par un cahier photos illustrant la biographie de l'auteur.

2328

Impression Brodard et Taupin
à La Flèche (Sarthe) le 11 mars 1991
6580D-5 Dépôt légal mars 1991
ISBN 2-277-22328-X
1ᵉʳ dépôt légal dans la collection : fév. 1988
Imprimé en France
Editions J'ai lu
27, rue Cassette, 75006 Paris
diffusion France et étranger : Flammarion